CCTV4
中国中央电视台中文国际频道
大型日播旅游栏目《远方的家》

100集系列特别节目

边疆行

云南→西藏

CCTV《远方的家》栏目 著

上海科学技术文献出版社

图书在版编目（CIP）数据

CCTV远方的家：边疆行·云南→西藏/CCTV《远方的家》栏目著．—上海：上海科学技术文献出版社，2012.6
ISBN 978-7-5439-5340-6

Ⅰ．①C… Ⅱ．①C… Ⅲ．①电视纪录片—解说词—中国—当代 Ⅳ．①I235.2

中国版本图书馆CIP数据核字（2012）第032987号

文字整理：走　走　姚雪痕
责任编辑：张　树　李　莺
封面设计：钱　祯

边疆行·云南→西藏
CCTV《远方的家》栏目　著
出版发行：上海科学技术文献出版社
地　　址：上海市长乐路746号
邮政编码：200040
经　　销：全国新华书店
印　　刷：昆山市亭林印刷有限责任公司
开　　本：787×1010　1/16
印　　张：14
字　　数：289 000
版　　次：2012年6月第1版　2012年6月第1次印刷
书　　号：ISBN 978-7-5439-5340-6
定　　价：58.00元
http://www.sstlp.com

制 片 人：黄　卫
总 编 导：杨　霁　周朝永
总 策 划：张立勇
策　　划：吕晓佳

编 导 组：朱　军　马　戎　赵志勇　张琲琲　周　旭
孙　涛　余晓勇　杜冠儒　李光昊　姜善庆
刘丽莎　黄丹青　赵　彬　王耀晨　张立勇
吕晓佳　王　宇　鲁倩倩　刘雪瑞　潘　宁
王　譞
记 者 组：周雪梅　吴　丹　彭　祖　王　静　谭文颖
蔡丽娜　王瑶洁　李　莹　田　川　刘　莎
覃　玫　孙天笑　刘　珅　吴泓甫
摄 像 组：阮　健　任红光等
责任编辑：陈烨萌
编 辑 组：刘　沙　高　天　陈文婷　余　宇　朱艳妮
朱亚君　贺鹏飞　朱　莉　李　宁　王欣盟
制 作 组：闫　盼　王梦瑶　杨　威　赵　心　王　纯
制 片 组：陈　曦　夏子婧
制片主任：杨　钢

监　　制：王　峰
总 监 制：杨刚毅

序

100集特别节目《远方的家 · 边疆行》是一部大制作，把它变成文字也是一个不小的工程。在这部图书结集出版之时，我先要感谢观众对百集《边疆行》的追随，感谢读者能够翻开这本书，感谢为出版这部图书倾注心力的诸位编辑。

《远方的家》是CCTV—4于2010年12月1日改版时推出的一个新栏目，定位是日播45分钟的大型旅游节目。100集《边疆行》2011年7月11日开播时，全国新闻战线的“走转改”活动还没有开始实施。当时，中文国际频道策划推出《边疆行》，只是希望用这个“接地气”的节目来稳住新栏目的收视率，尽快提升《远方的家》的影响力。2011年7月11日，100集《边疆行》开播。在《边疆行》播出一个多月后，《远方的家》栏目收视率有了很大提升，观众也是好评如潮，中文国际频道上下都意识到，《边疆行》方向找对了。而正好在这个时候，中宣部等五部门在全国新闻战线组织开展“走基层、转作风、改文风”活动。彼时，《边疆行》节目正处在第二批采访拍摄高峰期，中文国际频道迅速落实“走转改”活动的各项要求，使一线编导、记者把“走基层、转作风、改文风”化为一种自觉行动。如果说“走转改”活动开展之前，做《边疆行》只是为了解决栏目的生存问题，那么活动开展以后，《边疆行》的采访拍摄就更加有针对性，节目也更加贴近百姓，贴近观众。我们觉得，《边疆行》作为起步最早、下基层走得最远、历时最长的“走转改”实践活动，真的是尝到了甜头，见到了效果。

第一，深入落实“走转改”，使电视栏目成为最大的受益者。《边疆行》摄制组的足迹遍及中国陆路边境九省区，节目描绘祖国边疆的壮丽河山、记录少数民族的风情民俗、书写边境线上的繁荣安定、歌颂边防战士的保家卫国，镜头始终对准普通边疆群众，记录他们的喜怒哀乐，深入他们的生活和精神世界。对于这样的节目，观众爱看、想看。100 集《边疆行》平均收视率为 0.24，较以往同时段节目上升 50%，单期最高收视率达 0.49，创同时段栏目收视新高。《边疆行》在本台一套综合频道播出了 10 期精华版，收视率较同时段提升 15% 以上。中文国际频道《远方的家》这个栏目开播时，曾经因为选题不集中、方向不明确、节目不好看而三次调整播出时间，但在播出《边疆行》后，《远方的家》在短时间内由一个生存堪忧的新办栏目迅速成长为在观众心目中有影响力的品牌栏目。

第二，《边疆行》走进基层，制作了大批反映祖国边疆面貌发展变化的节目，海外华侨华人的反响异常热烈。在海外收视数据上，《边疆行》收视率基本保持在北美长城平台的前 3 位。美国的华人观众蔡宗瑾认真追踪收看每一期节目，她不仅能认出《边疆行》节目中的所有出镜记者，还记录下厚厚的一本收看日记，表示将来要以此为指引，游历祖国边疆大好河山；法国观众陈锋表示，《边疆行》成为法国华人的热议话题，每次聚会聊天必谈《边疆行》，祖国边疆的秀美和发展变化大大激发了他们的爱国情怀；中国驻津巴布韦大使忻顺康在国外看到《边疆行》后十分激动，委托回国的工作人员带回节目光盘，并说要把节目主题歌《边疆颂歌》作为大使馆的馆歌。还有海外华人观众通过微博留言说："每天晚上看《边疆行》成了睡前的必修课。也许真是出了国，才发现祖国的大好河山是那样美好。每次看着你们的节目，我都会深深地思念着远方的家。"央视中文国际频道的主要服务对象之一就是海外华侨华人，《边疆行》节目所传递出的发展、自强的精神深深地激发了他们的自豪感、归属感，凝聚了全球华人的爱国热情。

第三，《边疆行》坚持"走转改"，节目令人意外地吸引了大批"80 后"甚至"90 后"的年轻观众。中文国际频道的受众历来呈现年龄偏大的特点，《边疆行》播出后，有网友说，"这是央视最有诚意的节目"，这样的评价来源于《边疆行》清新朴实的节目风格。很多年轻观众是通过网络来收看《边疆行》的,《远方的家》在中国网络电视台的点击率由2011年6月的日均19 743次猛增至2011年10月的370 484次,排名由全台的第83位迅速升至第6位,《边疆行》官方微博的评论超过20 000条。在网络舆情日益占据重要地位的今天,《边疆行》对年轻观众群体的影响是节目组始料未及的。《远方的家》虽然是一档旅游节目,但是100集《边疆行》已超越了单纯旅游节目的范畴,用了很多篇幅来表现平凡人物的精神世界,充分展示群众"身边的感动"。正是这样情景交融、以情动人的节目引发了年轻观众对国家荣誉感、人生观以及价值观的思考。

第四,《边疆行》深入落实"走转改",真正成为一个"叫座又叫好"的节目。中宣部《新闻阅评》发表专栏文章对《边疆行》的"走转改"实践给予高度评价。阅评人认为,《边疆行》通过旅行者的视角,以记者的第一手见闻反映边疆的发展变化,真实可信,走出了一条对外宣传的新路子,提高了央视的国际传播力和影响力。广电总局收听收看专家评价说:这是一次深入基层、贴近群众、打动人心的长距离采访。观众可以通过出镜记者真实生动的旅行体验,切身感受到一个绚丽而难得一见的地理中国。这是栏目组深入基层、深入实际、深入群众的结果,并说明中文国际频道立足"三贴近",践行"走基层、转作风、改文风",在增强电视传播力方面又上了新台阶。

第五,《边疆行》的"走转改"实践培养和锻炼了队伍,使大批"80后"年轻编导成长和成熟起来。在拍摄《边疆行》之前,摄制组中的绝大多数人都没有到过这么偏远、这么艰苦的地方。不到50人的团队,在6个月的时间内要接力完成22 800公里的边疆采访,工作强度是显而易见的。但是在采访拍摄中,面对无数意料之外的困难和挑战,没有一个人打退堂鼓。无论是严重的高原反应还是遭遇泥石流、被困三天三夜,他们没有一个人退缩,圆满地完成了拍摄任务。边疆人民勤劳善良、乐观奉献、热情质朴的品质深深感染了年轻记者,增强了他们作为电视人的使命感、光荣感和责任感。他们希望通过自己的节目,让更多的人知道边疆、了解边疆、关注边疆,进而走进边疆,带动边疆的发展和变化。随着《边疆行》节目一集一集地播出，记者、编导们的能力也在不知不觉地增强，无论是现场的组织语言、播报采访，还是对话交流、观察判断、抓拍调度，以至于后期撰稿、剪辑包装，都得到了扎扎实实的提高，大家的眼界、审美，思考问题的角度、深度，也比以前进步很多，这种增强与提高是综合的、全方位的。更为重要的是，《边疆行》使这批年轻的编导、记者全面认识了我们国家的基本国情，这不仅让他们更加珍惜现在的工作和生活，也对自己所承担的岗位责任有了更直观深入的理解。

总而言之，《边疆行》作为“走转改”的一个成功实践，极大地提升了央视中文国际频道的影响力和传播力。那么，“走转改”为什么会有这么大的力量？我们思考，“走转改”所倡导的其实就是真实的力量、情感的力量、人民的力量、文化的力量。文化传播具有跨越年龄、民族、宗教、意识形态与国界的力量，《边疆行》从人文的角度去表现自然景观、风土人情和发展变化，以博大精深的中华文化为统领串起100集节目，从而形成了合力。党的十七届六中全会提出了建设社会主义文化强国的战略，而央视中文国际频道的定位就是以新闻和文化为主的综合频道，宗旨是“传承中华文明，服务全球华人”。《边疆行》的节目实践证明，不仅对内报道需要“走转改”，国际传播也同样需要“走转改”，因为“走转改”可以使我们进一步打好“文化牌”，让中华文化的传播做到自然而然、润物无声。

在《边疆行》之后，中文国际频道《远方的家》栏目播出了它的姊妹篇《沿海行》，接下来，《北纬30度 · 中国行》等大型系列节目也将陆续推出。我们希望这一个个系列节目成为观众眼中的多彩之旅、文化之旅、心灵之旅，成为他们感受自己的家园、了解自己的同胞、认识自己的祖国的一个窗口。我们在一直行走的过程中被深深感动，能将这种感动传递给广大观众和读者，这将是我们电视工作者最感欣慰的事。

中央电视台中文国际频道总监　杨刚毅

2012年5月于北京

目 录
CONTENTS

二十一 >> 寻找到的好地方

孟连在傣语里的意思是“一个被寻找到的好地方”，相信我们接下来的行程也会非常精彩。经过一个半小时的车程，当我们从澜沧赶到孟连时，已经是傍晚时分。刚进孟连县城，我们就被一座反射着金光的高塔吸引住了。它是孟连的标志性建筑——孟连金塔。听说孟连有让人震撼的富丽堂皇，有让人心动的宁静安详，还有质朴的文化传承，以及非常繁华的边境贸易。那么，究竟孟连是一个什么样的地方呢？让我们就先从欣赏这座金塔开始吧。

孟连金塔是云南省内最大的金饰佛塔，它位于孟连县城娜允广场旁边，整座金塔分为主塔和附塔，在高达 31.6 米的主塔旁边围绕着 24 座附塔。每座塔的顶端都挂有风铃，

>>>> 孟连金塔

>>>> 娜允古城

每当微风吹过，风铃便发出清脆的叮当声。在落日的余晖中，伴着铃声，让人感觉到别样的佛国意韵。

公元 1253 年，傣王的两位王子分裂争权，其中一位王子带领部分臣民大举南迁，经过千难万险，终于寻找到一个美丽的河谷坝子。于是在这里建立村寨，伐木开垦，从此人们开始称这里为“孟连”。孟连在边境线上与缅甸接壤，有着“边地绿宝石”的美称。这里聚居着以傣族、佤族、拉祜族为主的 21 个少数民族。在孟连最能体现当地悠久历史的是位于孟连县城西北部的娜允古城，它被誉为“中国最后一个傣族古城”，这里也一直是孟连的政治经济文化和宗教的中心。古城的中心有一栋名叫宣抚司署的建筑，单看宣抚司署的外观，其华丽庄严的程度就可见一斑。这里是怎样一个地方？它承载了孟连的多少历史？我们决定深入其中一探究竟。

>>>> 宣抚司署

进到宣抚司署以后就发现，它的建筑格外有特点。在二楼有一圈走廊叫做走马转角楼，它把所有的房间全部都连通了。建筑中有很多木雕，也很有意思，它融入了很多汉族的元素，像我们平时常见的“双凤朝阳”、“八仙祝寿”，在这儿都能看到；此外还有大象头，因为傣族是非常喜欢大象的，他们觉得大象是他们的吉祥物。傣族居住的房屋大多很少有防火的设备，而大象鼻子长，可以吸水，所以他们把大象雕刻在房檐下，也是有寓意的，可以保佑他们防火。其实这里曾经是傣族刀氏土司的衙门，在封建领主制社会时期，中央政府给少数民族地区首领授予土司的官职，以统治该地区人民。傣族的土司当年在这个地方统治了660年。

如今在宣抚司署，可以看到当年土司统治政权的网络示意图，比较详细，还有一些相关的历史，在这儿都有记载。有一个小故事说，傣族的土司当年来到这儿，为了巩固自己的政权，就娶了一个当地土著的佤族公主。他们在婚礼上互赠自己民族最好的东西——象牙和牛角，“象牙不会枯，牛角不会烂”，这也寓意着他们两个民族之间感情越来越好。他们通婚之后，民族之间的感情非常融洽。从公元1289年到公元1949年，刀氏家族的统治世袭了28任，历时660年。

这里除了宣抚司署，还有一座佛寺，就是娜允古城的上城佛寺。在土司时期，这里是土司及其家人的专用佛寺。当时国内外的高僧大德到访孟连，也会在此居住。置身在娜允古城，人总会不自觉地放慢脚步，沉下心来静静地体味岁月的沧桑。但不要以为娜允古城的古色古香就是孟连的全部，孟连作为一座边境城市，跨国贸易是这里的一大特色。其中就以如意商贸城最具代表性。在这里，一张张异国面孔让我们感觉，仿佛突然之间就身处国外。

>>>> 上城佛寺

>>>> 如意商贸城

在这座商贸城里，随处可见“缅甸”这两个字，还有缅甸人、缅甸玉，而其实我们并没有来到缅甸。这座商贸城主要由缅甸人投资建造，商家都是地地道道的缅甸人。一位缅甸老板对我们说，这里一共有140多位缅甸人，分别掌管着27个商铺，全都从事缅甸玉的买卖，兼或经营中国、缅甸、泰国、新加坡、马来西亚等东南亚国家的珠宝、玉器、服装、食品等土特商品。

采访中，一位缅甸老板自称已经把全家人都迁了过来，他们早已熟悉了这里的生活，他可爱的小孙子就出生在孟连，孟连已经是他们离不开的第二故乡。

另一位，女的是当地人，缅甸老公来孟连已经18年了，当年因为玉石来到孟连，又因为爱情留在了孟连，缅甸玉见证了他们的爱情，孟连城孕育了他们的幸福。在商贸城里，除了父子店、夫妻店，我们还看到了一家兄弟店。跟兄弟俩一聊天，就让我们感觉到了缅甸人的幽默。兄弟俩很健谈，他们对我们说起了自己的家乡。他们在缅甸的家距离孟连400公里，不远，但这400公里的路走起来却很不容易，非常崎岖，脚下是万丈深渊，没有中巴车，只有皮卡车，不太安全。兄弟俩说，如今家里除了大姐，其他人都已经搬到了孟连，因为他们都喜欢孟连的便捷和舒适。如今他们兄弟几人都在这里跟着父母经营着玉石生意。

在孟连的这个如意商贸城，一共有100多位来自缅甸的商人，他们主要是来这边卖玉石，不过，在这座商贸城里，玉石销售只是其中的一部分。这里还有来自国外的服装、食品等日用品出售，比如这家泰国的小超市，饼干、食用油、各式各样的调料，还有饮料，货物齐全，不出国门就可以买到那么多的外国商品，可能也是孟连的魅力之一吧。无论是对中国人还是外国人来说，这座商贸城的存在，不仅让这里的人们过上了全新的生活，还促进了商品和物资的流通，拉近了中缅两国人民之间的感情。

从孟连县城出发，经过将近两个小时的车程，我们来到了岔河村的广伞小组。据说这里居住着一群以爱美著称的人。爱美之心人皆有之，爱美能到怎样的程度呢？这让我们非常好奇。

这个村子一共住着36户159位爱伲人。爱伲人是哈尼族的一个分支，崇尚黑色和红色，以黑红为美，忌讳白色及双数，他们服饰也多为黑红相间，在上面点缀少许的花边。女子成年后用黑布绑腿。爱伲人还有一些奇特的风俗。他们的头饰很漂亮，上面还挂着一元钱、鸡毛、五颜六色的花儿，甚至山上飞的绿虫子也戴在头上！不过颜色特别好，角度不一样时虫子还会反光。

一个年轻妇女的盛装一般都在5千克以上，其中最主要的重量都集中在头部，为了能将这样一个头饰戴好，爱伲人平均每天要花上一个小时。但即便如此，她们仍然会把所有自己认为是美丽的东西都戴在自己的头上，包括梳子、彩线和各国的钱币等等。

爱美的爱伲人把别人对她们头饰的关注当做对自己的赞美，所以无论怎么摆弄她们的头饰，她们都会大方地接受。

有一个叫"迷你"的女孩头上戴着很多牛角，掂量掂量，还挺沉的。据说是男朋友送的，所以她就都戴上了。为什么男朋友要送她那么多牛角呢？原来是因为她长得非常漂亮，这些牛角不是一个人送的，而是不同的男人送的，只要有人喜欢她，表达爱意就可以送对牛角给她。她的头上至少戴着20对牛角。她带我们到村子里参观一种非常有特点的房子。

从外观上看，这房子就和其他房子不一样，它还有一个名字叫公房。为什么叫公房呢？因为没结过婚的男女都可以来这里住、来这里玩，所以就叫公房。

迷你的姐夫帮我们打开房子，让我们看了一下。很小，就放了一张床，一张简单的小桌子。这个风俗挺有意思的，现在住在里头的就是迷你表弟，过几天要结婚了，找了个缅甸的女孩。因为缅甸离这儿很近，女孩的家距离这里就20公里。在缅甸也有爱伲人，相

>>>> 岔河村广伞的爱伲人

同的民族和风俗拉近了他们之间的距离。别看爱伲人人数不多，但跨国婚姻却很常见。他们婚后也要住在这小小的公房里，家里的大房子则由父母来住，这应该也算是尊老爱幼在爱伲人中的独特表现吧。

为了欢迎我们的到来，热情的爱伲人为我们表演了他们最拿手的竹筒舞。原本是用来装水的竹筒，在爱伲人手里却成了传递快乐的乐器。竹筒砸地的声音是那么美妙的旋律，爱伲人用看起来最简单的方式让我们感受到了他们多彩的内心世界。

从迷你那里我们得知，他们每年都会被邀请外出演出两三次，去的地方也都是在普洱境内。但即便如此，对于他们来说那些日子也像过节一样的开心。现在村子里已经有了变化，村民们有的盖起了新房，现代化的生活方式也影响到这里。迷你告诉我们，每年 5 月到 9 月，是他们农忙的时候，除此之外他们都非常愿意出去给大家唱歌跳舞做表演。不仅仅是因为他们喜欢歌舞，更因为这样可以改善他们的生活，可以出去见一见外面的世界。所以我们也希望他们可以如愿以偿，能够经常出去表演，同时还依然保存着现在这样淳朴的笑容。离开的时候，淳朴的爱伲人为我们唱起了别离的歌，伴着歌声我们离开了这群爱美的人和这个动人的地方。

走在孟连的村寨里，陶醉在这安静恬淡的气息中，殊不知这里还隐藏着很多未被外人知晓的宝藏。在芒养村的芒养寨，我们就有了新的发现。土锅是傣陶的一种，它被广泛使用于日常生产居家生活和佛事活动中，可以用来盛米盛水，也可以煮茶煮药，虽然它的

>>>> 岔河村民迷你和记者

>>>> 广伞岔河村爱伲人的竹筒舞

样子普通，但是制作工艺却是历史悠久。为了配合我们将这种少见的制作技艺记录下来，80多岁的老奶奶咪依胆答应为我们演示这种傣陶的制作过程。

和泥是制作傣陶的第一个步骤，将黏土反复捶打直到它足够柔软以便于塑形。然后要把沙子放下去用力捶，这样拿去烧才不容易烂。老奶奶用脚来踩泥，踩得差不多了，用线把它勒成几块。一团普通的泥巴经过老奶奶的双手就这样变成了傣族人日常生活中不可或缺的日用品，而经过了塑形的傣陶坯子还需要两至三天的晾晒才能进入烧窑内烧制。尽管如此，我们还是请老奶奶的孙女带我们去看看烧傣陶的地方。听老奶奶的孙女说，晾晒好的傣陶还需要烧制两三个小时，因为没有人懂火候的把握，一般老奶奶还是会亲自来烧。而且对于她来说，这些看起来并不起眼的傣陶都是她的宝贝。

记者：为什么这么大年纪了，您还在做傣陶？

咪依胆：现在会做这个的人已经越来越少了，如果我不做，有一天别人想用，买不到，怎么办？

所以奶奶依然每天都在做，如今他们全村只有两位老人会制作这种看起来不起眼却非常实用的傣陶。她告诉我们，傣陶煮出来的食物更香，盛出来的水更甜，煎出来的药更有效，不知道以后的人们还能不能享受到傣陶的好处？

离开了芒养寨，我们继续赶往位于中缅边境勐马镇勐啊村的孟连口岸。在勐马镇我们还要拜访一位傣族古乐传承人——笼帅角。他住在勐啊村的芒朗寨，听说我们来寻找傣族古乐，老先生立刻放下了手里的活，给我们介绍起他做的乐器和他所知道的古乐。

大爷习惯了傣语，用普通话跟他交流十分困难，好在我们的记者能说一口流利的云

>>>> 傣陶传承人咪依胆在制作傣陶

南话，总算能够正常沟通了。

从老先生那里我们得知，宣抚乐器有两种，一种叫锣，一种叫锭，都是专门用来演奏宣抚古乐的。傣族人在搬新家和结婚时都会使用这两种乐器，它们其实也是傣族人生活中一件重要的物品。如今除了做乐器，老先生平时白天都在自家开的超市做生意，到了晚上就召集一堆孩子围绕在他的身边，给他们拉琴。他希望后辈能对宣抚古乐产生兴趣，并将这种傣族传统艺术传承下去。笼老先生为我们演奏的古乐非常好听，可是笼老先生说，单这一两种乐器演奏还听不出什么，宣抚音乐最好有专门的乐队，至少要 15 个人同时演奏，才能听出宣抚古乐的气势和魅力。孟连早在土司时期就成立了宣抚傣族民间乐队，每逢土司的重要庆典、婚丧嫁娶和节日活动，都要召集这支乐队进入宣抚司署演奏。土司也将这支民间乐队册封为官府乐队。随着时间推移，这支乐队成为一支既用于群众自娱演奏，也为土司衙署派差演奏的特殊乐队。

不过现在会演奏宣抚古乐的人已经越来越少了，我们了解到，在孟连县宣抚古乐协会还有人会演奏宣抚古乐，但是他们的年纪都已经很大了，最大的那位有 75 岁，平均年龄也在 59 岁。但愿不管隔多少年以后，我们来到这个地方，仍然可以听到美妙动听的宣抚古乐。

勐啊村紧邻孟连口岸，这里也是孟连通往缅甸邦康市的边境口岸。口岸处有一座大桥，它可不是普通的大桥。这座大桥的中间有一条线，一直通到河下面。这条线就是我们国家的国境线，右手边是中国孟连的口岸，左手边是缅甸的邦康，生活在这两个国家边境的这些边民们来来往往，是很随意的，可以今天早上来，晚上再回去，非常的方便。因为我们不是这儿的边民，所以我们只能到边境位置，不能越过去。但是在边境线，我们依然可以很清楚地看到，非常有缅甸特色的国门。

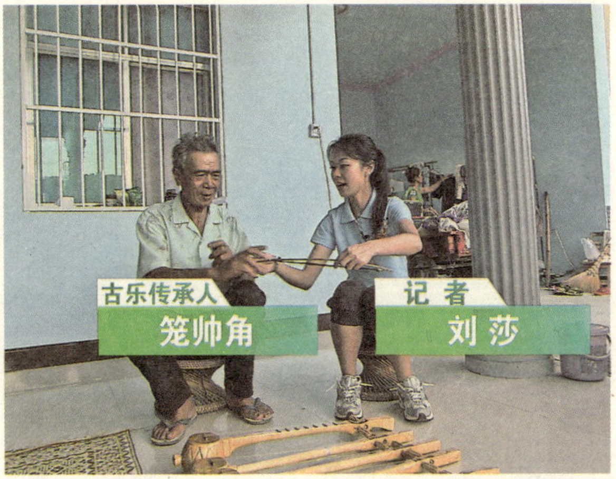

>>>> 芒朗寨古乐传承人笼帅角

孟连口岸位于孟连县勐马镇的勐啊村，这里距离孟连县城49公里，与缅甸掸邦第二特区首府邦康市隔着一条南卡江。2007年两国在江上建起了口岸大桥、口岸通道、联检大楼等设施，使孟连口岸具有了一定的规模。便捷的交通带动了口岸周边经济的发展，在口岸周边，邮局、学校、饭店，一应俱全，俨然就是一个小城镇。在这里两国人民的往来十分便捷，边民们的生活没有因为国界和口

>>>> 宣抚古乐

>>>> 孟连口岸

岸的存在而受到影响。

从孟连县口岸办召三真副主任那里我们了解到一些更为具体的情况。召主任还带我们来到了勐啊村的一个边境贸易市场。虽然现在看上去是空空的，没有人，但据说，每到交易的时候就非常繁华，很热闹。召主任告诉我们，这个市场有 400 多个摊位，每隔 5 天，中缅两国老百姓都会聚集到这里交易百货，互通有无。

召三真：我们这个边贸市场每 5 天赶一次集，到赶集的时候，中缅双方都来这里集中，人比较多。

虽然我们来的时间不巧，没有拍摄到赶集时的热闹场景，但是从当地旅游局给我们提供的资料中还是可以看出孟连边贸的繁荣。孟连的勐啊口岸让我们一改以往对于边境口岸严肃紧张的印象，在这里，两国人民交往频繁、关系融洽、安居乐业。

从澜沧到孟连的时候，澜沧的朋友就跟我们介绍说，孟连是一个很美的地方，来到这儿感受确实不一样。可是孟连的美并不是让人应接不暇的那种，而是惊鸿一瞥。古城、古乐，还有古老的传统技艺，当你走在孟连的这些村寨里的时候，经常可以看到一些传统工艺。可能制作的这些人并不懂什么叫传承，他们只是一如既往地做着父父辈辈们做的事情。每当看到这样的场景，心里总有一种莫名的感动。

接下来我们要带大家去的这个地方叫西盟，西盟是阿佤山的中心地区，也是狂欢佤部落。让我们一起去体验一下在边境线上的这些佤族人民的热情吧。

二十二 走进狂欢佤部

从孟连出发，我们赶往普洱市的最后一站：西盟佤族自治县。

西盟处于阿佤山的中心地区，这里是佤族人的聚居地。它与缅甸毗邻，国境线长 89.33 公里。在我们从孟连去西盟的路上，距离西盟县城还有 10 公里时，一直赶路的我们远远地就被一个看起来很传统的村子吸引住了。这座寨子的名称非常的有意思，叫做“爬街”。陪同我们的旅游局人员介绍，这个村子以原始神秘、奇特古朴而闻名，于是我们决定稍作停留，看看生活在如此安静的地方的人们，过的是一种什么样的生活？

进村后发现这个村子真的非常的宁静。

>>>> 爬街佤族村的村景

>>>> 爬街佤族村村民

>>>> 爬街佤族村村民的银饰

>>>> 爬街佤族村的织布工艺

爬街的佤族女同胞们有自己独特的服饰，大耳环就是其中最有特色的。

佤族女子：戴这个就是为了好看的嘛。

记者：那为什么这个耳环是这样的呀？

佤族女子：是空心的，可以装钱。

记者：好厉害啊，这样出门都不用带钱包，钱都装这里了，别人还不能来拿，一拿主人就有感觉了。

可这样的大耳环，却不是每个女人都有。一个大姐告诉我们，以前她们四五岁就开始戴，现在时代不同了，小姑娘都不戴了。听这位佤族大姐讲，她们小的时候都要在耳垂处扎个小洞，然后在耳洞里插上稻草，一个月更换一次，每次都要增加稻草的数量，这样慢慢地就把耳洞撑大了。现在寨子里年轻的姑娘们因为怕疼，已经不再这样做了，所以她们也就成为寨子里最后一批戴这种特大号银饰的人。

在村子里逛一逛，细心观察就会发现，任何一个不起眼的角落都在上演着他们独特的生活。这边有个人在织被子，按需要的宽度拉好经线，然后把缚在木棍上的纬线从经线间来回穿梭。但这么看起来非常简单的几个织布动作也不是一般人能熟练操作

>>>> 爬街佤族村的酿酒工艺

的。我们就坐在那儿织了一会儿布，只是很短很短的时间，就已经感觉到腰非常的酸痛。大家看着简单，其实一点儿都不简单，光是它用的线就分了好几层。佤族姑娘真的是心灵手巧！一床被子要20天才可以织好。这样的被子要搞三床，然后缝在一起，合成一张被子。至今当地人的服饰、提包、被子等织物大部分都是这样通过手工织造出来的，所以每一件都是独一无二的。

走在爬街的小路上，能看到的村民并不多，但正飘出大锅的香味让你知道，其实大家可能正在不远处打量我们呢。

这位大姐正在煮酒，揭开锅盖一看，这么大一锅全是玉米。这么一大锅酒可以喝一个月。佤族人不仅爱喝酒，而且能喝酒。从这正在煮的一大锅玉米酒中我们就可以想见了。

因为刚下过雨，村子里的人都赶着去插水稻了，寨子里的人并不多，但即使这样，在爬街我们也深深感受到了这里的独特之处。虽然只待了一个小时，但是感觉特别好。

经过爬街，我们终于到达了西盟县城。一进入县城，我们就被这里浓郁的佤族特色吸引住了。西盟佤族自治县是云南省普洱市下辖的一座边境县，西与缅甸为邻，这里作为一个以佤族人为主的地区，随处可见牛头的形象。没想到在地图上极其偏远的西盟竟然如此现代化，原来在2002年，雄踞大山之巅的西盟老县城勐卡镇出现整体滑坡的隐患，为了防患于未然，当地政府在山下建造了这座新城。接下来我们要去的这个地方，对于佤族人来说是一个

>>>>　西盟县城的牛头标志

非常神圣的地方，而对于我们普通人来说又充满了神秘感。据说到了那儿，看到那儿的场景以后会让人感觉到震撼。那么究竟这是一个什么样的地方呢？我们现在是既期待又有一点点忐忑，就让我们一起去看一看吧。

这个地方是了解佤族人必须要去的地方，但让我们没有想到的是，去那儿之前必须要进县城的龙潭公园。西盟勐梭龙潭是一个让人第一眼就会喜欢上的地方，安静得仿佛能听见自己的心跳，呼吸的每一口好像都是能量。与龙潭紧密相连的神秘而又神圣的地方究竟会是什么样子呢？

现在我们来到了龙摩爷，什么叫龙摩爷呢？我们请到了当地的导游扎儿来给我们解释一下。“龙摩爷”是佤语发音，“龙”是神山、圣林、圣地的意思，“摩”是魂灵，“爷”是所有的、大家的。“龙摩爷”意为挂牛头的森林圣地，即为众神灵聚集的地方，它在佤族人心

>>>>　勐梭龙潭

龙摩爷的牛头

目中是神圣不可侵犯的。进入龙摩爷前要先净身。从入口往里还需要走一段比较长的山路，在举目可见的峡口、峡道、峡壁、树干、树枝的每一处，都挂满了白骨森森的牛头，在眼睛可以扫视到的地方，竟然没有一处空余，许多牛头已和山崖青苔融为一体，只存下模糊的轮廓。虽然已经做了思想准备，但第一眼的视觉和心理冲击还是有点儿令人猝不及防。

扎儿：当地的佤族有这么一个习俗，无论遇到好事坏事都要剽杀水牛，剽杀完水牛以后，先拿去庆祝，最后把它送到这个地方来，让神灵得到我们最好的东西，然后才会帮助我们。

佤族圣地——龙摩爷

佤族人崇拜牛，他们视牛为神，认为自己的祖先得到了牛的护佑。牛在佤族人的农业生产和日常生活中起到了重要的作用，所以部落举办重大活动或者解决纷争，都会把牛头作为最好的吉

>>>>　西盟县城永克洛佤族木鼓

祥物。佤族人会将牛头供奉在他们最为神圣的地方，久而久之，挂入龙摩爷的牛头越来越多。巴猜是佤族人的祭司，在佤族人看来，他是可以跟神对话的。我们请来了巴猜才发现，原来他就是在山下为我们做净身的人。巴猜懂天文地理，知晓佤族的历史宗教、祭祀民俗、医术，可谓是“佤族的专家”。

扎儿：这里的每个牛头都代表一个事件，具体的事件只有巴猜才知道。

所以我们特意把巴猜请上来询问。

巴猜：那个是我们木鼓节剽的；这些树旁边的这一堆是我们佤族从山里开始发展的时候，大伙召集起来剽的牛；这个上头最高的那个是新米节收谷子，丰收了所以就剽牛。

巴猜所使用的祭祀语言和龙摩爷每一个牛头的来历并不是用文字记载的，而是一代一代的巴猜口口相传的。这些信息除了巴猜本人，外来人甚至本族人都没有办法掌握。巴猜就住在龙摩爷这儿，他守护着这个地方，每天吃的喝的都是从山上自给自足。今天他要请我们吃饭，所以我们跟着他一起体验一下“自给自足”。

阿佤山林深草密，除了经常进山打猎的人，其他人无法轻易进入，因此这里的林子里还保存了丰富的动植物资源。我们走了好久，只见到很多蜘蛛网。巴猜告诉我们快到了，为了晚上的肚子，我们继续前进。很快他就射中了一只大野鸡。其实这种鸡并不是真正的野鸡，人们会把家鸡放养在这片林子里任其生长，久而久之这种在自然环境中生长的家鸡也有了野性。生活在深山里的人生活条件非常艰苦和简陋，他们处理猎物的方式也较为原始。先在火堆里将鸡毛烧掉，然后分成小块，再拌入香料腌制一下，最后放入火堆中烤熟。就连这些作料，也全都是来自这座山上。

我们在龙摩爷了解到，牛对于佤族人来说具有特殊的意义，但要想真正了解佤族人，我们还要去一个地方，那就是永克洛。在佤语中"永克洛"是木鼓房的意思，木鼓是我国佤族独有的一个鼓种，在佤族原始自然崇拜中被视为至高无上的通天神器。

天下第一大的佤族木鼓的直径有 1.7 米，它的长度也有 4.6 米。想要把它抱住，需要 3 个人。在我们的鼓励下，陪同我们的西盟县旅游局艾嘎局长终于生平第一次举起了天下第一大木鼓的鼓槌。在西盟的每一个佤族村寨里，都至少有一对木鼓供放在寨中高地的一间竹制木鼓房里。在佤族人民的心目中，木鼓是最为尊贵而神圣的乐器。

艾嘎局长为我们唱起了《阿佤人民唱新歌》。这首大家耳熟能详的歌曲，它的创作源于佤族民间的民歌《白鹇鸟》，而西盟的岳宋乡正是这首歌的发源地。据说当地的村寨是整个狂欢佤部落中保存最完整的，所以我们决定下一站前往距离县城约 70 公里的岳宋乡永老寨。

永老寨里的人们，生活方式包括劳作方式都很传统。永老寨与缅甸相邻，寨子里有农户 111 户，共 300 多人，均为佤族。由于地处偏僻，这里仍然保持了传统的生产生活方式，但他们的生活方式却与爬街的有着明显的区别。

>>>> 岳宋乡永老寨

佤族人自古以来就用竹筒背水。竹筒也是就地取材，把水装在里面可以保持水质的新鲜。虽然这种背水的工作非常繁重，但家务事一直都是由女性来做。这里的人们喝的都是山泉水，清凉的山泉可以直接饮用，也可以用来洗衣做饭。

永老寨保存的古老而有趣的东西还多着呢，我们来看看那边的大哥们都在做什么。原来他们是在削弩。通常打到一只小动物后，把小动物的毛拔一根下来，粘在弩上面，粘得越多就表示这把弩射到的东西越多。制作一把弩，有经验的师傅只需要两个小时。永老寨人的心灵手巧让我们有了切身的体会。在永老寨，我们还可以看到极具佤族风情的舂米等活动。在这小小的寨子里，仿佛每个人都能找到自己的快乐。

还有他们自己做的秋千，小朋友玩得特别开心。仔细观察才发现，这个秋千竟然是用女人背水时勒在头上的带子做的。这样的一物两用真是不能不赞叹他们的智慧。走在寨子的小路上，随时都可以感受到这里恬静的气息。此时一位老奶奶迎面向我们走来，她的牙齿很黑，嘴旁边还红红的，那是因为她在嚼槟榔。

在今天这样一个快速变化的时代，很多传统的东西都已经渐渐消失，但在永老寨我们不仅能感受到在传统生活方式下人们的安逸和舒适，还可以看到现代社会经济发展给他们带来的便利生活。传统与现代一起编织出了这恬静的生活。在爬街和永老寨欣赏了

>>>> 岳宋乡永老寨的竹筒背水

佤族人民两种不同风格的服饰和生活状态，接下来我们继续向着下一个目标行进。

司机张师傅要带我们去的是中国的183通道，缅甸称之为佤邦海关。虽然那里距离岳宋乡的永老寨只有14公里，可沿途非常颠簸，20分钟后，我们到达了183通道。

在西盟这边，很多佤族人有亲戚在缅甸，他们会经常往来。这里属于西盟县的岳宋乡，有一条名叫弹石路的边境通道通往183口岸，通道总长25公里。虽然这个口岸只设有一个边防检查室，但是这里一年要通过1 200多辆车，近6 000人次。沿着边境通道，我们来到了勐卡镇。这里是西盟县最靠近边境线的地方。镇里有一座娜妥坝小学，学校里有很多缅甸过来的孩子。娜妥坝小学的孩子们很开朗，听说我们要找缅甸学生，立刻给我们当起了向导。很多小孩还穿着他们民族的服装，很漂亮。

记者：你们好，你们是缅甸过来上学的吗？

娜妥坝小学的缅甸学生：是的。

记者：那你们住在哪儿呢？

缅甸学生：回家去住。

记者：从这儿回到你们家要多长时间呀？

缅甸学生：我们家离这儿也就半个小时。

记者：你们每天是怎么过来的？

缅甸学生：走路。

记者：你们都是佤族吗？

缅甸学生：是的。

记者：你们怎么会想要到中国来上学呢？

缅甸学生：因为中国的教育比较好。

记者：那你们周围的那些小同学，是在缅甸念书的多，还是到中国来的多？

缅甸学生：到中国来的多。

在校园里根本看不出哪个孩子是中国人，哪个孩子是缅甸人，他们已经很好地融合在一起。通过向校长了解，我们才知道，在这里读书的缅甸孩子享受着跟中国孩子完全一样的待遇。方校长告诉我们，整个西盟的学校都可以招收缅甸学生，因为他们学校距离中缅边境线最近，所以来自缅甸的学生最多。这些缅甸学生在他们国家也学习汉语，所以来到这里适应得比较快，而且学习都很认真。

在娜妥坝边防站，我们对这些缅甸孩子在中国的生活情况有了进一步的了解。

陈长阳：有36名境外学生在我们驻地娜妥坝小学读书。我们了解到这个情况以后，要求学校出具一个证明。他们只要有这个证明，我们就可以给他们开通绿色通道。我们的绿色通道主要针对两类人：一类是学生，还有危重病人以及孕妇。平时18岁以下的未成年学生都可以走绿色通道，超过18岁的成年人则要办理通行证。这条通道平均每天要通过100多人，40多辆车，如果碰到赶集的时候每天就要有200多人通过。

>>>> 娜妥坝口岸

站在娜妥坝通道的国界线上，我们就可以远眺对面缅甸的风光。

缅甸边民：因为我们有很多的亲戚都在中国，同样都是佤族，所以来往非常密切。经常晚上到中国去吃饭，然后又回到缅甸的家里睡觉。

而在娜妥坝通道的旁边，还有一些便民通道紧邻娜妥坝通道。有了这条便民通道，两国人民的往来更为方便，并没有因为国界的存在而阻隔了亲情。我们走在这条小道上，听到有人在唱歌，所以我们决定过去看一看。原来娜妥坝今天正好有人搬新房，所以亲戚朋友四邻八舍都来庆祝。我们原本想再凑近一点儿好好听听佤族的民歌，可是很快我们就感觉招架不住了。原来需要喝酒！在佤族人欢快的歌声中，我们切身体会到了佤族人的热情。

西盟的寻访佤族之行让我们感受到了佤族的神秘、热情、纯朴和快乐。所谓的“狂欢佤部落”其实不是一定要通过喝酒跳舞才能感受得到，在西盟，你的心情随时都是彩色的。离开佤山，我们的普洱之行就要结束了。我们认识了很多少数民族的朋友，虽然他们都穿着不同的服饰，说着不同的语言，却有着一样的笑容。我们走过了中越、中老、中缅边境线，也看到了在边境线上那些人的生活状态，虽然他们都来自不同的国家，却有着一样的习俗。这里没有高楼大厦，但是这儿的人特别容易满足，有着他们自己的快乐。

二十三 >> 走访神秘佤乡沧源

告别西盟，我们继续向西行进，前往更加西南的边疆地区云南省临沧市。临沧因毗邻澜沧江而得名，这条著名的跨国河流在临沧境内流程长达232公里，继续滚滚南去，北回归线从这座城市的南部横贯而过。独特的地理位置加上四面环山的地形，让这里四季温差不大，舒适如春。

从地图上看，临沧是中国西南边陲的一座小城。由于历史的原因，它没有一寸的铁路。正是因为这样，所以很少人来，也被称为“秘境”。这个地方究竟有多么神秘呢？我们现在就开启这段探秘之旅吧。

或许这座城市并不太为人所知，穿梭街头，发现稀疏的车流、极少的高楼，也许是令生活在这里的人们舒适悠闲的原因。而说到临沧的“秘境”称号，更多还是来自它拥有着一片古老而神秘的佤族部落。世代居住在临沧的佤族人有30万左右，约占中国佤族人口

>>>> 临沧市街景

边疆行（23）

沧源之旅：探秘佤寨翁丁

>>>> 沧源佤寨翁丁村

的三分之二。分布最为集中也最具特色的就是位于临沧市西南的沧源佤族自治县，我们决定即刻前往那里。

作为一座边境城市，临沧西南与缅甸交界，国境线长达二百九十多公里，有三个县与缅甸相接壤。我们要去的目的地就是这其中之一。从临沧市区前往沧源，有两百多公里的路程，由于几乎全程山路，通常要走四五个小时。离开临沧市两个多小时的车程后，我们遇到了第一个边防检查站。听当地的边防战士说，主要是检查有没有毒品以及象牙这些违禁的物品。真的感觉到边疆的气息越来越浓了。接下来还会有两三个小时的车程，才能够到达我们这次的目的地。

随着边境线越来越临近，像这样的检查站也是逐渐密集，屡见不鲜了。在这里短暂检查和休息后，我们再次上路。山路边鲜艳的三角梅正在绽放，像是朋友一路随行。当看到附近山上的董棕林已经漫山遍野地连成了片，我们知道已经接近那个神秘的佤族部落了。在云南还真的是“十里不同天”，一路走来的时候我们都觉得特别的热，但是到了这个地方，可能因为是在群山环抱之中，所以还有点凉。沿着这条路下去，就到了我们此次的目的地——翁丁村了。

那是一个小村落，跟我们一路上走来所见那些房子不太一样，当地人说他们被称为最后的原始部落，因为这个村子的佤族是直接从原始社会过渡到社会主义社会的。从山上放眼望去，这个宁静的村子就坐落在半山腰上，和其他村子一样的安静祥和。不同的是这里的房屋都是用草搭建而成的。这个叫做翁丁的村子是沧源最著名的佤寨，被当地人看做是佤族文化的缩影。这边的房子都是高高低低的，但是每座房子和每座房子之间挨得都非常的近。据说翁丁这个村寨已经有400年的历史了，到底有多古老呢？只要看村旁边的这棵榕树就知道了。

刚才在山顶的时候往下看，觉得村子里的房屋像一个个的小蘑菇，走近一看，原来这边的房子都是用茅草还有竹子、木头搭建的。听不到什么人的声音，只能隐隐约约听到狗叫声、鸡叫声，好像人比较少。不知道里面住的人是什么样子的？他们是不是还过着400年前的生活？

一个皮肤黝黑的女人嘴上叼着烟斗——这就是这个佤寨里的人给我们的最初印象。由于这是我们第一次造访佤寨村子，寨子里的很多人又不熟悉普通话，我们只敢远远地用长焦拍摄，生怕哪些地方坏了规矩。后来我们找到一名佤族向导，她的名字叫依再，这名18岁的小姑娘赶上了翁丁开始发展旅游业，成为这里的一名导游。

为了坚固，他们的围墙是用石头垒的，小院子也是自己垒的。依再向我们介绍说，翁丁这个村子有着近400年的历史，现在一共有101户人家，497名村民，全都是佤族。除少数出门打工外，基本还生活在这个村子内，以种植水稻和茶叶为生。她便是其中的一员。

依再：这个是我们寨子的广场了。

记者：干吗在这里竖着根旗杆啊？

依再：那不是旗杆，是供台，上面主要放一些小米花、茶叶，用来祈求来年有好的收成。

记者：那大家都是什么时候来这里祈愿来年丰收呢？

依再：每年的过年节。

>>>> 佤寨翁丁村佤族向导依再

>>>> 做客佤族草屋

每一个佤族寨子都要有自己的寨桩，它是全佤寨的象征和标志。一般来说寨桩摆在寨子最中央的广场上，每逢重要的节庆与仪式，全寨的人都会聚集到这里。佤族人信奉自然宗教，将自然物和自然力本身视为与人一样具有生命意志的神圣存在，而寨桩便是这种信仰的具象地位，无比重要。当灾难、困难发生之时，起到引导保佑全寨人的作用。

那是寨心石，只有男的才可以摸寨心石，女的就不能。按照佤族的传说，这个区域是极其严肃的，不仅女人不能触摸寨心石，连下面的台子也不能随意坐卧触碰。寨心石是全寨人精神的寄托。佤族人普遍认为，只要有诚心就能祈求到自己的愿望。想想这简单而朴素的信仰，却有着让人感动的单纯和执著。

记者：我刚进村的时候就发现，这里的房子有高的有低的，是不是有钱人就住高楼？

依再：不是，矮的房子是刚刚结婚的人住，两层楼是那种成家的人住。

翁丁全村目前都生活在这种有着 400 年历史的茅草屋里，无一例外。刚刚结婚的年轻人住的是四壁落地式平房，只有一层，不久后就会搬到两层的被称为干栏式建筑的茅草屋中。这种茅草房上面住人，下面关养牲畜、堆放杂物。房屋前面还会有一个竹巴晒台，用来晒衣物、晒稻谷。通过和村里人聊天，我们了解到翁丁村 1993 年才开始通电，而自来水则是 2004 年开发旅游时才接通的。即便现代文明已经在此发展，这里仍然保持着传统的居住习惯，并且房屋盖得密集，村中道路狭窄，这是因为他们坚持认为，只有在寨门寨围的范围之内才能受到寨神的保护和本寨人的支援。虽然人口越来越多，他们宁愿在寨内拥挤也不愿独户远离村寨。

依再告诉我们，在翁丁这个小村子里，大家同为佤族，或多或少也都有着亲戚关系。佤族人热情好客，走累了，随便走进一家就可以休息休息，讨碗茶喝。

依再：我们那个“奶奶”佤语称“呀”（音），你这样叫她，她会听懂的。

记者：那么旁边这个呢？

依再：她得叫“妹”（音）。

记者：这就是对“阿姨”的称呼。

依再：这位，你叫“更”（音），也就是“叔叔”的意思了。

记者：“叔叔好”怎么说？

依再：“更妹忙”（音）。

每个佤族人家里都有着被称为“永不熄灭”的火塘，夏天多热都不能熄。原来，火塘自进新房生起火后，就要让火种保存下来，不得熄灭，如同不能断香火一样。只有重建房屋或送走旧年时才可以灭火，那时又要举行取新火仪式了。其实对于佤族人来讲，火塘不仅是家庭兴旺的象征，也有着它的便利。那就是方便他们每天围坐在火塘边喝茶。每当有客人来时，邀请客人品尝自家的茶是他们待客的必有礼仪。每次喝茶之前，还要对祖宗表示尊敬，喝酒也是这样。

佤族喝的这种自种自收的茶叫做苦茶，红褐色，很漂亮。听它的名字就知道它的味道了。这种茶属于野生的绿茶或大叶茶，但在佤寨的喝法却极为特殊，因为他们从不泡茶。应我们的要求，主人专门为我们制作了一壶新的苦茶。拿一个茶罐，几下冲洗之后就将苦茶满满地放进铁制的小罐中，加入少许的水，放到火塘的炭火中去煮。三五分钟后水沸腾了就可以取出来饮用了。这样煮出来的苦茶颜色如同煨出来的中药汤，味道很重很浓，佤族人对茶的品位也是越浓越好、越苦越好。这种茶虽然很苦，但是喝完之后，它却有回甜。主人告诉我们，佤族人的苦茶不仅饮用起来提神解渴，还有着一些药用功效，外敷可以治疗被毒蛇咬伤的伤口，也可以治疗眼病和蚊虫叮咬等。所以苦茶在佤族人的生活中扮演着重要的角色。制作上它还有着很独特的地方：在山上将茶采来之后，放到火塘上的锅内大火烹炒，炒干后在簸箕上搓开、揉碎，并放到火塘上面烤半个月。由于火塘从不熄灭，每天烘烤，这些苦茶不仅有着茶的幽香，也透着淡淡的烧烤和烟草的味道。

>>>> 品尝佤家苦茶

还在佤族老乡的茅草屋里品茶聊天的工夫，有村民告诉我们，一场盛大的活动即将在翁丁村旁

\>>>>　佤寨翁丁的“拉木鼓”仪式

边的小山坡上开始了。随着村民人潮的方向，我们也爬上了翁丁村旁边的一座不知名的山坡。这里已经聚集起很多村民。之前我们不是说要来翁丁探秘吗？现在我们看到的就是佤族最神秘也是最庄严的一个仪式了，叫拉木鼓仪式。

在佤族的各种器物中，最神圣尊贵之物莫过于木鼓，每一年寨子里的人们都要到山林中，到事先选定的大树下杀鸡祭神，之后全寨无论男女，一起从树林中拉回一段质地坚硬的树干，作为制作木鼓的木材。这便是佤寨里最隆重的活动，称为拉木鼓。

村子在拉木鼓的过程中，是不能被人打扰的。壮汉站在木鼓的上面，女的都不能上去，甚至不能靠近。

像号角一样站在树干上指挥的人叫做摩巴，在佤寨中负责掌管关于祭祀的一切活动。摩巴在佤寨中虽然不止一个，但是他们的作用是十分重要的。大到全寨祭祀制作木鼓，小到村民的出行嫁娶，都离不开摩巴。

拉木鼓途中，即使走在平坦的大路上，人们还是随着摩巴指挥的节奏，或进或退或快或慢，享受这个一年一度的盛会。形式有点像拔河那样，一前一后、劳逸结合，走三步退两步，半个小时左右，制作木鼓的树干被拉进佤寨。但活动远远没有结束。不久大家开始围成圈，然后男的在里边，女的在外边，唱歌跳舞。

记者：为什么要这样做呀？

翁丁村民：因为木鼓是我们的神器，所以必须围着那个鼓跳歌的，不仅要跳还要唱。

记者：要唱什么歌呢？

翁丁村民：唱那个“欢迎木鼓”，也就是欢迎词。

村民们一起跳的就是由祭祀慢慢衍生而来的木鼓舞，每当木鼓声在佤寨中响起，不只本村的人，周围村子里的村民们也都会聚集过来，一起忘情地唱歌跳舞，分享收获新木鼓的喜悦。中间敲鼓的木鼓手是要特地选定的，他既要掌握节奏，又是领唱领跳。木鼓手用的两根鼓槌长约 40 厘米，两头粗中间细，像平时见到的哑铃。敲击时，鼓声时而统一时而交错，声音传到几里之外。

在佤族人看来，木鼓既是他们音乐的伴奏，又是传递信号的工具，更是至高无上的通天神器。在佤族的文化中，它的每一个声响，天上的神灵都能听到。因此木鼓平时是不能乱动的，只有祭祀、报警或节日喜庆等重要集体活动时才能敲打。木鼓一般长约 2 米，直径 0.5 到 1 米之间，平时存放在木鼓房里，分为公鼓、母鼓两种。别看它们的外形看起来差不多，其实大小和音色都有所区别。树干拉回寨子后，摩巴就会找当地具有高超技术的木匠进行制作，并且令其立下保证，绝不能出错。

新木鼓的制作大约需要 20 多天，能工巧匠们先在树干中凿开一条长口子，从口子入口将树干掏空，在体腔中心部分的两面各留有一半凿空的音腔，以便敲击时产生共振。而音腔的不同就决定了它们音色的区别。公鼓发出的音色偏高，母鼓则偏低。这证明佤族很早就知道了乐器结构与声音的关系。

>>>> “神器”木鼓和木鼓房

热情似火的载歌载舞一直持续到了天色将晚，古老的寨子渐渐恢复了平静。依再说要带我们去一个漂亮的地方，因为在那里可以看到他们村子的全貌。黄昏中的翁丁是一天中最美的时刻，来到这儿之后我们才知道，原来“翁丁”在佤语里的意思是云雾缭绕的地方。难怪我们刚刚来的时候，一切都是雾蒙蒙的。现在已经是傍晚的七点一刻了，可能在很多地方，天都已经黑了，可是这西南边陲的佤寨才刚刚近黄昏。

这个400年的小村庄，一天的热闹也过去了，现在渐渐恢复了静谧。远处有粉色的天空，而近处的村子里也正升起炊烟。此时此地我们觉得，正是欣赏翁丁美景的最好时刻和地方。也许是这里如血的夕阳让人沉醉，也许是这里不多见的茅草屋让人神往，我们就这样在半山腰上望着翁丁发呆，等待着太阳的落山。

这里没有让人震撼的名山大川，也没有让人狂喜的雪山草原，有的只是古朴的民居和袅袅的炊烟，有的只是一片宁静和安详，但我们却一致认为，这是我们见过最美丽的黄昏。天色渐渐黑了下来，决定今晚留宿翁丁。我们去到白天喝过茶的佤族朋友家造访，他们热情地招待了我们，并为我们准备晚餐。虽然只是简单的饭菜，我们却也吃得津津有味。当晚我们围绕着佤族永不熄灭的火塘打了地铺席地而睡。依再告诉我们，明天翁丁村将会以佤寨非常隆重的宴会来宴请我们，在这片平静的夜色中我们期待着，第二天这个神秘的村庄又会给我们怎样的惊喜？

一觉醒来，天下起了蒙蒙细雨，这让云雾缭绕的佤寨更添了几分秀美。应依再和翁丁其他佤族朋友们的邀请，我们前往一户有着独到手艺的人家赴宴。多种多样的菜色看得

>>>> 佤寨翁丁美丽的黄昏

我们眼花缭乱，真的是盛情款待！依再告诉我们，这便是佤族接待贵客的酒席：佤王宴。

>>>> 享用佤家盛宴——佤王宴

>>>> 佤王宴中的鸡肉烂饭

一会儿工夫，各种菜色全部上齐，大家也都纷纷入座。所有的菜都摆上桌了，不过是否开吃，得由摩巴说了算。摩巴就在火塘旁边，头戴羽毛。原来，要吃到佤王宴，首先得由他来念一些祝福语。通常在普通的佤族人家吃饭，没有太多礼数，而佤王宴就不同了。遇到隆重的场合和尊贵的客人，就少不了摩巴的参与。佤族的习俗是喝茶之前滴茶，与此一样，在佤寨中饮酒，无论大小宴会，接到酒杯都要先滴几滴在地上，一方面含有对天地祖先的尊敬，另一方面也表达对于远方亲朋好友的祝愿。因为我们是最尊贵的客人，所以摩巴把鸡头递给了我们。吃过鸡头，大家终于可以开动了。佤王宴上的食物真是多种多样，但佤族的朋友告诉我们，桌上的食材全部来自佤山，包括牛肉、牛干巴、猪排、鸡肉、苦叶汤、凉拌野菜等，在佤族人心里这就是他们的“满汉全席”。佤族很少吃炒的菜，都爱吃拌的。

这道鸡肉烂饭，跟我们平常吃的稀饭有点像，只不过是加了一些香料。不过，香料鸡肉烂饭并没有那么简单，它是佤族菜谱中最著名的一道菜，也是佤族待客的上等佳肴。因其比稀粥要稠一些，有经过加工的鸡肉混合，故俗称“鸡肉烂饭”。

佤家人的鸡肉烂饭不同于其他米饭，是作为一道菜来食用的。制作上也很独特。将活鸡宰杀放血之后，放在灶火中烧掉身上的毛，据说这样可以保留鸡的新鲜。之后将鸡切块放入清水中煮熟后，再将淘洗好的大米倒入鸡汤里，煮到烂稠度在米饭与稀粥之间为止。最后将薄荷叶、茴香等这些我们并不常用的调料撒入锅中，加入食盐、辣椒面搅拌均匀，上席食用。佤族人吃鸡肉烂饭时一般不用筷子，都是用手抓吃。鸡肉都煮烂了，跟米饭拌在一起，糯糯的，特别好吃。

按照佤寨习俗，佤王宴是没有餐具的，所以在佤王宴上用餐只能用手。随着这里越来

>>>> 永和口岸

越为人所知，各地旅行者不断前来，好客的佤族人也开始为客人们准备餐具了。如今来到这里，你大可不必担心面临用手抓饭的尴尬，然而对于外来的客人，有一关却不一定能够轻松度过。佤族人喜欢饮酒，热情的佤族人对外来客人的欢迎方式就是站在你身边为你唱歌，敬你他们自己酿制的水酒。而喝酒的规矩就是歌声不停喝酒就不可以停，你喝得杯数越多，他们就越相信你在佤乡过得开心。如果你的酒量不行，就难免醉倒了。

对于我们，他们无疑是视为尊贵的客人。佤族兄弟们也是轮番上阵，席间歌声一直不断，饮酒也就不断。虽然大家都酒量有限，但是面对如此热情的佤族朋友，又怎能推却呢？这首红遍大江南北的《阿佤人民唱新歌》，更是引起了席间所有人的共鸣，歌声掌声此起彼伏。热情的佤王宴让我们醉在了佤乡，但是我们的行程却不能因此中断。带着佤族兄弟浓浓的情意，我们继续上路。离开翁丁，前往沧源与缅甸相接壤的地方，这就是第 167 号界碑，对面就是缅甸的绍帕。听当地人说，在绍帕生活的也都是佤族人，由于两边的佤族生活习惯、风俗是相近的，甚至语言都是相通的，所以出现了非常多的跨境打工族。对面的缅甸人经常会持边民证来中国从事一些建筑服务性的行业，有的甚至把自己的子女都送过来念书。这块界碑就像一个威武的将军一样，不仅驻守着自己的国土，而且也见证着两边未来的发展。

沧源县的永和口岸，距离沧源县城 14 公里，距缅甸的绍帕地区仅 3 公里，是西南地区通往东南亚的一条重要通道。由于口岸两边均为佤族，风俗习惯近似，大大方便了他们之间的交流与通商。为了了解这里更多人的生活状态，我们从此地出发，前往沧源县城。沧源县的总面积有 2 445 平方公里，其中百分之九十九是山区，而县城则在一片难得的平坦的地方。作为西南边陲的小城，这里总人口有 17 万多，而其中佤族就占了 85.1%。与翁丁村中居住茅草房、保持着古老习俗的佤族不同，县城里的佤族人大多过着十分现代的生活。在沧源的综合贸易商城，我们看到了这里作为口岸县城的商业气息。

到县城的时候，刚好赶上了他们五天一次的赶集。虽然这天有点下雨，但还是挺热闹的。其实县城里面也有超市，但是住在这边的人，尤其是住得远的人家，更喜欢用这种方式来购买家庭用品。集市上，有卖大米、绿豆、黄豆的，有卖粮食、水果、衣帽、日常用品的，在这个集市上，可以说应有尽有。而集市上的买卖双方却不仅仅是这个县城的人。

沧源县城是一个不错的市场，一些缅甸商人来到这里的集市经商，主要以缅甸的拖鞋、小商品为主，而来此采购各种农产品生活用品的缅甸朋友就更多了。这里往来极为方便，仅凭一本边境通行证，大家就可以自由往返国内国外。谁能想到，这个小小的集市，每天却在上演着一笔笔的国际交易呢？即使是阴雨天，大家也都兴致不减。

沧源之行给我们留下了深刻的印象，就在我们离开这座边疆县城的路上，我们看到在县城的外围，很多条笔直宽阔的马路刚刚修建完毕，与这里秀美的山林风光交相辉映，感觉这个古老的佤族县城也已经开始了它的发展之路。

来到沧源的这几天，最大的感触就是边境的地理位置，真的给这边的人们带来了很多。一方面，他们保存了古老的民族传统，而另一方面，他们又可以根据边境的优势做一些贸易的活动。真的是一天一个新变化。就在山的那一边，一个现代化的机场现在正在筹建，等到机场建成的那一天，会有更多的人来到这儿。那时候的沧源又有什么新的变化呢？让咱们期待吧。

>>>> 永和口岸边境集市

二十四 >>> 走读边城耿马

离开神秘的佤乡沧源，继续边疆行的旅程。沿着蜿蜒的盘山公路一路往北，需要行进80多公里的路程。路况很好，一个多小时我们就到达了这次的目的地——耿马傣族佤族自治县。其实这个县名概括得并不全面，因为在这儿生活着24个少数民族。看看身边的这些植物，就知道来到了耿马，因为我们已经进入热带和亚热带了。

多样的少数民族风情以及炎热的天气，看来我们这次来到耿马是要进行一次火热之旅了。耿马傣族佤族自治县是云南省临沧市三个与缅甸相接壤的县之一，当地人告诉我们，"耿马"的意思是白马腾飞的地方。走在县城街头，多种民族的别样风情扑面而来。傣族、佤族、拉祜族、景颇族等少数民族都聚集在这个并不大的县城内，让耿马城有着传奇般的色彩。我们没有在这座县城过多停留，因为这次来到耿马，我们是想专门造访它的

>>>> 耿马县城

>>>> 孟定镇

一个小镇——孟定。

孟定距离耿马大约80公里，在耿马傣族佤族自治县所辖区域内，国门与边境口岸都在孟定镇。那里是中国西南不折不扣的边疆，从耿马到孟定虽说只有差不多2个小时的车程，但是海拔落差却非常大。一开始是1 200米左右，然后我们到了一个1 800米的山头，快接近孟定的时候，却只有四五百米的海拔了。而且刚进入孟定，就觉得是不是到了瓜果培育基地了。路上都是冬瓜西瓜，还有在北方不常见的芒果树、木瓜树、菠萝蜜树，最多的就是香蕉树，确切地说是香蕉林，成片成片的。

从耿马到孟定的沿途，我们看见有很多装满香蕉的车辆来来往往。还没进入孟定，就被这大片的香蕉林所吸引了。我们决定下去跟收香蕉的农民们聊聊。与刚从香蕉地里回来的大哥聊天，我们得知这一车香蕉是他们提前定好将要运往昆明的。这辆过来拉货的大卡车不仅是来收他一家的香蕉的。

顺着两边被香蕉林护着的公路前行没过十分钟，就到达了孟定镇。如果你是初来乍到，一定会觉得这个地方跟中国其他的内陆小城没有什么区别：人多、热闹，有很多时尚新潮的店面。但这条路有个非常特别的名字，叫做中缅路。只要沿着这条路一路向西，就可以通往缅甸了。孟定被这里的人称为“黄金口岸”，因为它是中国西南前往缅甸的一条陆路捷径。沿着这条中缅路一直向西，就可以直通缅甸的腊戍。走在孟定的街道，你时刻可以感受到它作为边境小镇的异样风情。孟定的很多商铺都是邻国的缅甸人所开，所以这边店的招牌都是用中文、缅文两种文字写的。

这个边境小镇非常繁华，它是云南省唯一的一个副县级镇，拥有近10万人口。在云贵高原局部平坦的平原地带，被称为“坝子”。有人说，云南有三块美丽的亚热带坝子，它们是“三姐妹”：大姐叫西双版纳，二姐叫德宏，而小妹就是躲在这大山里的孟定。

孟定四面环山，坝区面积有160平方公里。山上是30万亩的橡胶林，坝区则有着6万亩的香蕉林，这是孟定的两种主要作物。我们决定走进坝区的香蕉林，分享孟定蕉农们收获的喜悦。进入孟定镇之后，道路两旁全都是香蕉林。通过聊天我们得知，这周围的60多亩香蕉地都是这位李大哥的。为能管理好这么大面积的香蕉地，他雇佣了两家蕉农。收割的时候还需要临时雇佣更多。在我们的要求下，李大哥同意带着我们走进他家的香蕉林。路特别不好走，老板告诉我们，这边一年到头都有香蕉可以摘，产量可想而知。李大哥在前面步伐矫健，我们却渐渐跟不上他的脚步了。看着这一眼望不到边际的香蕉林，如果是单独过来，我们肯定会在其中迷失方向。想想看，我们行走其间的是一片万亩香蕉地啊！李大哥说种植香蕉对水分的要求比较挑剔，蕉田需要挖出很深的灌溉渠，这样才能利于排水和降低地下水位。所以一路上，我们需要跳过一个个沟沟壑壑才能找到蕉田里正在收割的蕉农们。

蕉农告诉我们，一棵香蕉树会陆续出苗和长出香蕉，所以可以不断地收割。这片香蕉林是李大哥去年五月下种到今年三月开始收割的，依照香蕉成熟的快慢，合理地过来采蕉。这一片香蕉林能陆陆续续收十个月。

虽然我们这趟香蕉地之行喜获丰收，但是收割下的香蕉必须是绿的、生的，才能卖得出去。因为香蕉被采下之后放上两三天，就会变成我们看到的成熟的黄色。这个过程正好发生在运输中，这也让我们没有办法尝到自己的劳动果实。一番忙碌后，我们对李大哥

>>>> 孟定镇的山景

>>>> 孟定镇的万亩香蕉林

进行了简短的采访。原来李大哥并不是孟定人，他来自湖南，和他的老乡们一起来到孟定做生意。现在已经有了孟定媳妇。这60亩地是他去年租下种植香蕉的，今年是他第一次收获香蕉。不过今年香蕉价钱不怎么好，一千克才赚4.5元。在这个地方，卖得最贵的时候是在清明节左右，就是泼水节前，可以卖到5、6元多一千克。

李大哥介绍说，香蕉的价格浮动较大，他今年整体算下来，算是略有盈余。香蕉在孟定镇并不是传统行业，是近四五年才开始种植的。像他这样将土地租下来再雇本地农民管理的外来商人越来越多，有的人承包几百亩下来，一年曾赚到几百万元。就在告别李大哥，将要离开这片香蕉林时，又遇到了不常见到的场面：在另一边，有好多人在装箱，特别热闹，感觉像是一个小型的运输加工厂。一个人专门负责封箱子、折箱子，原来蕉农们是在为刚刚采下来的香蕉进行包装，这批香蕉将要运往宁夏，路途遥远。因为它的运输路线特别长，所以要给它喷药水保鲜。而刚才李大哥的香蕉运往不远的大理，就不需要装箱了。

我们发现包装好的这些香蕉需要很多步骤：将刚刚采下的香蕉从枝上砍下，直接放进保鲜药水中清洗一遍，再在清水中过滤一遍，放到专门的转盘上去掉水珠，称好分量并用吸尘器抽出空气，这样更利于它的保鲜。这一系列动作，蕉农们以流水线作业，分工非常明确。

为香蕉装箱的孟定村民告诉我们，蕉农们向来都是分工明确。他们平时就专职负责包装，而没有参与过香蕉林里的种植和收割。由于香蕉一年能有将近十个月的收割期，所

>>>> 蕉农李光云和记者

>>>> 记者体验砍香蕉

以他们平时很忙，一年下来也会有万元的收入。

在广东有一种民俗，每逢过年或者是节庆的时候，他们叫“抢包山”，就是好多人爬有包子的山。我们在孟定也体验了一把“香蕉山”。成箱的香蕉装满了整整一个拖拉机，孟定的老乡们需要先用拖拉机将香蕉拉出这片香蕉林，运到外面的大路上，送上大车。

孟定位于北回归线附近，是典型的亚热带季风气候，加上孟定坝子一马平川，使它的日照强度很高，全年平均气温为二十多摄氏度，这种气候很适宜香蕉的生长，但也需要蕉农们每天在炎炎烈日下工作，往往汗流浃背。看到这载满香蕉的拖拉机，在这片茂密的香蕉林中行驶，我们感到他们这些付出都是值得的，而且我们发现，他们的脸上都洋溢着快乐的笑容。虽然一天下来大太阳晒着，干着重体力活，很辛苦，但是他们不用出家门就可以有份新的工作，可以装香蕉、砍香蕉、运香蕉，而且可以在家门口就能有就业的机会，所以他们也是快乐的。

从万亩香蕉林中走出，继续着我们的孟定坝之旅。这里的人告诉我们，“孟定”是傣语，意思是会弹琴的坝子。有人说这“琴弦”就是流经孟定的南汀河，这里的傣家人世世代代生活在河边的村子里。孟定镇有 23 个村子，村民中傣族占到百分之三十。虽然这里还保存有傣族的寺庙，但走进村子，并没有见到想象中的傣族竹楼和那些充满热带风情的傣族少女。这让我们未免有些失望。然后见到一口可以打水的水井，上面写着它的建造年份：2010 年 1 月 24 日。

不过，看到金色的有尖顶的建筑，就知道来到傣族村了。我们走进的这个安静的小村子叫贺海村，这口金色的方形水井非常醒目，提醒着我们现在正置身于傣族村寨。傣族的传统就体现在这口井上，要在上面搭建一个小房子。现在大家已经不再喝井水，改喝自来水，但这口井还留着作纪念。

狭窄的小路、错落的房屋、朴实的村民，这一切或许让你以为这个村子极为平常，但就是这样一个普通的小村子，却保留着中国其他地方极为少见的特殊舞蹈。在孟定，大多数人是傣族，一提到傣族，大家必定会想到孔雀舞。一个个漂亮的孔雀公主姿态曼妙，但是来到孟定之后，要带您看的却是马鹿舞。这种舞蹈傣语名为“来朵”，翻译成汉语就叫做马鹿舞。它主要流传在孟定包括贺海村在内的一些傣家村寨。即便是在中国的其他傣族聚居区，这种舞蹈都很少见到。

孟定的村民告诉我们，传说马鹿这种动物头似马、身似驴、长着牛腿，而一对角则是鹿角。它既不是马也不是鹿，生活在茂密的森林里，能给人带来福寿和吉祥。在漫长的岁月里，傣家民间艺人将这几种动物的特征集于一身，创造出这种舞蹈。马鹿舞在傣族的象脚鼓、铓钹等打击乐伴奏下，表演者动作有的仿生、有的夸张，忽而跳跃忽而翻滚，姿态优美又生动有趣。

在傣族村寨，大家围观马鹿舞演出时，经常会往地上放一些钱或礼物，作为对舞者辛苦表演的答谢和奖励。而据说奖励这种神奇的动物也会为自己带来好运。每当人群中有人给了这些奖励，表演者必须要将它们从马鹿的嘴里吃进去。这一项也是对他们技艺的考验。原来马鹿的嘴是铁质的，演员钻进去之后需要伸手操控，使它张开或闭合。马鹿道具是用竹木扎制衬架之后，将彩布罩在架子上糊好，还要用须穗、绒毛、亮珠等饰物加以

>>>> 孟定镇“马鹿舞”

>>>>　记者体验“马鹿舞”

彩绘和装饰，看上去颇具民族美感。在马鹿道具上有一个重要秘密，就是它脖子上有着故意撕破的两个洞。表演者通过它们，观察自己的位置并做出各种动作。

马鹿道具有十来千克重，步法又分为走步、跳步、碎步跑、起伏步等多种，往往一跳就是两三个小时，对表演者的体力和耐力要求很高，所以马鹿舞一般都由傣寨中的男子来跳。每逢泼水节等传统节日，这活泼欢快的“马鹿”就在孟定的傣寨中舞了起来。真的很难想象，一两个小时的舞蹈中，不仅要手配合好，脚也要不停地跳动，不能跳乱。这次来孟定真的是不虚此行，因为我们不仅知道了傣族有柔美的孔雀舞，还有非常阳刚的马鹿舞。

天色渐渐暗了下来，我们驱车离开了这个傣族村寨。第二天早上我们要去拜访生活在孟定的另外一些较为不同的人。他们在 1970 年左右从中国不同的城市来到这里，并将自己的青春年华留在了这片祖国边疆。这一批人当时被称为“知识青年”，简称“知青”。

从孟定镇开车不到十分钟，就来到了我们要找的地方孟定农场。说明来意后，农场的书记带着我们拜访了现在还生活在这个农场的老知青们。这位阿姨是一名当年的四川知青，因嫁给了一个孟定本地的大哥而留在了这里。她说和她有类似经历的人也有一些，在她的带领下我们拜访了她的邻居，一名上海知青。无论从肤色还是从口音上，我们已经很难分辨出眼前的这位大叔是一个上海人了。他叫范积春，今年 58 岁，1970 年从上海来到孟定，前年年底刚搬来，之前住在苗圃地农场。这 40 年，他都是跟着农场的建设，先是住草房，后是住瓦房，最后改革开放以后，又住进了楼房。

范大叔告诉我们，他有一儿一女，现在已经全部回到上海工作了。但是他已经习惯了孟定的生活，不想离开。他兴致勃勃地带着我们参观他住了一年的二层小楼。

范积春：这是农场小区，房子大，人少，我儿子媳妇回来也住这儿，他们一年回来几次看看。

范大叔兴冲冲地对我们说，如果在上海，他恐怕怎么也住不起现在这样大小的房子。在我们的要求下，他答应带我们去他曾经奋斗过的农场看一看。在前往农场的路上，范大叔告诉我们，他的命运从 1969 年中学毕业后发生了改变，坐了 3 天火车和 5 天的卡车，来到了这个孟定农场，那时是 2 师 7 团 3 营 11 连，云南生产建设兵团。范大叔说他怎么也没想到四十多年前的那次到来，让原本在上海根本没见过橡胶树的他和橡胶打了半辈子的交道。

进入奋斗了四十年的孟定农场，范大叔就如同进入了自己建造起来的世界。一草一木都了如指掌，激动地一一为我们介绍着。范大叔自豪地讲，在四十年前，他刚刚到来时，这片土地并不是如今这样，而且和他想象中的热带完全不同。睡的是茅草房，吃的是野菜汤，饭是红米饭，反差特别大。作为一名 17 岁的上海小伙，孟定当年生活条件的艰苦远远超出了范大叔的想象，他的母亲也多次写信叫他回去。到了 1978 年，回去的机会出现了。

范积春：夫妻双方都是上海人可以回去，和外地人结婚了就不能回，当时气得我躺了三天，我爱人说你想走就走。

那时的范大叔已经和一个傣族姑娘就是现在的俸阿姨结了婚，并且有了一个四个月大的孩子。一面是家里老母亲的期盼和繁华的上海，一面是自己的妻子孩子和建设中的孟定农场。他左右为难，看着周围其他知青们各种各样的做法，他也做出了自己的选择。

范积春：当时我想，退伍军官和退伍兵，他们都从家里把子女带来，人家过得成，我为什么就不能？我为什么就过不好？我为什么就过不下去呢？最后一想，既然党和人民把我派到了这个地方，就绝对不会亏待我们嘛。后来上海出台了一个政策，就是说在外面成家立业不能回去的知青，子女可以安排回去读书、工作。我就安心在这儿了，就在这块边疆，跟老工人们一起同甘苦共命运。

>>>> 孟定知青介绍老照片

范大叔的这个选择让他的后半生留在了这片边疆的橡胶林中。他说在剩下的这三十多年里，他再也没有动摇过这个选择。如今的范大叔已经成为孟定农场的技术骨干，承包了现在这 50 亩苗圃基地，一年的纯收入达到五六万左右，而孟定也已经由一片荒山村落变成了现代小镇。楼下楼上电灯电话，头顶香蕉脚踩菠萝，摔一跤还能抓一把花生米，真正实现了范大叔一直和我们讲的“三十年河东，四十年河西”这句话。

他说这四十年就是他和孟定的四十年，从开垦荒山到种植橡胶，从盖起高楼到开放口岸，他都亲身经历亲眼见证。他已经成为一个孟定人，再也不想离开。因为这里有着他的汗水泪水，有着他的无悔青春。“离开家乡爹和娘，背起行李走远方，酷暑寒冬不怕苦呀大风路上自己闯。谁叫咱是男子汉……”范大叔说这首歌是一直支撑他努力下去的精神动力，一定要唱给我们听。这是他年轻时的一首流行歌曲，却唱出了他的心声。他说无论如何也没有想到，当年曾许下的“扎根边疆、建设边疆”的诺言真的被他实现了。

告别了这位带给我们崇敬和感动的老知青，我们前往知青园参观。知青园的园长是这个村子的老书记，他告诉我们，之所以建这个知青园，是因为每年都有很多知青回来探望孟定，这个他们曾经挥洒青春的地方。他要替知青们保留一些那时的记忆。知青园里展出的照片、衣物、农具等全部都是知青们捐赠的，或许在他们眼中，这些物品是自己一生中最为宝贵的财富。根据孟定农场为我们提供的数据，从 1969 年 2 月到 1971 年 3 月，先后有 7 022 名知青来到孟定，到现在仍然有 41 名知青生活在孟定农场。他们分别来自上海、四川和本省的昆明市。

>>>> 走访知青园

>>>> 清水河口岸的国门

告别知青园，我们继续上路，前往孟定的国门清水河口岸。清水河口岸距离孟定镇30公里，去这个口岸的路非常好找，因为这条路几乎一直沿着孟定坝子最有名的河——南汀河延伸。这条缓缓流淌的就是发源于临沧的南汀河，它流经美丽的孟定坝子，在这儿与南帕河交汇，一直流向缅甸的萨尔温江。什么是边疆？这儿就是边疆了。因为在河的对岸是缅甸，左手边也是缅甸。南汀河与南帕河在我们所处的位置交汇，这恰好也是中缅两条国界线相交的地方。顺着南帕河一路向上游走，我们就来到了清水河口岸的国门。

中缅两国被南帕河上的界河桥划分开来。虽然从远处看，这个桥身颜色是一样的，但是走近一看，深浅不一。桥的栏杆被漆成了深浅不同的颜色，或许是为了区分边界吧。清水河口岸是中国的一类对外开放口岸，有着“黄金口岸”之称，因为它是中国连接南亚和东南亚最便捷的陆上通道之一，来往车辆不在少数。国门的战士们都在极为认真地进行着边防检查，而我们这次耿马孟定的旅程也即将在这里结束。在孟定的这几天，我们一直在想一个问题，那就是旅途当中自然风光固然重要，但是遇到的人才更让你记忆深刻。就像第一次种香蕉就喜获丰收的李大哥，就像坚持了40年最终实现梦想的范大叔，他们的故事都让我们觉得，孟定这座边陲小城充满了甜蜜感。而这种甜蜜感，也会一直影响和感动着我们今后的人生。

>>>> 清水河口岸以桥颜色为界

二十五 >> 镇康神奇之旅

离开我们的上一站孟定清水河口岸时已是傍晚，由于路途并不遥远，摄制组决定在天黑之前赶到这次的目的地——云南省临沧市的镇康县。

一路上在山间穿行，天色忽明忽暗，时时刻刻都有着不同的变化。我们一路盘行在云贵高原特有的红土地上，有点头晕。听司机师傅介绍说，这条公路是去年刚刚修好的。2010 年修好这条路之后，不到 50 分钟就可以到镇康，而在此之前却要 5 个小时。

车窗外山连着山，岭连着岭，心情也变得开阔起来。

崇山峻岭间的景色虽好，快要落山的夕阳让我们心旷神怡的同时，却也提示着我们，要抓紧时间赶路了。经过一小时的路程，我们终于到达了镇康县城所在地——南伞镇。

天渐渐黑了，淅淅沥沥的小雨让这个边境小镇更多了一层神秘。镇康西南与缅甸

>>>> 南伞国门口岸

>>>> 南伞国门的升国旗仪式

接壤，国门就在南伞镇的城区里。所以我们决定早点休息，因为第二天早上要参加这个国门的一项庄严仪式。

南伞口岸与其他的边境口岸城市不同，这里的口岸就在南伞镇的正中。和很多国门一样，位于中国西南边疆的南伞国门每天早上8点都要举行升国旗仪式。每到这个时候，国门的全体官兵都要在国门前集合，参加这项庄严的仪式，升国旗、奏国歌、敬礼。

升国旗、奏国歌的场面我们从小到大不知经历了多少次，然而，当第一次听到国歌在祖国边疆奏起，看着五星红旗在边疆口岸冉冉升起时，我们的心里却有着不一样的感动。

或许，只有在中国的边境线上，只有在这真实可见的国门前，同样的升旗仪式才让我们产生了比以往更加强烈的自豪感和归属感，眼泪不知道什么时候夺眶而出。

升旗仪式结束后，国门开始开放，早已等待在南伞国门旁的中缅两国居民开始了他们的往来。我们看到，从缅甸入境的边民们手持边民通行证陆续进入中国境内。

在这里，我们看到一些从中国运肥料到缅甸的边民。与我们沿途见到的大多数国门一样，往来于南伞国门的大多都是一些利用边境地理位置的便利从事商贸活动的边境居民。相比于其他口岸，这里或许更为方便，因为南伞与对面的缅甸老街同在一个山间盆地，国门两面都是县城街道，中缅两国在这里可以说是零距离相伴。口岸即是县城，县城即是口岸，这里的人称之为“一城跨两国”。

>>>>　行走在南伞街头

在口岸,我们还看到一些送孩子去缅甸上学的边民,他们说,因为自己在缅甸经商,所以只能把孩子送到对面去上学。当地人自己说,这不仅是跨境做生意,还是跨境生活。一城两国的格局让国门两边产生了很多这样跨境工作,甚至跨境生活的居民。

镇康县的县城在 2005 年 12 月由凤尾镇迁至南伞镇,这使南伞成为一座十分年轻的边境县城。

走在城中,随处可见的绿色植被和崭新宽阔的街道都显示着这座新城的活力。但这并不代表它没有历史,一道山岭将南伞分为新城和老城两部分。走在老城区,我们不仅感受到更多生活气息,通过和街上人的交谈,还得知了南伞一个非常有意思的去处。

抱着探秘的心理,我们在当地人的指引下驱车前往。一路颠簸,一直开到车开不上去的山坡。

镇康的南伞镇因为离国界线很近,所以有很多奇怪的现象,其中就有“一洞通两国”。为什么这么说呢?因为这里有很多溶洞,据说只要从中国境内钻进溶洞,就能够从缅甸的境内出溶洞。

到底是不是这样呢?我们找来了非常熟悉当地地形的王大哥体验一回。

王大哥的家就在溶洞旁边的硝厂沟村,这是南伞镇和缅甸相接壤的村子,距口岸大约只有 3 公里的路程。从小在这里放牛耕种,不仅让他对这里地形非常熟悉,在劳作期间还收获了一段跨国婚姻,娶了一个旁边村子里的缅甸媳妇。

王大哥带领我们走过一段乱石小路,石头很滑,上面生满青苔。一路上他不停地用手里的竹子探路。一接近洞口的这个位置，我们就觉得凉意袭来了。这一片山坡叫做石花瓶山。跟随着王大哥翻山越岭，我们发现他所说的路其实并不是路，而完全要靠自己用双脚踩出来。如果我们单独过来探秘，无论如何也找不到那些溶洞。王大哥自豪地说，即使是生活在南伞镇上的人也不一定都清楚溶洞的确切位置。

经过一番周折，钻过了两个小溶洞，我们终于来到了目的地——天然的跨国溶洞。我们发现，这个洞不仅深而且黑，所以我们带来的登山拐杖派上了用场，现在它可以当做火把用。

向导王大哥经验丰富，一根竹竿、一块毛巾就构成了我们自制的火把，凭借它我们开始了这次在边境线上的探洞之旅。没想到我们在镇康的中缅边界还当了一次“火炬手”。在这里，我们真正体验到了什么叫做最危险的地方往往都伴随着最奇特的景观。

溶洞之内十分宽敞，但是完全漆黑，借助火把的光亮，我们看到了各种天然的钟乳石。

有些像莲花、像吊灯，有些又像鸟兽，这真是大自然的鬼斧神工。很多人都看到过溶洞景观，但是那都是在景区，像这样完全没有经过人工修饰和雕琢，甚至都没有一个射灯在里面的，则完全不同，真的非常美。在这个溶洞里行走不但寒气逼人，偶尔还会有蝙蝠从头上飞过，不禁让人心里紧张起来。

蝙蝠在头上飞过，脚踩在厚厚的蝙蝠粪便上行走，这种感觉摄制组的成员全都没有体验过。面对眼前一片漆黑的溶洞，如果不是有着号称从小走通过多次的王大哥带领，我们还真是不敢轻易前行。这让我们不禁想到，第一个走通这个溶洞的人有着怎样的胆量。

王新强：快看，到洞口了。

记者：我看到了光。看那儿，

>>>> 南伞居民王新强

>>>> 记者探秘跨国溶洞之一

从洞口透出来的光。

王新强：那里就是缅甸。

记者：出洞口就是缅甸了？

王新强：对。那边是缅甸，这边是中国。

原来，这个溶洞也有分界线，只要过了这边就到达属于缅甸的那部分溶洞了。

从洞口透出来的光让人激动不已，在向着那一丝光前行的过程中，我们的火把渐渐熄灭了，这是因为王大哥平时走这条路只需要半个小时，今天由于带上了我们，走了足有一个小时。还好，有事先带上的手电，虽然照明度差些，摄制组还是顺利走到了洞口。

我们陆续从洞口爬了出来，洞口的蜘蛛网验证了这个溶洞的确很少有人光顾。王大哥告诉我们，山洞之外就是缅甸了。真是令人惊叹，我们这次跨越国境线竟然是在这样一个伸手不见五指的大溶洞之内完成的。

没想到一出洞口，我们就遇到了一位正在耕地的缅甸农民，更出乎意料的是，我们竟然可以用中文和她交流。这位缅甸大姐告诉我们，他们村子里的人大多都能听懂中文，因为他们经常去南伞镇上买菜买鱼，与中国人的交流很多。

南伞镇的菜价要比老街的菜价便宜一些，这里距离国门很近，所以他们都会拿着边民证从国门前往南伞，而不会钻这个溶洞非法进入。

溶洞之外，漫山遍野都是青青碧草，让人心中豁然开朗，我们不禁猜想，几亿年前海水覆盖云贵高原的时候，这里应该会是一个海底隧道吧。

王大哥说，根据他的经验，像这样在边境线上游走观光一下还是可以的，但不能再擅自向前进入邻国缅甸的村子里，一旦被发现，巡逻的队伍将给予相应的处罚。于是，我们也就不再向前。

后来在当地的相关部门了解到，这个跨国溶洞的旅游开发已经被纳入规划，也许今后哪天再来，这已经成为南伞镇一个著名的旅游景点了。

南伞国门在每天早上8点的升旗仪式结束后准时打开，从没有一天例外，但是有一群人却享受着特殊的权利，国门会破例为他们而开。

现在是早晨的6点钟，天刚蒙蒙亮，国门还没有打开，月亮还挂在天空中，我们早早地来到了国门，但是有一群孩子比我们来得更早。他们就是那个特殊的人群。

每周一到周五的早上6点30分，南伞国门会准时为在中国读书的缅甸孩子打开一次国门，因为他们要在7点到达学校，开始一天的学习。

由于两边小镇紧紧相连，路途也较为便利，来中国读小学的缅甸孩子并不在少数。凭借手上的中国学生证，他们就可以享受提前进国门的特殊待遇。而随着他们全部进入之后，国门随即关闭，8点钟才会再次开放。

可以看出，南伞国门的战士们已经对这些孩子非常熟悉了。他们介绍说，这个手拿鲜花的缅甸孩子叫陈世儒。摄制组决定跟他一起去上学，走进他在南伞的校园生活。

从国门到小学，孩子们大多乘坐一种在南伞很常见的三轮摩托车。陈世儒告诉我们，他和几个小伙伴会搭伙乘坐三轮车，平均下来每人每天两元钱，而他们父母的接送通常是到国门为止。不到十分钟，我们就来到了陈世儒读书的学校——镇康县城关完小的门前。

这是一座没有围墙的小学，占地并不太大，由于近年来学生的增多，学校在主楼之外的操场旁边又加盖了一栋教学楼。陈世儒所在的班级是三年级三班。班里一共有40名学生。也许是因为无论从外表还是语言上都很难区分来自中国还是缅甸，这群只有八九岁的孩子为班上究竟有几名缅甸老街的学生争论起来。争论的结果是，这个40人的班级有5名孩子来自缅甸，占1/8的比例。

>>>> 记者与中缅小学生们

无论是课间休息玩耍还是上课提问，甚至在收取书费杂费方面，学校对于国门两边的小学生都没有任何区别，难怪分不清楚彼此的国籍。

这间小学和我们在其他地方

见到的小学一样，开设有语文、数学、音乐、体育等课程。从这所小学校长的口中我们了解到，所谓“完小”指的是完全小学，从一年级到六年级。这所镇康县城关完小是 2005 年随着南伞成为县城而搬迁过来的，并在同年开始接收对面的缅甸学生，现在的 980 名小学生中缅甸籍学生已有 118 人。同学们之间相处十分融洽，从没有发生过因国籍与习惯的不同而产生的矛盾。

课间休息时孩子们纷纷跑了出来。这个边境小学做的是第二套广播体操。青山环抱间，孩子们舒展着身体，而在课间操过后，陈世儒他们开始了为“六一”儿童节节目的排练，孩子们都手捧鲜花，极为认真。

三年级三班表演的曲目是《每当我走过老师窗前》，两名领唱中一个是中国孩子，一个是缅甸孩子，他俩是这个班上唱歌最好的同学。

后来我们问过陈世儒能不能理解这首歌歌词的意思，他说知道：这是唱给老师的，老师很辛苦。或许对于这个只有 9 岁的缅甸孩子并不能看懂歌词中的每句话，但我们相信，在他长大之后，想起这段在边境小学读书的经历，会像这歌里唱的一样，对国门这边的老师充满感激之情。

操场上安静了，教室里传来了孩子们朗朗的读书声。这些从缅甸到中国来读书的孩子们是特别的，因为他们小小年纪就要跨出国门当留学生，到国外去读书。同时这些孩子们是幸运和快乐的，因为他们只要走几步就可以跨出国门，接受更良好的教育，认识更多的朋友，在自己的人生中多一笔不平常的经历。

来到镇康县的第三天早上，摄制组在雨中，前往一个德昂族的村子。那里距离南伞镇 72 公里，叫做哈里村。

摄制组此行的目的是去寻访德昂族。这是中国人数较少的少数民族之一，目前只有 1.5 万人，镇康县是他们在全国的第二大居住区，仅次于德宏的潞西县。随着深入山区，道路也越来越难走，途中甚至出现了等待挖掘机重新将路挖好才能通过的情况。时断时续的雨给我们的行程带来了困难，但同时也带来了别样的风情。

70 多公里的路走走停停用了三个多小时，才到达这个德昂族的哈里村。

单从房屋和建筑上很难看出这个村子与其他地方的区别，但偶尔碰到穿着民族服饰的村民我们才发觉，这真的是我们要探访的人数极少的德昂族村落。而我们的到来，或许打破了他们平静的日常生活。

据了解，哈里村中有 1 880 名村民，其中德昂族 1 006 人。目前，年纪稍长的族人日常还保留着穿本民族服饰的习惯，年轻人一般就很少穿了。今天也许是我们的到来让她们高高兴兴地打扮起来。一看到有生人进村，就赶紧把自己最漂亮的衣服穿上。

来之前就知道，腰箍和头饰是这里的德昂族女子两件很有特色的饰物，没想到一进村就碰见有位大姐正要包头。虽然语言交流并不是很通畅，通过比比划划，她还是明白了我们的意思，爽快地答应为我们的记者王静也包上一个漂亮的头饰。

>>>> 南伞国门缅甸小学生们歌唱比赛排练

各地德昂族女人的包头略有不同，哈里村的村民们都是先用黑布将头缠绕，再将银饰与珍珠饰物一层层地缠绕到女人的头上，银饰越多就越显得尊贵和富裕。因银子数量有限，有些家庭会用铝来代替饰品中的银。

虽然在缠头的过程中，德昂族的大姐所说的话我们一句也没听懂，但还是能感受到她们的热情友好。

说起德昂族的服饰，更为独特的要数她们系在腰间的花腰箍了，这是用藤篾，也就是竹子编成的腰带。据说从唐代就有史书记载，称德昂族"藤篾腰箍为饰"。看来，她们系腰箍的习俗由来已久。

为了能更加了解德昂族这个特有的饰物，我们跟随哈里村的村民来到一户人家。在这里，我们看到了大大小小、各式各样的腰箍。打开一看才知道，看上去并不复杂的腰箍制作起来却颇多讲究。腰箍大多用藤篾编成，藤圈宽窄粗细不一，漆成红、蓝、绿等不同颜色。德昂族女子一般一人要系多组腰箍，每组由多个藤篾圈构成。

德昂族的姑娘告诉我们，这其中一组必须以藤篾为主，上刻花纹，其他圈可以漆上颜色，也可以不加任何颜色。这些要求，就让制作腰箍有了较为复杂的步骤。

在德昂族的村子中，大家一般都是在家里手工制作。将许多圈缠在一起，两三种颜色绑起来，最后再绕起来。制作腰箍的阿姨告诉我们，腰箍在固定裙子方面并没有起到太多作用，它更主要的任务还是装饰衣裙。

德昂族姑娘一般会佩戴数个甚至数十个腰箍，并以制作精致和引人注目为荣。佩戴

>>>> 记者体验德昂族头饰

>>>> 德昂族的花腰箍

的方法可以先放到地上调整好，再像穿裤子一样从下往上套，有些苗条的姑娘也可以从头顶套进去。

在德昂族的习俗中，腰箍是青年男女的爱情信物。小伙子为取得姑娘的芳心，往往费尽心思，精心制作带有动植物花纹图案的腰箍送给意中人佩戴。如果姑娘接受并佩戴出来，就表示大有希望了。

俗话说得好，一方山水养育一方的生灵。德昂族虽然生活在深山峡谷中，但是他们运用自己的智慧，不仅可以丰衣足食，而且还扮亮装点着自己的衣裳，让自己的生活变得更加的美好。

就在我们对美丽的腰箍啧啧称赞之时，一场载歌载舞的仪式已经开始了。

德昂族信仰南传佛教。此时在哈里村的寺庙前聚集起了德昂族众多男女老少，欢快地载歌载舞。

“跳摆”是德昂族的盛大活动，一个村小规模地跳称为跳摆，几个村联合起来跳就叫做跳大摆。我们得知，跳摆一般是在德昂族的重大节日里进行，这次是因为我们远道而来，村民们特地组织起来的，这是他们最隆重的欢迎仪式。

哈里村不是一个旅游景区，那些平时只穿便装的德昂族的年轻人今天把最好看的民族服装穿了出来。从他们的脸上我们看到了最淳朴的快乐。

村民们用生涩的普通话告诉我们，由于地处深山，他们平时吃的米饭和青菜一般都靠自己种植。近年来，他们开始种起了橡胶，有固定的公司过来收购，也陆续有年轻人走出了大山，去外面打工。以前很少有人来的德昂族村子与外面世界的交流日益丰富，对于我们这些从北京来的客人，他们非常欢迎。

这个时候你会发现，语言是那么的多余，因为他们用这种最朴实最简单的方式表达了最真诚的内心。

村民告诉我们，跳摆就是德昂族的狂欢，既比体力也比耐力。因为他们的传统是从白天一直到黑夜，昼夜不停地敲鼓、跳舞、唱歌，寨子之间不仅要比谁敲得响，还会比哪个寨子的跳摆时间最长。大家虽不明说，却在暗暗较劲。

天色渐渐暗了下来，由于时间的关系，我们必须离开了，好客的村民们一直跟着我们，相送到寨子的门口。

哈里村的故事结束了，但返回南伞镇的道路并不轻松。我们一路从泥泞中走来，终于在11点多的时候到了镇康。我想，也许旅行的意义就在于此，欢笑跟泪水相伴，困难跟喜悦相随，但这一路走来都是收获。看着身边的万家灯火，虽然现在不是在自己的故乡，但是那万家灯火看来却格外的亲切。

>>>> 德昂族的跳摆舞

二十六>>>德宏寻石问玉

摄制组离开镇康，来到了云南省德宏州的芒市。一到芒市，就感受到这里特别热、特别湿润的空气。

德宏州是中国最大的玉石交易集散地之一，所以首先要带领大家去感受一下玉石的魅力。

芒市，傣语意为“黎明之城”，是云南省德宏傣族景颇族自治州首府所在地，位于德宏州东南部，总面积达 2 987 平方公里。

在芒市，走上三五十米就可以发现规模不等的珠宝店铺，难怪有人告诉记者，这里的珠宝市场比菜市场还要多。

芒市南面与缅甸交界，这里自古就是西南丝绸之路的必经之地。历史上中国与缅甸的贸易多以珠宝玉石为主，所以芒市也就成为名副其实的“玉石之乡”。

芒市共有珠宝商铺近 540 家，从事珠宝加工、销售的人员达 3 000 多人，珠宝交易额从 2009 年的 1.2 亿元，猛增到 2010 年的 2 亿多元。

珠宝街、珠宝城、珠宝小镇，遍布芒市的一个个珠宝专业市场，一件件晶莹璀璨的珠宝玉石足以让人眼花缭乱、目不暇接。

>>>> 芒市玉石商人李枝荣

在芒市，每十个常住人口中就有一个是从事珠宝生意的，其中不乏有着传奇经历的玉石商人。他们为玉石着迷，以玉石为生，因为石而富，却也曾在玉石买卖中赔到一无所有。李枝荣就是其中的一位。

44 岁的李枝荣是芒市当地人，1987 年就开始在一家玉石工艺品公司打工，当时年仅 21 岁的他月收入就在 10 000 元左右。要知道，在 20 世纪 80 年代，“万元户”一词代表的是先富起来的一群人。

1992 年随着中缅两国玉石交易日渐频繁，中国开始鼓励个人经营珠宝店，李枝荣在瑞丽开了一家小店，每天往返缅甸和中国，成为边境玉石贸易的积极分子。但珠宝行业的高收入也伴随着高风险，1997 年李枝荣用自己的全部家当 1 000 多万购买了一块原石，结果血本无归。心灰意冷的他，休整了 3 年才又从头再来。

如今，李枝荣的店铺是芒市唯一一家集玉石毛料、雕刻加工和成品销售为一体的珠宝行，年收入达到几千万元。

都说“黄金有价玉无价”，来到全芒市最大的珠宝店，我们自然不会错过寻宝的机会。首先就去看看李老板这里到底藏有多少无价之宝。

在这里，我们看到一块上面刻着青蛙的玉石，李老板说，这个要卖到二百多万，如果颜色再绿一点，就可以卖到一二千万。

在我们的要求下，李老板同意让我们观赏一下镇店之宝。他说，一般最贵的是不会展示出来的，而是放在库房里。

穿过一条狭长的走道，李枝荣带我们来到了一间只有一盏小台灯的密室中，开始介绍这里的一些天价原石。

记者：这就是您说的最贵的那一块？那它贵在哪儿呢？

李枝荣：按重量肯定这一块贵，它的产地好啊，这个产自翡翠当中场口最好的莫西沙。它是玻璃种的，你看我把灯光关了，这样看着更吸引人。整块石头都亮了，是吗？这在市场上都是 1 000 多万 1 千克，像这个差不多要 2 000 多万。

记者：这一块就 2 000 多万？

李枝荣：对。

记者：我怎么看不出来它哪里好呢？哦，这边有绿色的，这边是翠，那边黄色的算什么呢？

李枝荣：这个是玻璃种的，因为外面的皮子所以显得是黄色的。

记者：其实它是透明的，是吗？

李枝荣：对，透明的。

看着这些动辄上千万的玉石原石，听着李老板的介绍，不禁让人发出“黄金有价，其实玉也有价”的感叹。

只不过这些宝玉的价格真是高到叫人不敢想象，难怪李枝荣几经沉浮还是离不开玉石，也难怪生活在这里的人们对玉石交易这么情有独钟。

这块是李老板保存的中国最大的玉石原石之一，重达 21 吨。李老板说，这个石头买来的时候，光是运费就花了 70 万，至于花了多少钱买这块石头，李老板怎么也不肯说。

我们在芒市对玉石有了一个大概的了解，但是李老板也坦言，要数玉石交易人流最多、专家最多的地方，从原石到成品交易环节最复杂的地方不在芒市，而是在瑞丽。

>>>> 瑞丽口岸

从芒市向西南方向驱车大约2个小时，摄制组来到了美丽的边境口岸城市——瑞丽。瑞丽市总面积1 020平方公里，在17万常住人口中大约有2万人从事玉石行业，全市玉石年产值超过20亿元。

穿行在瑞丽的大街小巷你都能看到玉石的影子，就连出租车上的顶灯也都是珠宝店的广告。瑞丽人对玉石的投入和关注，绝对不是其他城市可以比拟的。

摄制组在瑞丽的第一站是著名的瑞丽口岸。

瑞丽口岸是目前中缅边境口岸中人员、车辆、货物流量最大的口岸，出入境人员日均超过了2万人次，有旅游的、探亲的，还有做小买卖的。当然，来到瑞丽的大多数人都有着一个同样的目的——赌石。

这里是瑞丽最大的一个口岸，也是最大的一扇国门，通过这扇国门就可以到达缅甸的境内。每天来自中国和缅甸的边民都要在这里进行自由的贸易往来。

瑞丽有很多玉石交易场所，而在玉石交易中要属赌石最刺激，也是最具有魅力的。在姐告自由边境贸易区的中缅友谊街附近，我们找到了赌石专家邝山老师。

45岁的邝山过去是瑞丽珠宝玉石协会的秘书长，20年前从北京来到瑞丽的他被这里的玉石深深吸引，便一头扎进了这个美丽的行业。20年来他也见证了瑞丽玉石贸易的发展和壮大。

他说，从从业人员的角度来讲，过去只有现在的1/10，慢慢形成了规模。过去是外来的经营者多，现在本地参与的也非常多。这就是一个非常大的变化，说明玉石已经成为当地一个特色产业，并且是一个支柱产业。

邝老师带我们来到的地方是瑞丽最大的赌石市场，到这里参与赌石的人们络绎不绝，每天都能达到上万人次。

赌石市场的每个摊位都摆放着各种各样的赌石原石，虽然瑞丽当地并不出产原石，但是其西北、西南、东南三面都与缅甸毗邻，这里的中缅互市贸易也因此十分频繁，而缅甸又以盛产翡翠原石闻名于世，所以边境城市瑞丽也具有了得天独厚的条件。

赌石是指翡翠在开采出来时有一层风化皮包裹着，无法判断内部的好坏，要切割后才能知道质量。赌石具有风险，一般来说，外部提供的信息越多，它的价值就越贵，风险也就越小。

邝老师说，对于赌石，经验非常重要，而这主要是对于原石场口的理解。所谓“场口”，就是出产地。每一个地方虽然都有一个玉石场，但是每一个地方出产的玉石特色是完全不同的。“赌石”有很多技巧和知识，绝非一般人士可以一把赌赢的。邝老师告诉我们，过去来这个市场参与赌石的大都是行内人，这两年随着来瑞丽旅游的人逐渐增多，许多游客也想过一把赌石瘾，试一试运气。

邝老师建议说，游客要想赌石的话，如果有专业人士陪同，赢面就会更大一点；其次，要控制价格，别把它真正当成一个赚钱的买卖去赌。

玉石交易中最赚钱的、最诱惑人的，但也是风险最大的非赌石莫属。珠宝界有一句行话，“赌石如赌命”，赌赢了，十倍百倍地赚，一夜之间成富翁；赌输了，一切都输尽赔光。与赌石交易相比，股票、地产等风险交易都要相形见绌了。

>>>> 瑞丽玉石商人邝山（左）

>>>> 瑞丽赌石市场

>>>> 高风险交易——赌石

离开赌石市场，邝老师带我们来到瑞丽最大的赌石公盘所在地——赌石公盘，也就是翡翠原料的拍卖会。由于每天都有大量的翡翠原石从缅甸运至边境城市瑞丽，所以这里近几年也开设了属于自己的赌石公盘。每年 4 月开盘，一般历时八九天。

摄制组来到瑞丽的时候公盘已经结束，所以这里稍显冷清。不过，我们还是发现了一些天价原石。

这块石头可以说是“赌石之王”，非常有特色。邝老师介绍说，当打灯照射到它的局部时，就会看见一摊一摊的绿色，真正的皮壳部分已经剥离出来了。据说，这块原石要价在 2 000 多万元。

在我们的再三要求下，邝老师凭借多年的经验选择了一块风险较小的翡翠原石，价格在两三万元左右。

在赌石界有一句行话叫做“神仙难断寸玉”；在解石头这个行业里叫“十解九捜”，解是当地话。现在，我们就要把这块原石解开，看看是赚是赔。

在赌石行业内切割石头的过程叫做“解石”，成功的称为“涨”，瞬时价值大增；失败的则叫做“垮”，翡翠原石将变成废石一堆。但是在“解石”之前，往往要先把赌石的表皮擦一擦，以便找好切口的位置。

邝山：你来试试?

记者：行。我试试。我不会把它擦坏了吧？别这一擦下去好几千元钱没了。

邝山：没事，来，使劲儿。

记者：这还是个力气活呢。差不多了吧，邝老师？现在可以看出一点点淡淡的绿，但是我拉远了，是不是白了？现在擦也擦过了，看也看过了，我最期待的那个环节就是把它给切开。

邝山：好吧，咱们就上机子去。

现在，赌石中最让人提心吊胆的“解石”环节正式开始。不知道邝老师选的这块原石切开后的结果如何，是一刀涨还是一刀垮呢？我们既紧张又兴奋，有一种期待的感觉。

记者：邝老师，给我们解说一下，我刚才看见的那点淡绿色，实际上是假象，对吧？凭您的判断，这一小刀切下去之后，是一刀涨了呢，还是一刀垮?

邝山：这块石头还可以，它可以做一个小摆件，也可能会开出一只手镯，但是从价值上来讲不太大。

邝老师说，游客在切的时候特别寄希望拿一高色，但是这种概率很小。这里虽然流传着很多关于赌石的故事，但总体来讲还是成少败多。所以在这里也提醒各位游客，赌石的时候，尽量抱着轻松和玩玩看的心态。

体验了赌石的魅力，邝老师又给我们引荐了一位玉石雕刻大师王朝阳。“玉不雕不成器”，除了热衷赌石的人们，瑞丽还有许多玉石雕刻的大师级人物，王朝阳就是其中的佼佼者。

原籍河南的他之所以来到瑞丽发展，不仅因为这里浓厚的玉石文化氛围，更看中了这个中缅边境城市中丰富的玉石原材料。各种颜色、种类的原石在瑞丽几乎都能找到，所以王朝阳这一待就是12年。

>>>> 记者与瑞丽玉石商人一起赌石

王老师给人的第一感觉是内敛、儒雅，但是一聊起玉石雕刻，他立刻变得健谈起来：如果材料买得好，再加上好的构思创意，玉雕作品增值的空间是非常大的。他说，材料一定要买有特点的，不一定很贵，用王老师自己的话说就是，在一块好玉上锦上添花相对容易一些，但想要变废为宝，就十分考验雕刻家的功底了。

>>>> 瑞丽玉雕大师王朝阳（左）

为了进一步了解玉石的雕刻过程，我们跟随王朝阳老师来到了他的工作室。但是进去后却发现这里只有机器，看不到雕刻师的影子。王老师解释说，像他们这样做玉石雕刻的人平常也需要放松一下，劳逸结合才能找到灵感，以便于更好地工作。

眼前的这些雕刻师都是拜在王朝阳老师门下的徒弟，他们除了瑞丽当地的，还有来自河南、广东、广西等地的玉雕爱好者。瑞丽雕刻名家之多，取材之方便，是吸引他们前来学习的主要原因。

王老师介绍说，一块雕刻从原石到最后的成品需要三个流程。首先是问料、读料。也就是根据材料表面的纹理色彩推断里边的情况。第二个流程是手绘稿，就是先画一个图纸或者做个拟稿，有空间感就行。最后进入第三个流程，就是雕刻。

在王老师的指导下，记者也学起了雕刻，但是作为没有美术功底的初学者，人生的第一个玉雕作品就不知道是什么样子了。

赌石和雕刻给我们带来的是两种截然不同的感受，前者刺激感大一些，后者成就感多一点。接下来，我们还要到当地最有名的玉石成品交易市场——珠宝街去看一看。

瑞丽的珠宝交易市场在20世纪80年代就开始形成，1992年中国第一条珠宝街在瑞丽建成，这里也被称为“中国翡翠第一街”。

瑞丽珠宝街百分之九十以上的经营户都不是本地人，他们从中国各地以及缅甸、印度、巴基斯坦等周边国家移居瑞丽，从事珠宝交易。瑞丽的珠宝市场也因此越来越繁荣。

这里是瑞丽的珠宝街，别看这里很多档口和铺位面积都不是太大，但这里每天的玉石成交额和成交量在德宏地区都是最大的。

瑞丽珠宝街每天的玉石交易额几乎都能够达到上亿元人民币，这是一个足以让人惊叹的数字。在这个总长不过 1 000 多米的街道上，云集了 300 多家规模不等的珠宝商户，不管是玉石批发、零售，甚至是珠宝配件交易，在这里都可以找到。所以珠宝街也成为游客来到瑞丽购物的首选场所。

在瑞丽珠宝街一家规模较大的商铺里，玉石的种类和价格区间都在柜台上方标注得十分清楚，让来到这里的游客一目了然，很容易找到自己心仪的商品。各式各样的玉镯、挂件很受游客们青睐，大多数人都会根据爱好挑选一些首饰类的玉石。但是邝山老师告诉我们，玉石类首饰的佩戴也是很有学问的。

那么究竟如何选择适合自己的珠宝产品呢？

记者：邝老师，您能说说不同种类的人群，应该如何选择不同的玉件呢？

邝山：镶嵌类挂件是挂在项链上的，这跟挂在绳子上是有区别的，适合晚礼服这一类服饰。用 18K 金镶嵌、钻石衬托的翡翠显得高贵典雅，是贵妇人选用的商品。而桃子形黄翡的饰品显得冰清玉洁，适合年轻人佩戴。那种黄加绿的料子，整个造型比较传统，带有仿古的气息，有龙盘旋的感觉，具有吉祥的寓意，这样的玉件比较有收藏价值，也显得非常

>>>> 中国翡翠第一街

有价值感，适合成功男士佩戴。

记者：听您说了这么多，原来挑选玉件也有非常大的学问，要根据自己的年龄、性别、身份，甚至是职位挑选。

白天的瑞丽是一个玉石的世界，到了晚上会不会也是一派热闹非凡的场景呢？我们决定去走访一下瑞丽的玉石夜市。

夜晚冷清的珠宝店多少让人有些失望，不过在这里我们有了一个意外的发现——大排档。

>>>> 瑞丽清晨的玉石交易

这里是瑞丽的华丰夜市大排档，忙碌了一天的各国商人和游客，到了晚上终于可以休息一下了，约上三五知己来到这里喝酒聊天。

从缅甸运来的新鲜水果、傣族特色的风味小吃在这里应有尽有，而且价格也十分便宜，人均消费不过 50 元人民币就能够吃到尽兴了。

据说瑞丽的夜市大排档是整个德宏州最热闹，也是最大的。在这里，很多云南当地的特色小吃都能够吃到，香辣蟹、蜂蛹、竹虫、蚂蚱、傣味牛干巴等应有尽有。

第二天早上 6 点，天还没亮，就在大多数人还在睡梦中的时候，来自中国、缅甸、印度等国的商人就已经行动起来，开始了玉石交易，他们几乎人手一把专业强光手电，仔细鉴别着一块块玉石原石，讨价还价了。

在瑞丽市姐相乡的中缅边境上有一个特殊的村寨，它被国境线一分为二，分属中国和缅甸两个国家，中国一侧的称为银井，缅甸一边的则称为芒秀。

如今这里已经被开发成景区，游客只要花上 20 元人民币就能够同时欣赏两国的美景。而我们也在这里找到了一位特殊的导游，缅甸人亮摆大姐。

我们和亮摆大姐约好见面的地方在中缅边境中国的第 71 号界碑处，这里有一个村寨，正好分立在这条分界线上，所以说是一个村寨横跨了中缅两个国家。

亮摆大姐带着我们游览了“一寨两国”中的“一井两国”、“一秋荡两国”、“一树两国”等特色景点。

在这里，记者还发现了一条特殊的国境线，上面写着“中缅玉石国界线”。这是一条用5 068枚玉石铺成的边界线，站在边界线的两端，我们和亮摆大姐说话的感觉非常特别。

来自缅甸的亮摆大姐对“一寨两国”中的景点和路线都十分熟悉，因为她每天都要从缅甸带一些手工艺品到这里出售给游客，生意还算不错。如果赶上旅游旺季，一天就能赚上几百元人民币，而亮摆大姐的摊位就在她的中国表哥散岩家。

>>>>　“一寨走两国”中的中缅玉石边界线

>>>>　中国商人散岩（右）

散岩大哥是生活在“一寨两国”村寨里的中国人，也是这家商铺的老板。就在 2 年前，散岩一家都还以种地为生，四口之家的平均年收入不过 3 000 元人民币。2009 年“一寨两国”成为旅游景区后，散岩就开了这家小店铺，游客们在这里可以购买食品、饮料、工艺品，累了还能坐下休息一会儿。现在散岩大哥全家的年收入已经超过了 30 000 元，是过去的 10 倍。

憨厚的散岩大哥并不健谈，面对摄像机多少有些不好意思，不过从他的话里我们还是了解到，随着游客的逐年增多，不但有许多像亮摆大姐这样的缅甸人来中国卖一些手工艺品和民族服装，在中国境内的 100 多户人家中，也已经有十几家都不再靠土地生活。他们开设了自己的商铺、饭店，不仅方便了游客，自己的生活水平也越来越好了。这也许是生活在边境线上的地理优势吧。

离开散岩大哥家，摄制组决定去号称“天然氧吧”的莫里亚热带雨林风景区感受一下大自然的魅力。莫里是中国负氧离子最高的天然森林氧吧之一，位于瑞丽市和陇川县交接区的瑞丽一侧，从瑞丽江大桥向东北开车大约 5 公里就能够到景区门口了。

鸟语花香、满眼绿色、鲜花盛开，这就是莫里的热带雨林风景区。据说在这个风景区里有很多奇花异草和珍稀动物。由于是第一次来到这里，所以我们请了一位有经验的导游王先生。

据王先生介绍，在旅游旺季莫里每天的旅游接待量几乎都能够超过 2 000 人次。其实，莫里真正吸引游客的地方就是它的亚热带雨林区，各种高大的树木遮天蔽日，仿佛把整个景区变成了一个庞大的绿色空调房。雨林中的温度要比外面低五六摄氏度，进入其中马上就能够感到清爽和惬意。

莫里亚热带雨林保存有大叶榕、细叶榕、高榕等 1 547 种热带和亚热带植物，其中十几种都是中国国家一级保护植物，不但人喜欢漫步其间，孔雀也经常来这里乘凉散步。走在简雅的石桥上，看着桥下潺潺的溪流，不禁让人感叹大自然的美丽。

“莫里”是傣语音译，意为“美丽的瀑布”。在雨林中穿行大约 4 公里，就能够隐约听到不远处传来不一样的水声。走到峡谷的尽头，终于看到了莫里瀑布。在双峰对峙的两山之间，一条瀑布从 60 米高的绝壁上倾泻而下，十分壮观。远看好像一匹巨大的白绸在空中迎风缓缓飞舞，清凉舒爽，近观又能够感到水流下落的气势磅礴、响如雷鸣，呈现在眼前的俨然一幅叠水如棉、不用弓弹花自散的景象。

瑞丽是一个神奇美丽而又特别的地方，边疆人民的热情、他们的生活方式、特产玉石以及这里的山山水水，美丽的自然环境都给我们留下了非常深刻的印象。这是记者第四次来到瑞丽，每次来都有不同的感觉。

我想，也许这正是旅行的意义和魅力所在。不管你是第一次去一个地方还是已经去过很多次，只要每一次都把自己心灵的大门打开，用心去感受、去聆听、去观察，相信每一次都会有不同的收获。

>>>> 莫里亚热带雨林瀑布

二十七 >>>>>>>>>>>>>>>>>>>>>>>>>>>>>>>>>>>>>>> 德宏民族风情探访

从瑞丽出发向北驱车大约一个半小时，摄制组到达了德宏州的陇川县。由于陇川县城2005年才从老城迁到这里，所以新县城的许多地方仍然处于建设阶段，看起来没有瑞丽繁华。

行走在陇川的大街小巷，除了宽敞的马路和两排整齐的树木，还能够看到身着各种民族服装的人们。陇川县的18万常住人口中，景颇族、傣族、阿昌族、傈僳族等少数民族就占了10万人左右。

陇川县是景颇族和阿昌族最主要的聚集地之一，今天我们就要体验一下这两个少数民族的生活。

陇川县的景颇族和阿昌族等少数民族村寨一般都在相对偏僻的地方，只有几个在县

>>>> 广山寨门柱

>>>> 广山寨村民为客人倒酒

城附近。摄制组的第一站就是距离陇川县城仅 2 公里的景颇族村寨广山寨。

我们的车停在了景颇族村寨广山寨的寨门口。这里有很多木头的柱子，叫做寨门柱。寨门柱是景颇族村寨的一个大门，同时也是景颇族村寨和其他地方的一个分界线。在过去，看到寨门柱就必须得下马，然后才能够穿村而过，否则将会受到非常严厉的惩罚。

从古朴的寨门柱不难看出，广山寨还保留着景颇族村寨的原始特色，分立两排的十几根寨门柱上不但有景颇刀，还刻着景颇族信奉的神兽、劳动工具和过去渔猎时的虾蟹等图案。进入广山寨，我们决定先去村委会主任那儿看一看。

52 岁的王李生 40 年前跟随父母来到广山寨，在这里已经做了 13 年村委会主任。我们这次就是特意到他家去看一看景颇族人的生活。

在王李生家的院子里坐下不久，他的母亲就端上来一个小竹筒给大家倒酒。竹筒里是自己家酿的米酒，老人家说，每个人到了少数民族地区都必须要喝一点儿。

喝完迎宾酒，王李生带着我们参观了环境优美的广山寨。广山寨整个村寨被竹林环抱，全寨 40 户人家的 136 个村民全都是景颇族。这里的建筑都是典型的景颇传统民居，有古老的落地茅屋和矮脚竹楼，也有凸显景颇特点的木瓦楼、铁皮楼和砖混结构的别墅。每家房子的间隔都很大，这种居住条件在北京等大城市绝对是不敢想象的。

王李生说，因为陇川的气候非常适合甘蔗的生长，所以现在广山寨家家户户都开始了甘蔗的种植，他家也有将近 12 亩的甘蔗地。

>>>> 景颇织锦

记者：这么大一片地全种着甘蔗吗？

王李生：全种着甘蔗。

记者：一般都什么季节给甘蔗培土呢？

王李生：每年 5 月到 6 月。

地里的甘蔗此时处于小苗阶段，还看不出成品甘蔗的样子，王李生一下地就开始给甘蔗苗培土。看他干得这么起劲儿，从小在城市中长大的记者也来了兴致，想要一试身手。

记者：我试一下，哇，这锄头这么沉呢，标准的姿势应该是这样吧？刚才大哥你没说清楚，为什么要给它培土。

王李生：这里是烧过的甘蔗的秸秆，在这一垄上都烧过了之后，再把肥料给它培上，然后这一年小甘蔗就可以茁壮地长大了。

甘蔗加工是陇川的传统产业之一。近年来陇川县更是大力发展蔗糖产业，不但开设了现代化的蔗糖加工厂，还鼓励各家多种甘蔗，出台奖励政策。王李生家的 12 亩甘蔗地每年都要产出 50 吨甘蔗，收入也相当可观。

从王李生家的甘蔗地里回来，我们发现他的妻子和母亲正坐在地上认真地织锦。景颇族的织锦已经有数百年的历史，是中国民间染织工艺中相对传统的纺织手法。景颇织锦不但在当地很有名气，随着中国边境互市的越发繁荣，景颇织锦还走俏于中印半岛及中缅边境一带。据说，一个手工缝制的筒帕要卖到200元左右。

心慧手巧的景颇妇女用自己的聪明才智创造出了技艺精湛的织锦，这些美丽的织锦内涵丰富、种类繁多，形势内容和色彩也都别具一格。虽然织锦仍然是景颇族家庭的主要收入之一，但是随着现代生活节奏的日益加快，学习传统织锦的景颇年轻人也在逐渐减少。

如此美丽的景颇织锦倘若失传，实在是非常遗憾的一件事情。不过我们也了解到，陇川县目前正在积极筹办免费的景颇织锦培训班，想要把更多的年轻人聚集起来，一起把景颇族的织锦文化传承下去。

小小地体验了一下这里男耕女织的生活，我们感觉到，别看他们每天的生活都非常的简单，却充满着快乐，而且这种快乐也感染着从外面来的游客。

在景颇族有一项非常传统的特色美食，叫做绿叶宴。既然来到了传统的景颇族村寨，去尝尝远近闻名的景颇绿叶宴自然是一件必不可少的事情。

路上我们见到几位姑娘在采摘树叶，一问才知道，她们摘的是冬尖叶，是用来做绿叶宴的。

景颇族绿叶宴的必备材料中，冬尖叶只是其中的一种，芭蕉叶、琴芝叶等足够大的叶子都可以作为绿叶宴的餐具。景颇绿叶宴没有锅筷碗勺，一切饮食用器具都是用翠竹和绿

>>>> 广山寨村民李兰

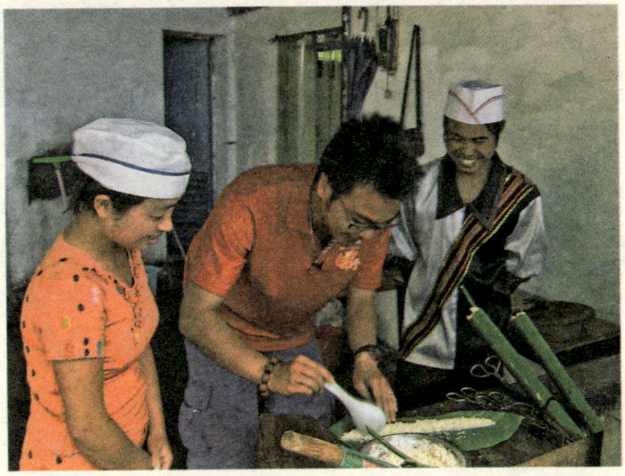

>>>> 记者学做竹筒饭

>>>> 绿叶宴中的竹筒饭

>>>> 广山寨村民勒脱

>>>> 品尝景颇美食绿叶宴

叶制成的，称得上是原汁原味、地地道道的“绿色食品”。

记者：绿叶宴除了这些叶子之外，还要用什么呢？

李兰：要用竹子煮饭，这些叶子只是用来装菜。

绿叶宴用的竹子不能太粗也不能太细。太粗了，里面的饭很难煮熟；太细了，又放不进足够多的米，所以选择适合的竹子是非常必要的。砍回来的竹子要在每个竹节的下方依次切开，灌入适量的水，然后把米放在叶子上包好，从竹节开口处放到里面就可以上火煮了。

绿叶宴上的主菜当然是用绿叶包裹的了。平时做饭包东西一般都用面，因为面有黏性，很容易粘在一起，但是想用这些光滑的绿叶把食材包上绝不是一件容易的事。我们也学着样子尝试包了一下，发现还真的挺难。

忙活了整整一个下午，终于到开饭的时候了。品尝绿叶宴也是有规矩的，我们找来了一位景颇族小伙勒脱给我们介绍。勒脱是景颇传统贵族家庭的传人，对历史悠久的绿叶宴自然很有研究。

勒脱：叶根要对着自己，叶尖要对着朋友，寓意着你们都是尊贵的朋友。

常言道“无酒不成席”，在正式品尝绿叶宴之前，要先把酒倒满，这也是景颇人对远方而来的摄制组表达欢迎之情。

每道菜都特别的有特色，有辣的，有稍微酸一点的，都是当地的饮食口味，而且吃起来还有叶子的清香，就是来自大自然的味道。吃到嘴里之后感觉到自己整个人都变得轻快起来，也清香起来了。第二天一早，摄制组决定去陇川县的章凤口岸看一看。

章凤口岸是中国对外开放的国家级二类口岸。摄制组到达的时候，边检站正在重新翻修，所以边民出入境的地方看上去有些简单，但是从来往不息的人流中还是能够感受到，中缅双方在这里交流合作的不断加强。

这是陇川县城唯一的边境检查站，我们面前的这条路是车通行的道路，另一条则是供边民们来往的人行通道。这里有一个集市，虽然没有瑞丽的集市那么大，但是站在这里依然能够感受到它的热闹和繁忙的景象。

在这里，我们遇到了一群从缅甸过来上学的孩子。孩子们从章凤口岸步行 10 分钟左右就能到达拉影国门小学，在并不发达的章凤口岸地区，拉影国门小学算得上是最好的建筑了。经过多方联系，我们见到了拉影国门小学的岳小焕校长。

岳小焕是当地傣族人，已经在拉影国门小学做了 8 年校长。她告诉我们，1984 年拉影国门小学建立之初，大部分学生都是中国人，只有 10 名来自缅甸的学生来这里就读。如今，全校 361 名小学生中，缅甸学生已经有 108 名，几乎占到了总人数的 1/3。

缅甸学生的入学条件十分简单，只要是居住在中缅边境一带的适龄学生，并且能够提供身份证明就可以到拉影国门小学读书了。这些来自缅甸的小学生们不用搭飞机来留学，甚至不用乘汽车，每天步行就能到中国小学来读书。不过刚入学时他们并不会用普通话与老师和同学交流，更不要说朗读课文了。但是经过老师的悉心指导，现在 3 年级以上的缅甸小学生几乎都能进行熟练地朗诵。

琅琅的读书声，整齐的黑板报，安静的作文课，下课时孩子们快乐的笑容，拉影国门小学看起来和其他地方的小学没什么不同。但是到了课间操时间，我们还是发现了这所边境小学的特殊之处。

>>>> 拉影国门小学

>>>>　中缅小学生在上课

现在是早上 9 点 30 分，正好赶上学生们做课间操的时候。仔细一看就会发现，他们做的课间操和别的地方不太一样。一打听才知道，他们做的是五个少数民族的韵律操，包括傣族、景颇族、阿昌族、傈僳族、德昂族等。

张薇是缅甸小留学生中的一员，从她和同学们快乐的笑容中不难看出，他们在这里学习生活十分开心。近年来，拉影国门小学已经成为陇川县毗邻缅甸境线上办学设施最好和办学规模最大的村级边境完全小学之一，除了一栋 4 层的教学楼可以提供宽敞明亮的教室，学校 300 多平方米的食堂，每天都能供应三顿营养丰盛的饭菜。另外，由于有些缅甸小学生家住得比较远，所以学校特意修建了学生宿舍楼。这样，缅甸的小留学生们就能安心在中国学习知识了。

体育课自然是孩子们最享受的课程，在宽阔的操场上尽情地玩耍是他们一天中最快乐的时光。孩子们有做游戏的，有打篮球的，还有跳长绳的、跑步的，大家都玩得非常快乐。如果不知道，很难想象这是中国孩子和缅甸孩子共同生活和学习的一个环境，大家相处得都非常的融洽。

拉影国门小学只是德宏州边境学校的一个缩影，目前德宏全州共有跨境在读学生 2 012 人，主要集中在小学、边境附近的中国学校。完善的教育体系和良好的教学环境吸引了华人、华侨以及缅甸人的子女前来就学。他们在学到先进文化科学知识的同时，也增进了中缅两国人民的友谊。

要和拉影国门小学说再见了。今天的经历让我有一种怀旧的感觉,同时还有一份喜悦。这是一所建立在中缅边境上的小学,所以既有中国学生,又有来自缅甸的学生,他们在这里共同学习、共同生活、共同成长。而伴随这种成长的正是两国长存的友谊和他们相互融会贯通的文化。

离开拉影国门小学,摄制组驱车前往陇川县一个名叫户撒乡的地方,准备去探访一下那里的阿昌族名刀户撒刀。

经过了一路的颠簸,我们终于到达了户撒乡。在这里我们要拜访一个制作户撒刀的国家级非物质文化遗产的传承人。

说起户撒刀,它原本不叫这个名字,只不过是阿昌族制作的一种刀具而已。但是在户撒乡这个地方,因为制作这种刀具非常的出名,所以久而久之,人们便用“户撒乡”这个地名来给这种刀命名。

户撒乡距离缅甸大约 40 公里,这里出产的刀具有相当一部分都会作为艺术收藏品被运到缅甸销售。户撒乡腊撒村的新寨是纯阿昌族村寨,也是锻制户撒刀最多的村寨,全村 30 户中打刀的就有 20 多户。

由于正好赶上农忙时节,所以在家打刀的人并不是很多。不过,我们还是找到了首批中国国家级非物质文化遗产项目户撒刀锻制技艺代表性传承人项老赛大哥。

项老赛 45 岁,户撒刀世家嫡系传人,从小跟着父亲学习打刀技艺,14 岁就可以自己独立锻制打刀。项老赛不断钻研,制作出了许多新的户撒刀样式,因而他的刀也逐渐受到中外顾客的青睐。2006 年在户撒乡举办的民族手工艺比赛中,项老赛打的刀拿了第一名,获得了“刀王”的荣誉。同年 5 月,户撒刀锻制技艺被列入第一批中国国家级非物质文化遗产名录,项老赛也被列为国家级非物质文化传承艺人。

传说中的户撒刀锋利耐用,有着“柔可绕指,吹发即断,削铁如泥”的美誉。既然来到了“刀王”的家里,当然要证实一下户撒刀的锋利,我们发现,“刀王”家里的门槛上全都是刀砍过的痕迹、凹槽。

制作户撒刀是一个复杂的过程,选钢材、打粗料、修平、精磨、开刃、雕刻,任何环节都必不可少。我们也忍不住体验了一回。

记者:和你商量一下,这把刀能否让我打一下?

项老赛:可以,尝试一下,我教你打。

记者:我要是打坏的话,你可千万别责怪我?

项老赛:好。

项老赛:打平它,用力。

记者:不打了,胳膊酸了。就打这两下子,我就气喘吁吁了,他们要是打一把刀就得打几十次回火,那得多辛苦啊。你别看他们打得挺轻巧的,但其实当中讲究很多技巧,怎

>>>> 户撒刀王——项老赛

么放平、怎么拿刀、拿这个锤子都有窍门，而且用力还得均匀。

由于在户撒乡制作户撒刀的人家很多，为了更好地区别哪把刀出自谁的手，每家都有一个特殊的标志，要在精修刀具的时候烙印在刀的底端，这就相当于一个企业的识别系统。

修完刀形，项老赛又带着我们一起体验了如何给户撒刀开血槽。最近项大哥一家都在忙地里的农活，所以现在基本上只是选料或者给打好的刀雕刻图案，要想在这里看户撒刀整个的制作过程是不可能了。

项老赛告诉我们，种地是为了自给自足，打刀才是他们主要的生活来源。现在项老赛全家一年能打七八百把户撒刀。不管是本地的还是外地的，中国的或是外国的，许多人都慕名来购买他打制的户撒刀，网上的订单也是络绎不绝，这样一来，“户撒刀王”的美名也就越传越远了。

离开项老赛家，摄制组一行来到了陇川猛素娄一家刀具厂。这里的老板娄四东只有31岁。从清代中后期开始，娄家祖辈四代人都以打刀为生。由于受到家族传承的熏陶，娄四东从小就爱上了这一行业，并开设了这家刀具厂。与项老赛家族式的单一打刀模式不同，娄四东的刀具厂更像是一个户撒刀生产线，从刀身到刀鞘，从打磨到雕刻，在这里应有尽有。

户撒刀制作的最后一道工序是给户撒刀开刃。给户撒刀开刃是一道非常精细的工序，如果掌握不好角度和力度，本来锋利的刀刃反而会被磨钝。所以，这需要很细心、很镇定、很平静，而且手还要很稳，才能够把刀磨锋利。

记者：我还是不敢磨，这需要很细心，还要很镇定，手还要很稳，才能够把这把刀磨锋利了。如果铲到磨石了就会翻口，这把刀被我给磨钝了，变成推土机了。

娄四东：我再把它修理一下，然后给你们试一下这个锋利的效果。

终于要展示户撒刀的锋利程度了，娄四东要拿刚刚开好刃的刀，把毛巾削成两半。

记者：哇，这么快，“嗖”的一声，然后一条完整的毛巾就变成两块手帕了。再看看这个切口，真的是挺齐的。

在娄四东的刀具厂里能看到不同款式、不同民族使用的各种各样的户撒刀，每年从这里生产的户撒刀超过 2 000 把。现在，他又购置了 2 家 400 多平方米的厂房，准备扩大刀具厂的规模，加强宣传，让更多的人认识和了解阿昌户撒刀。

据介绍，户撒刀曾经是战时的武器，不过现在它已经演变成了一种艺术品和收藏品，但不论它的功能怎样变化，透过一把户撒刀我们都能看到它的一种新的功能，那就是记录和承载的功能。它所记录的是千百年来生活在这块土地上的少数民族生活的点点滴滴，而它所承载的正是透过这些生活的点点滴滴所沉积下来的深厚的文化底蕴。

离开陇川，我们要借着天光尽快地赶到盈江。

从户撒乡出发，向北驱车大约两个小时就能够到达德宏州的盈江县。盈江县没有陇川知名的户撒刀，也没有瑞丽繁荣的玉石市场，这里被人们熟知，可能只是由于 2011 年 3 月的一场地震。

不过，如今穿行在盈江县城已经感受不到地震给他们带来的影响，人们安居乐业的生活状态和其他边境城市并没有什么两样。

盈江县的傣族人比较多，有 10 万人左右。摄制组来到这里的时候，刚好错过了 4 月中旬的傣族传统节日泼水节。

除了一年一度的泼水节，盈江最有名的就是傣族的美食了，德宏州旅游局也早早为摄制组安排好了盈江行程的第一站，傣族人刀大哥家。在这里，摄制组看到了“盈江三味”中的第一味——火烧猪。

刀大哥在盈江县城开了一家餐馆，虽然规模不大，但是去他那里吃饭的人几乎都要点上一盘火烧猪。

火烧猪的制作过程并不复杂：先把猪身上扎满小孔，防止猪皮烤裂，然后刷上灶灰，反复烧烤，最后还要刷去灶灰，继续烘烤。大约两个半小时后，一只香喷喷的火烧猪就做好了。

不过刀大哥说，一道火烧猪并不足以招待整个摄制组，所以他又开始了“盈江三味”的第二味——鱼撒撇的制作。

鱼撒撇，傣语称为“巴撒”，就是把鲤鱼等鱼的脊肉不经任何加热捣成泥状，再加入作料凉拌，是一种生吃鱼的方法。

看着刀大哥熟练地取下一整片鱼肉，一旁的记者也想要尝试一下，不过记者的手法还不够纯熟，没把肉剔得很干净。

把取下的鱼肉剁碎，加入辣椒、芫荽、姜丝等香料，用于掩盖鱼的腥味，然后再搅拌均匀，一道鱼巴撒就可以上桌了。

看着一大桌子的火烧肉、鱼撒，特别有食欲。品尝一下，果然是一种特别的味道。火烧肉里外都是嫩的，吃在嘴里口感很好，非常的弹牙，也非常有嚼头，最主要的是猪肉的香味和鲜味更直接、更原始，也更具有野性，所以如果是第一次吃，可能会有一点不太适应的感觉。而吃鱼撒时首先感受到的是酸味，然后是辣味，这种辣味由小及大、由远及近，越来越猛烈，完全感觉不到腥味。

>>>> 深夜捕黄鳝

现在，“盈江三味”当中的两味我们都已经品尝过了，剩下的一味我们什么时候去吃呢？晚上就去！

晚上十点，夜色渐浓，傣族大哥们要带我们去寻找另一味好吃的东西——黄鳝，而烧黄鳝正是“盈江三味”中的最后一味。因为黄鳝只有在夜里的田埂间才可以抓到，所以大家只能趁着夜色出发。

因为晚上夜色漆黑，所以需要一些照明的工具引路。傣族大哥们点上了自制的火把，他们说，一个火把能燃一个小时左右。

在火把的引领下，我们终于找到了抓黄鳝的地方。虽然路比较难走，光线也不是太明，但是我们的收获还是不错，短短几分钟时间就已经抓到了四五条黄鳝。

就在大家在田埂抓黄鳝的时候，另外一个地方已经点起了篝火，准备把这些新鲜的黄鳝直接烧烤，作为当晚的夜宵。把刚刚抓来的新鲜黄鳝烧烤来吃，所有的鲜味都在一瞬间锁定在里边了。

这是一个美丽的地方，它的美不仅仅只留在我们的眼睛里，更多的是印记在我们的心里。现在，我们要跟这块地方说再见了，摄制组的每一个成员心里都有些许的不舍。但是我想没关系，因为当我们来到这块土地上的时候，我们的脸上是洋溢着如阳光一般灿烂的微笑，而当我们离开的时候，这种微笑依然还在。

二十八 寻幽访玉走腾冲

告别了德宏州盈江县，我们《远方的家 · 边疆行》摄制组驱车来到了保山市。我们在这里的第一站就是被徐霞客誉为“极边第一城”的腾冲。

腾冲县位于中国西南边陲，西临缅甸，和缅甸接壤的国境线总长148.075公里，这里曾是西南古丝绸之路的重要驿站，连接了中国与南亚、东南亚，人口60余万。

来到这里，腾冲给我们的感觉是，城市建设非常现代，沿街的商铺很多。那么，腾冲和其他边境县有什么不同呢？带着这个疑问，摄制组踏上了旅途。

来到腾冲之后，我们首先选择的是有着六百多年历史的魅力古镇——和顺。

我们从云南边境一路走来，我们看到的都是少数民族风情，但是在和顺却是以汉文化为主，因此和顺也被称为“极边汉书”。我们对于腾冲的认识就从这里开始。

和顺镇位于腾冲县城西南四公里处，现有人口六千多户。六百年前明朝戍边军士进

>>>> 和顺古镇新貌

驻和顺，他们大多来自江苏、安徽，汉文化也随着他们来到了和顺。

由于毗邻缅甸，和顺人世世代代到海外闯荡，和顺也成了西南丝绸古道上的重要驿站。

走过这座桥就进入和顺古镇了。在这里第一眼看到的就是和顺图书馆，也是被称为“中国农村第一图书馆”的地方。摄制组提前约好了曾在图书馆工作过的寸馆长，请他带我们逛逛。

记者：寸馆长，这座图书馆看起来特别的古朴，它究竟有多少年的历史了？

寸茂鸿：图书馆已有上百年的历史，从 1928 年起这里正式叫和顺图书馆，至今已有八十多年。在此之前的 1924 年叫阅书报社，清朝光绪年间叫咸新社。

这座雕梁画栋的图书馆由村人自筹资金所建，建在边疆，却受到了很多文化名流的关注。

寸茂鸿：你看，“民智泉源”，这是原云南大学校长熊庆来的题字；二门上还有原北京大学校长胡适先生的题字“和顺图书馆”；上面的“文化之津”是原中法大学校长李石曾的题字。可见我们这个小小的乡村图书馆，还是受到社会各界，尤其是文化界的重视的。

和顺是云南著名的侨乡，侨居海外的进步青年于 1924 年建立阅书报社，这就是和顺图书馆的前身，当时的图书馆也成为一个信息会聚的中心。1938 年主楼建起来以后，增设了公共阅览室，这里的桌子、卡片盒都是从 1938 年一直沿用至今的。直到现在，还有不少当地人来看书。

在阅览室，我们看到一位大伯在看书。据说他是退休的老师，已经 79 岁了。别看这

>>>> 和顺古镇的景色

>>>> 和顺图书馆

会儿只有大爷一人在看书，平时到馆的村民却非常多。摄制组来到的时候正值农忙时节，很多村民都在田间忙农活，所以阅览室稍显清静。

馆内90%的藏书来自民间捐赠，村民们还会定期给图书馆捐书、订杂志，甚至还有客居海外的和顺人也会送书到馆里。目前这里有藏书七万多册，其中国内珍本、孤本一万多册。丰富的藏书早在1938年就有了科学的管理，从那时候起，这里的图书就开始分类检索。在留存至今的书号卡片盒里，我们看到了许多已经泛黄的卡片，当年工作人员就是用这些卡片从书库里把读者想要的书调出来的。

在这些泛黄的卡片上，我们看到和顺人科学管理中透露出的一种规则，也看到了他们的一种坚持。图书

>>>> 和顺图书馆的胡适题字

>>>> 和顺图书馆内部

>>>> 和顺古镇洗衣亭

馆与 1938 年的卡片一起沿用至今。

记者：这里一共有多少张借书证啊？

寸茂鸿：总共六千多居民，我们这里已经办到三千多张借书证了，我们这里最后一张借书证的编号是 3371。

记者：和顺一共有 6 000 多居民，现今图书馆已经办了 3 371 张借书证，也就是说，除了在外经商的村民，和顺居民几乎人手一张。和顺人追求知识与文化的传统一直延续下来。这条古丝绸之路不但承载了一种经贸的往来，其实它也是一种文化的往来。知识通过这条古道，到达和顺图书馆；也让更多的人通过这里得到了海外的消息，增长了自己的知识。

知识与学养滋润下的和顺人，举手投足都透露着自信和豁达。在和顺，归侨和侨眷占全镇人口的 70%，散居海外的一万五千多和顺人数是小镇居民的两倍多，他们的足迹遍布缅甸、泰国、美国、日本等 13 个国家和地区，他们给家乡带来了知识，也在牵挂着家乡的亲人。

建在和顺的洗衣亭就是最好的佐证。沿河有很多洗衣亭，当地人说，洗衣服的时候赶上下雨，就不用急着往家里跑，到洗衣亭避一避就行了，非常方便。

虽然现在家家户户都通了自来水，但是村里的人还是习惯到洗衣亭里，用天然的河水洗东西。除了河水清净自然以外，也是因为这里已然成为人们交流的一个渠道和平台。

一百多年来，和顺的女人们在洗衣亭下辛勤劳作，说说家长里短，洗衣累了抬头便能看见成片绿色的水稻田，非常惬意。

流淌的三合河养育了这儿的居民。除了传统的农业种植，现在的和顺人有的到腾冲县城里打工，有的则靠旅游业开起了小店，旅游逐渐改变了这里人们的生活。

看完了洗衣亭，我们继续前行。听说和顺弯楼子的英国铁艺独具特色，摄制组决定去那里一探究竟。据当地人说，这里开放早，不少人去海外发展，于是就把一些洋气的东西带了回来，从一些住宅窗户上的铁艺就能看出来。这和我们沿路走来所看到的各种少数民族的建筑，比如吊脚楼、干栏式建筑都不一样，这是最传统的，同时也是中西合璧的建筑。

这座宅子是粉墙黛瓦的徽派建筑，由腾冲富商李氏家族所建，至今已有两百年历史了。自出生就住在这栋宅子的李奶奶今年78岁，她家墙上挂着的两个古钟引起了摄制组的注意。李奶奶说，一个是德国钟，另一个是美国钟，都有200多年历史了，是当年她的祖上从缅甸带进来的。

德国的钟，美国的烤面包机，日本制作的擀面机……这些西洋玩意儿都说明了主人曾有的辉煌。而李家的子孙后人现在已经分布在世界各地了。

李坤拔：他们分布在英国、美国、加拿大、日本、新加坡、泰国、缅甸、老挝、印尼、马来西亚、越南，还有中国香港、台湾，

>>>> 和顺古镇上的弯楼子的英式铁艺

>>>> 200年历史的弯楼子

至少有 15 个以上的国家与地区。

散布海外的后嗣子孙们时常回老宅来看看，就在三个星期前，美国的一个表弟和表嫂还回来过。

李宅保留着原有的装饰，让人感觉舒服自然。两百年前这里非常热闹、时髦，当我们看到外宾厅时，甚至以为是外宾参观的地方。这个富有的家庭只是和顺侨居海外家庭中普通的一员，但和顺人致力乡间福利事业、爱国爱家的思想却是一脉相承。

摄制组从和顺的八大宗祠里也看到了这一点。

一进来就可以看到，楼上挂了满满一排牌匾。据说，每年清明节的第二天，寸氏子孙都会到这里来祭祀祖先，然后把匾额送来挂在这里。他们把这称作“活着的”宗祠。

寸茂鸿：和顺的寸、刘、李、尹、贾、张、杨、钏等八大宗祠都保存完好。寸氏的后人虽然分布在世界各地，但是每年都来祭祀。

一百年来，和顺走出了如珠宝大王寸尊福、大众哲学家艾思奇等有影响力的人。小桥流水的和顺让我们仿佛置身于江南水乡，现在的和顺已经成为非常火热的旅游景点，但是和顺人对知识和文化的传承却没有变。村民们依然过着自己的生活，淳朴和谐的生活方式沿袭至今。

离开小镇时，路边风景又给我们带来了惊喜。那是一群白鹭漂亮地划过天际，它们并没有因为车辆的往来而受到惊吓，似乎已经习惯了在这样一个原生态的环境中生活。

这也是古镇和顺带给我们的一大惊喜，我们在这里不仅看到了古镇的传统，也看

>>>>　和顺古镇“活着的”宗祠

到了人与自然的和谐。

看完了和顺古镇，摄制组又回到了腾冲县城。今天我们起了个大早，因为要去赶集。

一路走来，我们看过很多赶集的场所，但是这个赶集的场所有一些特别，因为它是在腾冲县城内。不过今天天公不作美，又下起了雨，不知道赶集会不会受到影响。往远处看，那些红色棚子的地方就是赶集的场所了，赶紧去看看。

>>>> 和顺古镇的白鹭

每天上午6点到12点是腾冲翡翠早集最繁忙的时候，全国各地的商人、游客、珠宝雕刻师会聚到这里买卖成品。

虽然之前已经听说过，腾冲几乎人人都戴玉、人人爱玉，但是看到了眼前这个场景的时候，还是觉得有一些震撼。在人们看来非常名贵的玉石，在这里随随便便就支一个摊儿摆放，并且没有任何防护措施。

集市里琳琅满目的玉器成品非常多，手镯、挂件、大摆件都整齐地放置在摊上。

记者：大姐您是从哪里来的？

瑞丽玉商：我们是福建人，在瑞丽做珠宝生意的。

记者：瑞丽是玉石生意比较发达的一个地方，那您为什么选择把这样的集市摊摆到腾冲来呢？

瑞丽玉商：因为这边的游客量或者说人流量比较多，生意还是可以做。

记者：像这个镯子卖多少钱？

瑞丽玉商：在这边的话，一般来说它的市价是在五万。

记者：五万呢，我还是还给您吧。你戴的这个大概价值多少钱？

瑞丽玉商：这个要十几万吧。

记者：这是你整个摊上最贵的吗？

瑞丽玉商：不是。

集市上像这样以万计量的货品非常多，但也不乏平价的翡翠。

记者：这个小的，一颗要多少钱？

瑞丽玉商：这样的一颗三百。

这个集市每五天就有一次，五千多商户在此设摊卖货，数以万计的货物摆放在这里，

>>>> 翡翠早集

热闹纷呈的集市吸引了大批游客。

腾冲距离盛产翡翠毛料的缅甸帕赶地区不到两百公里，地域的优势让腾冲人发现了翡翠并首开翡翠加工的先河，至今已有六百多年的历史。腾冲人有买翡翠的习惯，也有雕刻的能力，直到现在，腾冲城内从事与翡翠相关行业的人员达十多万。

这里的人爱玉，也对玉进行雕琢，集市里还聚集了很多本地商人出售自己的作品。在这里我们发现了一种水沫玉，这是近些年新出现的玉石，产自缅甸，却不是翡翠，它的价格只有翡翠的百分之一。这里也是本地商人批发购买翡翠的一个渠道，大家在这里互通有无。

记者：您是哪里人？

腾冲玉商甲：地地道道的腾冲本地人。

记者：那您呢？

腾冲玉商乙：腾冲荷花人。

记者：腾冲人向腾冲人买玉啊？

腾冲玉商甲：他家是自己加工，我们是雕玉的，以零售为主，我们是黄金搭档。

记者：荷花镇在哪里？

腾冲玉商乙：“玉雕之乡”。

记者：你们这个镇子里像你这样会雕工的人有多少？

腾冲玉商乙：估计有七百多人。

一个镇子有七百多人做玉石雕刻，可真是不少了。

就在我们和摊主聊天间隙，刚才买货的那位大哥已经交易成功，买到自己喜爱的货品了。据介绍，在集市里买翡翠既可以付现金，也可以到指定的翡翠商铺里使用提款机刷卡。

买货大哥旁边有一个男孩，这让我们非常好奇。

记者：这是您儿子？

腾冲玉商甲：对。

记者：你是什么时候开始跟爸爸来这个玉石市场看的？

腾冲玉商甲之子：10岁左右吧。

记者：那你自己对这个玉石感兴趣吗？

腾冲玉商甲之子：感兴趣。

记者：它什么地方吸引你呢？

腾冲玉商甲之子：它是所有玉石当中颜色最丰富的一种。

这是真正的爱玉人，也让我们感觉到了腾冲人对于玉的喜爱。望着父子俩远去的背影和集市里川流不息的人群，我们在想，这座城里还有多少人子承父业，从事翡翠加工呢？为了寻求答案，摄制组决定前往腾冲的“玉雕之乡”荷花。

我们从县城驱车，赶往位于腾冲西南部20公里处的荷花镇。从腾冲开车半个多小时，我们来到了荷花镇雨伞村。

眼前的景象和我们想象的差别真的太大了。原以为“玉雕之乡”应该是家家户户都在进行玉雕，可是眼前却是大片的农田，大家在干着农活，完全看不出有玉雕的影子。

据村里人介绍，全村共有400多户人家，大概一半以上从事玉雕。正好我们在路上遇到一位大哥，他家就是进行玉雕加工的，我们决定去他家里看看玉雕加工的过程。

走进张大哥家传统的云南民居里，立刻听到机器加工的声音，这是张大哥的侄子在做工。

年轻的小张从14岁就开始了玉雕加工，现在已经能独立完成作品赚钱养家了。小张告诉我们，制作时要先去掉玉石原料有瑕疵的地方，然后用铅笔画好图样，再用墨笔描图，最后进行雕刻。他说他手里的这个雕件就是用了两天时间制作而成的。

晶莹剔透的蝉在黄色树叶上安静栖息，这精美的作品创意又是从何而来的呢？

张世想：我用红色的部分来代替它的翅膀，再用白色部分做出它的身子，这样看上去就跟真的很相似。

小张说，这种雕刻方法叫俏色。巧妙利用原料的色彩进行创作是雕刻师常用的手法。这块黄龙玉雕好之后，能卖到1 000多元，而这块玉的原料价格只有大约30元左右。小张说，加工后的作品翻了三四十倍的价格，难怪有句俗话说“玉不琢，不成器”。

这也是一个创造的过程。每一块玉本身的价值是固定的，但是经过不断地去思考去创造，它的价值就会不断地增长。

尽管是农忙季节，张大哥家里还有好几台机器运转着，物美价廉的雨伞村玉雕就是从这样的作坊里走出去的。我们看到，他们雕刻的大多是产自保山市的黄龙玉。张大哥说，雕黄龙玉的主要原因是工人们的年纪还比较小一点，翡翠的话价格昂贵，一旦雕错损失就大了。所以，他打算初步是以黄龙玉为主进行雕刻，等工艺成熟之后再投资翡翠。

现在，越来越多的村民加入玉雕行业，人们的生活也由此发生改变。以张大哥家为例，现在大概家庭年收入在十多万元，在村子里属于中等水平。

张大哥还告诉我们，雨伞村不但有家庭作坊，还出现了玉雕合作社、玉雕农民专业合作社，就是农民们组织在一起，共同集资进行雕刻，同时在工艺上互相切磋。

玉雕给雨伞村带来了财富，村民们从原先的土坯房住进了砖瓦房，家里更是开起了作坊。进入村子办的玉雕合作社，这个新鲜的地方更是引起了我们的注意。摄制组决定在离开雨伞村前到那儿看一看。

除了家庭式的作坊，雨伞村现在还对玉石的加工和销售进行了集中的统一管理。雨伞村成立的玉石合作社，共有 120 间商铺，每个家庭把它承包下来，以前店后坊的形式进行经营，这样不仅更方便于游客挑选购买，也更方便销售和管理。现在，雨伞村越来越多的村民到玉雕合作社里开店，像张大哥这样在家做工的村民已经不多了。

走在这里，沿路听到的就是不绝于耳的玉石切割和雕刻的声音。雨伞村人通过玉石改变了他们的生活，也用自己的勤劳和智慧在精雕细琢中不断创造属于自己的财富。

雨伞村只是腾冲雕刻加工中的一个缩影。玉雕改变了人们的生活，很多腾冲人依靠玉雕致富。如果说雨伞村做的是平价玉石雕刻，那么在有着六百年玉雕历史的腾冲，还有许多精工雕刻大师。杨树明就是其中一位，提到他的名字，可以说在业内无人不知，无人不晓。

>>>> 腾冲县城

杨树明有很多头衔，云南省非物质文化遗产翡翠玉雕技艺传承人就是其中之一。玉雕大师的年龄出乎摄制组的意料，原以为大师定然是白发苍苍的老人，没想到他竟这样年轻。

我们走进杨树明的工作室，开始近距离感受玉雕技艺传承人的生活。

杨树明：这间是平时我工作的地方，我跟 9 个人一起在这个房间里工作。

>>>> 雨伞村玉雕加工厂制作玉雕

他说，之所以大家在同一个工作间里工作，是因为这样还可相互沟通交流和提高。

《风雪夜归人》是杨树明的成名作，他以一百元的价格将别人废弃的原料买下，经过一年的思考，创作了《风雪夜归人》。传统雕工都是把绵点去掉，而他却将这些绵点变成了漫天风雪，营造出了唐诗“柴门闻犬吠，风雪夜归人”的意境。这块《风雪夜归人》几经转手，最终以一百万的价格被人收藏。

目前树明老师仍然在创作，除此以外他还在做一件更有意义的事情。他专门准备了一间教室，培养 40 多名学生学习玉雕。他的学生来自全国各地，其中还有一个学生来自缅甸。

树明老师告诉我们，大部分学生需要学习两三年的时间，而出师要花八九年的时间甚至更久。他做学徒时曾走过不少弯路，当时他到玉雕厂只学了不到三个月的时间，因为时间太短，一下子不可能消化那么多知识。在那之后杨树明就开始自学，通过不断努力，终于成为玉雕界响当当的人物。

>>>> 玉雕作品《风雪夜归人》

杨树明老师之所以在玉雕界被人尊敬，不仅仅是跟他的个人创作有关，也与他把这种技艺不断传承下去的想法有关。正是通过他这样的人的不断努力，我们才能够看到更多更加优秀的玉雕作品。

离开工作室，杨树明带我们去看他正在创作的一件作品。据说，这件作品他已经雕了四年多，现在已经能看出这是一个观音的轮廓。杨树明说，如果顺利的话，

>>>> 玉雕传承人杨树明（右）

还需要两年时间才能完工。

我们原以为一件作品雕刻很容易，没想到完成它需要六年的时间，可以说，作品中蕴含着雕刻师的心血。不过杨树明老师说，这件作品不是他最满意的，他要带摄制组去看看自己得意的作品。带着好奇心，我们驶向杨树明的展示厅。

杨树明说的这件作品叫做《童子观音》，创作于2006年。整件作品看起来晶莹剔透，和手掌差不多大小，观音神态慈祥，两条绿带缠绕在她衣裙上，非常唯美。这也是杨树明唯一一件不舍得卖出去的作品。

杨树明：这件作品的原材料非常难得，是一块玻璃种的材料，并且非常干净，没有任何杂质。

拿到好料后的杨树明没有轻易着手雕刻，仅是构思作品就花费了两年的时间，而仅是雕刻整件作品中最难雕的观音面相就用了一个月时间。

杨树明：这一个月时间主要是在创作，一边雕一边揣摩，要理解观音慈祥的面相，思考应该怎样雕才能表现得出来。

难得和大师面对面，我们也开始向他讨教怎么选翡翠了。杨树明说，选翡翠首先要看它的种类。翡翠分为玻璃种、冰种、糯化种、糯冰种等，玻璃种颜色浅、最透明；冰种颜色深、透明度不如玻璃种；而糯冰种看起来比糯化种更加通透。其中玻璃种和冰种比较难分辨，树明老师告诉我们一个小窍门，就是用眼睛看玻璃种就像一块玻璃一样，冰种则像一块冰一样。看完种类之后就要看它的水头。"水头"就是所谓的底子，水头越好，翡翠看起来就越透亮。

看完了种和水，杨树明老师还教给摄制组另外一个选翡翠的方法，就是看它的色彩，同一块玉石上颜色越多越珍贵。

告别了杨树明，我们摄制组来到了腾冲的三桥广场，很多居民正在这里健身。

在我们眼里，腾冲是一座像玉石一样精致、美丽的城市，在腾冲，时间太容易被遗忘了。和顺小镇里有看不完的风景，玉雕市场里有说不完的新奇，荷花小镇不断制作的美丽玉雕创造着源源不断的财富，还有一位位玉雕人将这项巧夺天工的技艺传承着。

不过这些只是腾冲带给我们的第一感受，腾冲还有许多美丽和惊奇等着我们继续去探寻。

二十九 神奇边城

看过了古镇和顺，体验了腾冲的翡翠文化，我们摄制组将继续在云南省腾冲县的行程。从腾冲县城出发向北行驶 15 公里，摄制组在早上 9 点到达了腾冲火山地热国家地质公园。听说这里有一项特别的旅游项目，摄制组决定去体验一下。

联系好公园的飞行俱乐部，我们就要搭乘热气球去看火山了。刚跨进热气球吊篮，我们就觉得一股火辣辣的热气在头顶喷着，飞行员不时操纵喷火头的手柄喷射出 1.5 米的火焰，伴随着烈火燃烧的声音，热气球缓缓上升。我们即将开始一段惊险刺激的空中旅程。

虽然依然还在被徐霞客称为“极边第一城”的腾冲，不过今天摄制组换了一个方式，换了一个角度来看腾冲。在巨大的热气球上，离地两百米的高度，我们乘坐热气球去看一看腾冲有名的火山。

俗话说，“好个腾越州，十山九无头”。当坐上热气球到天空的时候，我们对这一句话完全理解了。

下面是有名的大空山，山顶留下了火山喷发时陷下去的痕迹，非常明显。在腾冲，不止大空山，远处的那一片山群全都是由于板块运动造成的火山群。

腾冲是中国火山群最密集的地区之一，主要分布在和顺镇和马站乡，面积达 750 平方公里。摄制组来到的火山公园位于马站乡，有大空山、小空山和黑空山三座保存完整的火山。乘坐在热气球上，只见火山就像一个个精致的盆景依次排列开，非常壮观。

控制热气球的这位小伙子名叫段兴雨，已经在这里工作 9 年了。据他说，9 年前火山公园开始设立热气球体验项目，除了天气不适合飞行的时候，段兴雨每天都带着游客飞过火山口。

>>>> 腾冲国家地质公园标志

>>>>　在腾冲国家地质公园体验热气球

段兴雨：云南腾冲火山与黑龙江五大连池火山一样，以类型齐全、规模宏大而著称。据考证，整个腾冲县共有 99 座像大空山这样保留完整、锅口圆的火山，看得清楚的火山遗迹有 23 座。

记者：附近究竟有多少座火山呀，能够数得清吗？

段兴雨：考证下来整个腾冲县来有 99 座，像大空山这样保留很完整、看得很清楚的火山遗迹有 23 座。

从空中望去，小空山顶部仿佛有一条环形公路。段兴雨告诉摄制组，火山公园特意在山顶上修建了一条木板路方便游客通行。他说，在这里工作 9 年以来，火山唯一的变化就是上面的树长得特别快。以前这里是光秃秃的，随处可见火山红褐色的火山浮石。

据专家考证，腾冲最早的一座火山喷发于 90 万年前，最后喷发是在 380 年前，也就是《徐霞客游记》中记载的打莺山火山。熔浆生生撕裂了山口，爆发后形成红褐色和黑色的熔岩。

热气球给了摄制组一个更加开阔的视角，我们眼前的风景也更加美丽。看着远处的群山和脚下壮观的火山口，我们惊叹于大自然的神奇，而只有 40 公里就到缅甸的距离提醒了摄制组，我们依然在边疆小城腾冲。

现在，我们的热气球已经在缓慢地下降，到地面之后，我们会顺着这边的道路慢慢爬到大空山山顶，去真正地实地感受一下火山口究竟有多么壮观。

结束了热气球梦幻般的旅程，摄制组向着大空山前进，沿途只见成片绿色的植物将火山层层覆盖住。

沿着598级由火山石做成的台阶，我们登上了离地约150米高的大空山火山口。

一路走来，体力消耗很大，但想到马上就能看见火山口，体会当年火山喷发时那种壮观的场面，摄制组成员都觉得很兴奋。据专家考证，腾冲火山群是处于休眠状态的活火山，这让很多人对它充满敬畏与好奇，大批的游客、专家纷纷来到这里。

爬了大概十五分钟我们到达了火山口。从这里的植被覆盖情况来看，并不是我们想象中的那种完全裸露的火山，不过依然可以从火山口的直径和深度感受到当时喷发的力量。

大空山离地面约有150米，而火山口的直径就有200多米，深度达50多米，呈锥字形漏斗形状。自36万年前喷发之后，大空山火山一直保持这样的平静，没有进一步带来灾难，反而给腾冲留下了大量的火山石资源，以及难得一见的自然景观。

为了保护环境，现在游客不能随意走进火山口，在征得公园管理部门的同意后，摄制组决定下山去火山口看看。

就在我们往下走的时候，发现了一个很有意思的地方，就是这座山不像平时我们踩的岩石很实的感觉，而是感觉有一点空空的，就像脚踩在鼓面上的感觉。而且每踩一下就感觉身体会稍微弹一下，这也许是由于火山石的气孔造成的。

几十万年前烈焰喷发的火山，现在却被一片绿色笼盖，马上能和神秘的火山近距离

>>>> 空中看火山

>>>>　火山石雕刻品

>>>>　记者体验热海温泉

接触，摄制组成员对这种体验充满了期待。

顺着火山口旁边的小道，我们来到了离火山口底部很近的地方。下面植被茂密，所以不能继续往下走了。不过从植被的茂密程度可以看出，火山灰富含多种养分，因而下面植被非常茂盛。

与想象中不同的是，原以为火山口底部会有积水，但这里除了植被外，几乎没有什么水分。这里的火山石透水性很好，因而非常轻，一块大石头可以轻而易举地就被拿了起来。仔细一看就能发现，火山石表面分布着密密麻麻的气孔，它是火山熔浆喷出地表逐渐冷却后形成的。以前到这里的游客经常捡块火山石带回家，现在为了保护环境，相关部门禁止了这种行为。政府划出了特定的区域，让村民采挖火山石并制作成旅游纪念品出售给游客。据说这种石头叫做火山浮石，扔到水上能够漂浮起来。

站在火山口感觉很神奇，因为 36 万年前喷发的时候烈火炎炎、遮天蔽日，而现在却是满眼茂盛的植被，鸟语花香，还特别凉爽。

腾冲属热带季风气候，年平均温度 15 摄氏度，而在火山这片区域平均气温仅有 13 摄氏度，更加凉爽。行走在火山口，只见满眼的绿色，仿佛浸润到大山的身体里，火山让这绿色多了一种神秘感。

神秘的火山现在变得幽静自然，也成了腾冲的热门游览地。马站乡附近的村民除了种庄稼，很多人开起了小店，向游客出售火山石饰品。村民们将火山石雕刻成各种各样的工艺品卖给游客。听一位开小店的大姐说，他们家从 2001 年就做起了火山石加工。他们将火山石做成饰品、花盆出售，平常生意还不错，黄金周时一天能卖出 100 件。马站乡附近像她这样的村民很多，旅游给他们带来了财富。

听说腾冲的地热资源同样很丰富，我们这一站就要去看看位于腾冲清水乡的热海地热区。腾冲是中国三大地热区之一，这里有温泉 88 处，其中腾冲地热最具代表性的地方就是热海。

这里绿树环绕、烟雾渺渺，但是又感觉特别热，因为这些烟雾跟我们平时想象中的仙境的雾气不一样，让人觉得很热。其实这里是腾冲另外一个旅游胜地——热海。

什么是热海呢？其实就是我们平常所知道的地热资源。在腾冲，火山和地热几乎是不可分割的，这种现象在全国也非常少见。而且腾冲的地热资源丰富到让你难以想象。看到这一锅正在沸腾的水了吗？它的表面温度有96.6摄氏度，千万不要以为下面有柴火在不停地烧，其实这就是一个天然的地热资源。

这里有三个这样的泉眼，每天源源不断地滚出这样的热水，并且由于时间长，因而能从池边看到一层白色的泉华，里面富含丰富的矿物质。这个“大滚锅”到底持续了多少年呢？说出来超乎您的想象，就连徐霞客当年来到腾冲的时候都亲眼目睹过，也正因如此，它被形象地称为“热海大滚锅”。

眼前的大滚锅直径约有3米，深约1.5米，响声震耳，蒸汽冲天，离大滚锅很远的地方都能闻见浓浓的硫黄味儿。它涌出的水足有20厘米高，周围还有许多蒸汽孔，呼呼不停地喷发热气。

这里也是热海最受欢迎的观赏温泉，不过因为这里的水温高达96.6摄氏度，所以大滚锅的水只能看不能碰。一年四季不管腾冲的气候如何变化，这里都是一锅沸水。

站在大滚锅旁，穿着鞋子也能感觉到地面非常烫，即使站着不动身上也会出汗。当地

>>>> 清水乡的“热海大滚锅”

的居民还利用了大滚锅的热气制作食物。

云南有十八怪，其中一怪就是“鸡蛋串着卖”，我们在这个热海大滚锅旁边看到了这个现象。它其实就是利用热海大滚锅旁边的热气，进行蒸煮。据说，鸡蛋放在里面只要10分钟就能蒸熟了。

在这里我们又发现了云南的另外一怪，那就是“草帽当锅盖”。这样一个巨大的锅盖跟草帽的形状一模一样，蒸食物的时候把它盖上去就可以了。所以说上天真的很眷顾腾冲，让这里有了这么多丰富的资源，而且当地人又很好地利用了这些资源。这样煮熟的食物，我相信一定是又香又美味。

“不须柴灶不须烧，天生地热好烹调”，从这句话就能看出，地热给当地人生活带来的便利。现在，利用地热蒸熟的花生、土豆很受游客欢迎，只需花上10元就可以品尝到。

世界上有温泉的地方很多，但像腾冲热海这样面积广、泉眼多的并不常见。这里有十多个温泉，水温多在90摄氏度以上。摄制组特意找了一位向导带我们去看热海的怀胎井。

>>>> 怀胎井

>>>> “蛤蟆嘴”热泉

怀胎井有两口，虽然离得很近，但井水的颜色却全然不同。景区讲解员许晓凤告诉我们，如果想生儿子，就喝这口井里的水，想生女儿就喝另一口井里的水。这是一个美丽的传说。不过，关于两口井的井水颜色不同却是现在也没揭开的奥秘。据说，以前两口井水的颜色是一样的，盈江地震以后，其中一口井水就变成了奶白色，究竟是什么原因，目前还没有科学家来考察过。

在和许晓凤攀谈中我们了解到，怀胎井常年温度是88摄氏度。神秘的功效让这里成为热海所有泉眼中最神奇的一口，因此怀胎井前特意设立了一个石磨，井水经过这里冷却后可以供游人们品尝。

我们尝了一下，井水中有一

>>>> 清水乡热泉之海蓄水池

点淡淡的咸味，没有别的温泉中常见的很重的硫黄味。许晓凤说，井水中主要是含氡元素，所以尝一下怀胎井里的水对调节身体也是有好处的。

其实热海的地质奇观早在三百年前就存在，著名旅行家徐霞客也曾被吸引到这里来考查。我们身后的景点就是当年徐霞客来到这里看到的“蛤蟆嘴”，因为看起来就像张开的蛤蟆嘴，泉水不断地从嘴里喷出来。

据说这里泉水的温度高达 97 摄氏度，它是全国唯一的脉动式喷泉，就像人的脉搏跳动一样，是有节奏的，每隔 1~3 秒喷发一次，射程是 1.5 米，所以它的冲击力比较大。

听当地人说，这个泉眼每天喷出的热水大约有 200 吨。这里有一个奇特的景观，温泉是热的，而旁边流淌的江水却是凉的，当地人将这里称作“冰火两重天”。

在和许晓凤攀谈中我们了解到，现在每天有大约 400 位游客来到这里，到了腾冲，人们基本上都会来热海游览，除了看地质奇观，泡温泉也成了游客们的一大选择。

许晓凤：看。对面那个就是我们的高温蓄水池。

记者：温泉水都在里面吗？

许晓凤：就是把所有的温泉眼的泉水，汇集到里面让它天然冷却，再加工以后通过管道输送到我们的酒店，还有那些泡温泉的地方。

记者：它的温度大概会达到多少？

许晓凤：摄氏 40 度左右。

走了一天，我们稍微有些疲惫，更想去体验一下泡温泉的滋味了。这里的每个温泉池边还有温度计，提醒游客池内的水温，十分贴心。

整整一天，我们走进了火山的中心，也感受了热海的温度，而这一刻是真正地感觉到被热海相拥，被腾冲相拥。作为一个腾冲人真是太幸福了，泡着温泉，还可以看着绿树、蓝天、白云，和大自然零距离地接触。这是腾冲带给我们的惊喜，边疆行带给我们的惊喜，而我们也将洗去疲惫，继续出发。

下一站我们要到中缅边境的腾冲猴桥镇去看看边民生活发生的改变。

腾冲与缅甸相邻，国境线长 148.075 公里。我们从腾冲县城出发，赶往国家一类口岸猴桥，去看一看边境线旁的风光。

猴桥镇与缅甸山水相连，距缅甸密支那仅有 163 公里。这里是云南省保山市国土面积最大的乡镇，1 057 平方公里的土地上居住着傈僳族、回族等少数民族同胞。种植烤烟、发展边贸让猴桥镇成为腾冲较为富裕的乡镇。

虽然行驶在盘山公路上，我们还是欣赏到了旅途中的美景。蓝天下的绿树格外清新，途中不时有满载货物的大卡车从我们车旁经过，提醒着我们，猴桥口岸就要到了。

2004 年，猴桥口岸正式成为国家级一类对外开放口岸，这也是云南省四大陆路口岸之一。车行半个小时，我们到达了猴桥口岸联检楼，但是这里的国门距联检楼还有 17 公里，于是我们继续出发。

>>>> 猴桥口岸中缅友谊隧道

现在我们是在离国境线非常近的地方，我们身后的中缅友谊隧道于2009年开通，全长465.51米，其中184.1米属于我国，281.41米属于缅甸。站在国境线上，我们的国家领土感格外强烈。

听同行的旅游局工作人员说，我们行驶的这条公路叫腾密公路，由腾冲通向缅甸北部的重镇密支那，全长200公里。腾密公路由中方出资建造，是中缅友谊的象征。

说到腾密公路，就不能不说著名的史迪威公路。腾密公路是沿着史迪威公路北线修建的，六十多年前滇缅公路因为抗日战争中断，为了保证物资供给，中美合作修建了一条从印度雷多到中国昆明的运输通道，这就是史迪威公路，它也是当时中国通往境外唯一的陆路通道。

来到中缅边界，摄制组决定去看看当年的史迪威公路如今是什么样子。

沿着腾密公路旁边的小道继续前行，大概行驶20分钟就到达了中缅南4号界桩前。这里是离国境线最近的地方，我们的车也只能开到这里，旁边一条不起眼的道路就是著名的史迪威公路，有着近七十年的历史，也是滇缅通道中很重要的一段。眼前泥泞弯曲的土路曾为滇西抗战运送了五万多吨急需物资，为了物资安全，公路都修在深山里，一边是悬崖，一边是高山，无数军民冒着生命危险劈山开路，为滇西抗战打通了一条运输生命线。

在保护民族独立的那场战斗中，共有六万多中国军人献出了生命。至今腾冲县城还保留着滇西抗战最大的公墓——国殇墓园，3 346名中国军人长眠在这里。

现在国殇墓园是纪念滇西抗战的标志性的地方，每天都有很多游客、军人的后代来凭吊英烈。站在史迪威公路上，人们现在已经很难找到当年战争的痕迹了，如今人们来到这里体会到的，更多是边境线上的和平与安宁。

在这条公路旁，中国和缅甸是以这个山脊的分水岭来划分的，除此以外，这里还有一座中缅友谊碑，它象征着中国和缅甸的友谊。离开中缅友谊碑，摄制组又开始了下一站的行程。

途经猴桥镇一个叫黑泥潭的地方时，我们见到了正在施工的猴桥口岸新联检大楼。2012年这里将建起猴桥口岸一座新的联检楼，在它的对面，还将建起一个互市贸易的区域。在联检楼和贸易区建好之后，不仅会对中国和缅甸之间的贸易往来产生影响，更会对附近蔡家寨和余家寨的傈僳族居民的生活产生直接的影响。

摄制组从新联检楼工地出发，行驶上弯曲的山道，大约15分钟就到达了猴桥镇余家寨村。黑瓦黄墙、淳朴自然是摄制组对这个村子的第一印象，不时有穿着傈僳族服饰的村民从我们的车辆旁经过。

就在我们经过一户人家时，几个正在磨刀的年轻人引起了摄制组的注意。他们的刀特别长，与众不同，经过询问得知，他们准备一会去草果地锄草。

草果是姜科豆蔻种植物的果实，目前中国的草果生产于云南、广西、贵州等地，每年

>>>>　国殇墓园

>>>>　国殇墓园内部

10~11 月成熟，其中秋果最好，个大、饱满，色红棕，气味浓。位于中缅边境的猴桥是腾冲种植草果最多的地方，现在一斤能卖到四五元钱。

余德保：我们家种了五亩草果地，去年收成还不错，村子里很多人家都靠种草果为生。

当问到新的联检楼和贸易区建成后有什么打算时，余德保说，他打算将来去那里做点小生意，比如卖点衣服什么的。他还说，按他的估计，将来收入会有很大的增长。

记者：你们这个村子外面要建联检楼了，联检楼建成后，自己会不会有什么别的打算安排？

余德保：看到时候能够卖什么东西好？

记者：这座楼建好以后，你估计整个的生活条件会有一个什么样的变化？

余德保：肯定会有很大的变化。反正这里市场一热闹，我们做什么都好做。

在和余德保攀谈的过程中，摄制组听说村里的蔡大妈家里因为种草果盖上了全村最漂亮的房子，所以决定到蔡大妈家去看看。

听蔡大妈说，他们家主要的经济来源就是种草果，50 亩的草果地每年能给家里带来 5 万元的收入。蔡大妈和草果还有一段故事。30 年前，蔡大妈的丈夫去世了，那时家里两个孩子一个 5 岁，一个才刚满月，蔡大妈就依靠着种草果把两个孩子拉扯大。她说，家里盖房子的钱全部是卖草果的收入，我种草果 22 年，有收成的有 16 年。

草果给蔡大妈家里的生活带来了改变，村里像她这样的人家还不少，他们都盖上了大房子，用上了太阳能，这个傈僳族的小村子逐渐变得现代起来。

随着猴桥口岸开通到缅甸密支那的旅游路线，来这里旅游的人越来越多，旅游也成了当地的一项重要收入。

我们在黑泥潭停留的时间不长，但是真的为他们感到高兴。这里的村民通过种草果，生活条件已经得到极大的改善，联检楼建成之后，相信他们会有更多的打算，生活也会越来越好。

离开黑泥潭，在盘山路上行驶了半个小时回到了腾冲县城。此时夕阳西下，落日余晖下的腾冲秀美迷人，我们也即将告别腾冲，踏上下一站的行程。

大自然真的很眷顾腾冲，给了这里丰富的火山地热资源，而腾冲的每一个人也是勤劳智慧的，他们利用这些资源创造了属于自己的幸福生活。在腾冲的短短几天，我们深深地感觉到这里是一个适宜人居并且非常生活化的城市，让我们每一位成员都爱上了腾冲。

>>>> 腾冲县城

三十 >>>>>>>>>> 多彩边城

告别“极边第一城”腾冲，我们下一站要前往龙陵县。路上经过腾龙桥，这是腾冲和龙陵的分界线，以江为界，江的这边是龙陵，那边是腾冲。听司机说，腾龙桥修建于1957年，是龙川江的过江大桥。当地政府为了保护行人安全，规定不能双车过桥，并且限速5公里。

现在这座桥基本就是两块钢板，车在两块钢板中间行驶，绝对不能走偏。

虽然龙川江不算宽广，但这种行车过江的方式还是给我们留下了很深的印象。过了腾龙桥就进入龙陵县的地界了。

我们现在经过的龙陵邦腊掌同样是一个地质资源非常丰富的地方，这里一共探测到119个泉眼。我们所停留的这个泉眼很特别，被称作“地球的肚脐眼”，同时也是一个地震观测点。

邦腊掌是傣语，意思是拴住大象的地方，在龙陵县城的西北面，距县城约有12公里。

>>>> 单车通过腾龙桥

>>>> 上图：地震观测点 下图：观测数据

由于地热资源丰富，自古以来这里就是远近闻名的温泉度假去处。1976年4月中国国家地震局在邦腊掌设立地震观测站，对邦腊掌热矿泉进行观测。

地震观测点一号泉眼的观测员尹可恩今年57岁，在这里已经工作了12年。在与尹可恩攀谈中我们了解到，他平时的主要工作就是在“地球肚脐眼”泉眼采样。由于新的地震观测楼正在建设，一座简单的砖瓦房就成了尹可恩每天工作和生活的地方。

屋子虽然简陋，但是里面摆放了很多仪器。

尹可恩：搞地震观测手段必须多一点，多一种手段，多一双眼睛。

他说，他们是搞地震前兆观测的，近些年来由于地震频繁发生，对人们生存造成危险，人们希望知道地震前兆的信息。他们来到这里，也是想看看地震观测泉的状况。

记者：您说得真好，那这些先进的仪器是什么呀？

尹可恩：上面这一台是测汞含量的，下边两台是测氡的。如果它的数据发生变化，未来就可能有地震发生。

尹可恩告诉我们，邦腊掌是首批云南省地震局论证验收的国家级观测区域，而“地球肚脐眼”则是邦腊掌地震观测站中最为重要的一口观测泉。在地震研究领域，它被称为“滇09泉”，另外一个名字是“地震观测一号泉”。

观测一号泉有两口泉眼，一口热，一口冷，附近居民又叫它阴阳泉。冷水泉已经多年不出水了，地震观测是从热泉中取样进行的。据尹可恩介绍，不受干扰的环境使这里成为地震观测站，他每天都从这地震观测一号泉里采样，每次采样的步骤都非常关键，不能偏差分毫，要做到定时、定点、定位。

采样完成后，尹可恩通过化学试剂将水中的各种元素分离出来，除此之外，还要记录水氡、水温、气压、降雨、气温、温度等近20项内容，最终得到数据上报地震局。一般每天上午10点左右把数据往保山方面送，不能够断数，更不能弃数。

>>>> 地震观测点一号泉眼

>>>> 收集地质数据

据龙陵县地震局公开资料显示，邦腊掌地震观测站为1976年5月29日龙陵大地震做出了成功的分析预报，为2004年隆阳区5.3级地震提供了较准确的分析判断依据。但是可能很少有人知道，在这些数据的背后工作人员所付出的心血。尹可恩说，盈江地震和腾冲地震之前这里都测到了数据变化，水里汞含量明显升高，这些数据为地震预测提供了依据。

每天记录数据上报给地震局，这样重复的工作尹可恩一做就是十二年，这让我们非常敬佩。其实在边疆有很多像尹可恩这样的人在默默奉献着，他们构成了边疆一道美丽的人文风景。

离开邦腊掌地震观测站，我们经过邦腊掌温泉，这里茂密的森林、温和的气候、适宜的湿度吸引了众多游客。邦腊掌还建起了生态温泉度假酒店。旅游正改变着当地村民的生活。

告别邦腊掌，摄制组行车半个小时到达了龙陵县城。这是一个山区县，地处怒江、龙川江两江之间，县城不大，开车20分钟就能绕个圈。

历史上龙陵县曾经与滇西抗战密不可分，从 1942 年到 1944 年，日本侵略军占领龙陵长达 2 年。虽然主要的战场在松山，但是龙陵县城内还是留下了大量的战争遗迹。我们身旁的碉堡就是当年日军为了控制交通要道，沿着滇缅公路沿线修筑的。

听当地旅游局的工作人员说，近些年来随着《滇西一九四四》等滇西抗战题材影视剧的热播，龙陵县的松山已经成为一个热门的游览地。带着好奇，摄制组踏上了前往松山的旅途。

车行 30 分钟，我们的预定行程稍微发生了改变，因为这里有一样特别的东西吸引了我们的注意。

保山市旅游局的工作人员告诉我们，在离龙陵县城不远的地方有一种珍贵的树种，这个树种以前我们只在电影《侏罗纪公园》里看到过，是和恐龙处于同一时代的一种树种。它叫做桫椤，当地群众把它称为树蕨。在云南省保山地区桫椤主要集中在龙陵县，国家一类八种保护植物当中，桫椤排在首位。

我们眼前的这片桫椤林是保山最大的一片，为了加强保护，已经把它列入小黑山省级自然保护区的范围内。

距今 1.8 亿年前桫椤就存在了，是当时地球上最繁盛的植物，但是经过漫长的地质变迁，只有少量地区有桫椤存活，目前中国的桫椤主要分布在华南和西南地区。能有机会和这种古生物近距离接触，摄制组成员都很兴奋。

近距离观赏桫椤，发现它真是太漂亮了，上部像一把绿色的伞，阳光斑斑驳驳地洒在

>>>> 桫椤

>>>> 桫椤群

叶片上。从外观上看，很多人以为桫椤是一棵树，其实它不是树，而是蕨类，只不过是长得特别粗壮的蕨类。

能够在小黑山自然保护区看到这样珍贵的植物，和它近距离地面对面是一种很奇妙的感觉。因为它和恐龙处于同一时代，置身于桫椤林中，忽然生出了一种时空错乱的感觉。

看过难得一见的桫椤群，我们向着松山前进。一路风尘一路景，车行一个小时后我们抵达了松山。

松山濒临怒江，地势险要，在滇西抗战中曾被日军占据。1944 年中国远征军在这里与日军发生战斗，历经三个月的血战，最终取得胜利，打通了滇缅公路。摄制组来到这里，是想看看松山战役留下的痕迹。

我们现在来到了松山战役遗址。当年战争之后的松山满目疮痍，几乎没有剩下什么植被，由此可以推断，现在山上茂密的松林都是后来种下的。不过我身后的这棵树却是当时留下的，它旁边的石碑上写着当年发生的战争。弹痕累累的古树是松山血战的见证，从这棵榕树上可以看到很多当年留下的弹孔，以及战火焚烧过的痕迹。通过资料我们了解到，在松山战役遗址中有三棵这样的古树，它们也被称为“见证树”。

电视剧《滇西一九四四》热播后，慕名前来松山的游客很多，这让附近的居民生活发生了变化。附近的居民除了平时的农业生产劳作，还开始在松山做起了向导。

杨宏：在马槽洼头有一块遗迹碑，称为第 8 号桩。当年这里就是前沿阵地的一个关卡，是当时日军在滇西怒江的松山防御阵地的核心，也是一个战壕密集的地方。这里是人员休息的地点，有许多建筑和交通壕，物品运到这里，再派人从这里背出去。

如今，眼前的战壕已经看不出原来的样子，松针覆盖在上面，不变的还是那份苍凉。战壕两边的木头建筑因为长期被水浸泡，早已腐烂并且坍塌，所以看起来很浅。据介绍，当时它的宽度在 1 米左右，高度接近 1.8 米，曾是连接各据点的交通壕，而现在只留下了一条浅浅的道。

杨宏：松山有多长，战壕就有多长。战壕是环形交错的，这里成为战时运输物资的一个重要的通道。

修建这样的战壕也说明了日军想要长期盘踞松山的打算。中国远征军决心拿下松山，却久攻不克。远征军第八军副军长李弥临危受命来到松山，日军在此高地修建了巨大碉堡。易守难攻，李弥费了一番工夫，指挥远征军挖地道引爆阵地。经过激烈的战斗，最终攻克松山，取得胜利。

说话间，摄制组跟随杨宏来到当年的这个阵地前。

杨宏：1944 年 8 月上旬，李弥以一个军的兵力从前面的 150 米处掘开了两条地道直达碉堡下，在这里埋下了每箱达 20 千克的 70 箱炸药，最终攻克了日军的碉堡。这也是整个战役中最为关键的一仗。

而今，曾经的硝烟散去，7 600 多名中国远征军战士长眠在这里。杨宏说，现在每天有 150 名游客来到松山，黄金周的时候人更多。人们在这里纪念、凭吊抗日英雄。

>>>> “战争见证树”纪念石

参观完松山战役遗址，让我们对这里有了一种新的认识。这里每一棵巍峨耸立的松树就像是当时参加战役的军人，他们的魂魄都已经留在了松山。他们当时是为了保家卫国，为了国家的尊严，为了国家的和平来战斗，现在他们的精神留在了松山，而这种精神也值得我们每一位后人敬重和缅怀。

>>>> 松山向导杨宏

离开松山，我们继续前进，行车两个小时抵达了保山市市府所在地隆阳区。这里是中国西南丝绸古道的重要驿站，而现在，对于初次来到这个平坦小城的我们来说，只觉得空气湿润，气候宜人。

>>>> 松山战役主战场遗迹

行走在大街上，你会感觉进入了一个花的世界。

今天这里正好有一个庆祝端午节的盛大活动。别的地方庆祝端午节的仪式就是赛龙舟、包粽子，可是在保山，上百年来的习惯就是赶花街。带领我们逛花街的是当地的文史专家沙老师。她说，赶花街的习俗至今已有130多年的历史了。

保山隆阳区属于亚热带气候，低纬度使得这里形成了“一山分四季，十里不同天”的立体气候。这里也是丰富的粮食基地，有“滇西粮仓”之称。

走到位于正阳北路的花市口，只见人潮涌动。来到这里，摄制组想要体验保山过端午节的欢乐气氛。我们发现，这里和广州春节的花市不同，这里卖的都是盆景，是一盆一盆的花，而不是那种摘下来的花枝。

沙老师说，保山四季如春，甚至可以说比昆明春色更甚，所以这里自古就有爱花买花的传统。在与沙老师攀谈中我们了解到，保山花街作为一个市场的形成是在清咸丰年间。一百多年来，这里的人们每年都在端午节举办花街。

在花市里，人们把一串串的香花放在路边，每串五角钱，游客自己把零钱扔在这里，就可以把花带走了。

带着花串的香味我们继续逛花街，在这里我们听说，每年在端午节举办花街也是有原因的，因为这里气候好，端午节的时候尤其适应种植植物，所以有人夸张地说保山在端午期间栽一棵杵棒都会活。

听沙老师说，当地习惯把端午节叫做端阳节，当地的植树节也不是每年的3月12日，而是端午节。可以说，我们这一次正是赶上了保山一年当中最好的季节。著名地理学家徐霞客当年观保山花街时曾留下诗句“群花尽放，凭高望之，满城皆花”。

沙老师还告诉我们，每年的花街上栀子花、缅桂花最受当地人欢迎，而随着花街规模的扩大，这个民间传统庆祝活动逐渐发展成为一个集花卉、药材、鸟、虫、鱼、地方名特产品展销的综合博览会。每年一到赶花街，保山可谓是全城出动，人们都到这里来度过快乐的端阳节。

逛过花街，沙老师又带着我们去看青草药一条街。听沙老师说，很多种植草药的村民都到这里出售货品，现在的端阳花市也成了一个重要的商品展销会。

一位卖草药的大爷告诉我们，他家住在边境线上，所以从缅甸拿来草药再到花街上来卖。就在我们和大爷聊天的间隙发生了一个小插曲，让我们感觉非常有趣。

一位老奶奶背着筐来这里买草药。她的筐很特别，以至于一开始我们还以为是蛇皮，吓了一跳。老奶奶问卖药的大爷："这个多少钱一棵呢？"大爷说要两元，老奶奶摇头说："太贵了，两角吧。"大爷说："这是缅甸来的，这个价格拿不来。"

这个市场的还价也太厉害了，直接从两元还到两角一根。从与老奶奶的聊天中我们了解到，当地很多居民会在端午节到这里来买药，有的是为自己治病，有的则是转手再卖到别的地方去。

听沙老师说，清代时保山城遭受瘟疫，很多居民把自己挖到的草药拿到城里出售，许多年后药品交易形成了固定的市场，当地人为了吉利把这个市场改名叫做端阳花街，一直沿用到现在。在端午节逛花街、买草药成为保山人的一种习俗，一百多年都没变。

热闹纷呈的花街给我们留下了深刻的印象。行走在这座城里，时时刻刻能感觉到花和当地人生活的密切联系。

逛完了花市，沙老师带我们去她的朋友孙师傅家，去看看当地老百姓究竟爱花爱到怎样的程度。孙师傅是退休工程师，种植盆景已经有 11 年了。走进孙师傅家里，只见绿色盆景摆满了整个小院。尽管之前沙老师已经说过他家里全是盆景，但眼前的情景还是让我们有些意外。孙师傅说，养花是他的一大爱好，他在整个院子都种上了各式各样的盆景，有时候也卖一部分，以花养花。当我们问他家里一共有多少盆景时，孙师傅说，100 多盆，甚至可能都有 200 盆。

200 盆！这个数字让我们非常惊讶，孙师傅爱花的情结也由此可见一斑。他还带我们去

>>>> 隆阳花街上缤纷的盆景

>>>> 花街上的花

>>>> 隆阳草药市场

看他自己最得意的一盆盆景——一棵桂花。孙师傅介绍说，这是野桂，嫁接好了就是比较好的丹桂。

孙师傅告诉我们，他也去逛了这次的花街，但却不在花街上出售盆景，因为有一些爱花人会特意到家里来收购盆景。孙师傅还告诉我们，他养的第一盆盆景是紫薇花，已经有 20 年了。在保山爱花的人非常多，养花在当地是一种传统的习惯，几乎每一个保山家庭都会种上几盆花或者盆景。

孙师傅今年已经 72 岁了，他平时经常到山上考察植物，或许是爱花、养花的习惯让他保持了年轻的心态，所以看上去特别年轻。

看着院子里满满的盆景，我们对保山人爱花、养花的生活习惯非常感慨。就在我们离开孙师傅家时，他 12 岁的孙子弹起了钢琴，70 多岁的孙师傅为他伴唱，显得很年轻。

看到这些场景，我们似乎也看到了保山人对自然和美的一种热爱。爱花的保山人过着花一般灿烂、阳光的生活。

逛完了热闹的花市，我们按照行程开始向怒江方向前进。保山是南方古丝绸之路上非常重要的一站，而在我们向怒江方向前进的路上也有很多值得一看的地方。

沿着杭瑞高速公路行进，一路只见丘陵、坡地和小平原错落有致。听同行的旅游局工作人员说，怒江流淌到这儿会变得平缓，当地人把这里叫做潞江坝，它也是怒江沿岸少有的亚热带干热河谷。

>>>> 潞江坝丙闷村种植的青芒果

就在我们摄制组经过潞江坝一个叫丙闷的小村落的时候，看见了长得很高的芒果树。刚采下的芒果都是青色的，据说潞江坝附近的居民很喜欢吃这种青色的芒果，他们习惯蘸着辣椒吃，或者用来炒牛肉。我们尝了一下刚摘下来的青芒果，真是好酸，可是导游说，当地人不管老的还是小的都爱吃。我们也试着蘸了点辣椒，发现这种感觉太奇特了，明明嘴里都是芒果的香味，却是又咸又辣又酸，非常特别。

当地人介绍说，这种青芒果去年产量达到了两吨，很受欢迎，许多外地游客特意来这里买芒果，村子里还定期向村民收购青芒果卖到外地。每斤两元钱的青芒果也给村民带来了财富。

村里到处都是芒果树，仅仅是古芒果树就有上千棵之多，新种的就更不用提了。

干热河谷的潞江坝主要生活着傣族，得天独厚的地理优势让这里物产非常丰富。20世纪70年代一曲《美丽富饶的潞江坝》唱响了全国，而现在的潞江坝已经成为云南省小

>>>> 怒江双虹桥

>>>> 侧视怒江双虹桥

粒咖啡、甘蔗、香料、烟等热带作物基地和新兴的旅游胜地。

来之前我们就已经听说，潞江坝是整个保山水果和某些热带经济作物产量最高的地方，但是真的到这个地方之后，看到上千棵古芒果树还是觉得很震撼。

就在摄制组离开丙闷村的时候，一列车队行进过去了。听向导说，由于现在游客来得多了，当地居民除了种植经济作物，也开起了农家乐，做着和旅游相关的行业，丙闷村也成为一个自驾游基地。

告别了潞江坝，摄制组一路前行。车行一个小时后，我们的视野更加开阔，汹涌澎湃的怒江出现在我们前方。

现在，我们脚下波涛汹涌的江水就是怒江。过去，居住在江两岸的人要想往来非常的不容易，所以在200多年前，这里的人们就利用天然桥墩建造了我们现在行走的这条双虹桥。因为两座桥就像彩虹一样悬挂在怒江上，双虹桥因此得名。

别看这座桥似乎锈迹斑斑，走的人也比较少，在过去它可是起着非常重要的作用。因为双虹桥曾是南方丝绸古道上一个很重要的驿站，所以在历史上发挥了重要的作用，直到1939年史迪威公路以及惠通桥建立后，双虹桥才暂时完成了它的历史使命。

行走在双虹桥上，远处的青山、脚下奔流的怒江让我们体会到了旅途中不一样的风景。边疆的美丽或许就是如此，淳朴、自然而又开阔。这里生活着的人们与我们有着惊人的相似之处，那就是我们都有着热爱这片土地的深厚感情。

眼前奔流不息的怒江让我们觉得心胸非常开阔，这里曾经是中国滇西最重要的天然军事防线，为抗战的胜利以及祖国的和平起到了至关重要的作用，也正是这条怒江滋养了美丽富饶的保山。

怒江真的有太多的地方深深地吸引着我们，等着我们进一步去探寻。《边疆行》继续出发，下一站是怒江傈僳族自治州。

三十一 >>> 片马风情

我们一路驱车进入了位于云南省西北部的怒江傈僳族自治州的境内，开始了怒江州的行程。怒江傈僳族自治州位于云南省西北部，地处青藏高原南延部分的横断山脉地区。怒江州西面与缅甸毗邻，北面是西藏的察隅县，东南方向与云南省的迪庆、丽江、大理、保山相连接。

怒江之行的第一站就是怒江州州府所在地——六库。其实关于“六库”这个地名的由来，有很多不同的说法。有一种说法认为，这里以前经常有野兽出没，土司喜欢在这里下扣打鹿，取了“鹿扣”的谐音；还有一种说法，以前因为经常冒水，所以人们认为地下有龙潭而取名龙宫，而在傈僳语里面，龙宫的汉语音译就是六库。虽然针对不同的说法有着不同的依据，不过无疑说明了六库是一个古老的地名。

六库不仅是怒江州的州府，它也是进入怒江大峡谷的南大门，这里的海拔为800多米，年平均气温为21摄氏度，属于典型的亚热带季风气候。四季不分明，长夏无冬，六库东依碧

>>>> 六库的城市远景

罗雪山，西靠高黎贡山，充满激情的怒江势不可挡地从崇山峻岭间奔流而来，自北向南穿城而过，将六库一分为二。由于地处怒江，受到峡谷地形限制，因此六库城市并不大，如果开车从城市北端走到南端，也只需要十几分钟时间。六库虽然不大，但却功能齐全、别具风格。在六库的街头，可以看到很多酒吧、餐馆和一家家装饰别致的商铺。现代流行的元素和民族传统文化交融在一起，让六库这座新兴的城市显得个性十足。走在六库的街道上，看到一排排棕榈树，特别是雨后的空气，非常潮湿，感觉非常的清新怡人、干净精致。

怒江 92% 以上的人口都是少数民族，但是在这里听到的都是流行歌曲，看到的也是我们非常熟悉的品牌，可以说多了一些现代感，少了一些民族风情。走在六库的街头，处处都能感受到这座怒江新城的活力。人们脸上的笑容和他们伴着民族音乐的舞步，都让我们感受到生活在这里的人们的快乐，感受到他们平凡生活中的幸福。夜晚的六库变得更加迷人。每当夜幕降临，沿江两岸建筑的灯光倒映在江面上，泛起闪闪的光波，犹如一幅幅恬静优美的图画。凡是到过这里的游人无不赞美这座峡谷新城的美丽，难怪六库被誉为“怒江的一颗明珠”。

六库不仅是怒江州州府所在地，也是泸水县的县政府所在地，而且怒江州唯一的一个国家级二类口岸就在泸水县的片马镇。片马镇位于泸水县西部，距离州府六库 98 公里。片马镇的南、北、西三面都与缅甸接壤，它距离缅甸第二大城市密支那只有 240 公里，因此自古以来片马就成为中国滇川藏地区通往缅甸和印度的重要通道之一。我们的车队出了六库后不久就离开了怒江，开上了盘山公路。据当地的向导讲，从泸水县的六库到片马，虽然距离不

>>>> 片马丫口岸纪念碑

>>>> 片马口岸升旗仪式

过 100 公里，却要翻越高黎贡山，途中经过海拔 3 400 米的片马丫口。

沿着高黎贡山的盘山公路，大约行程 60 公里，就来到了片马丫口。这个丫口一直以来都是一个军事要地，片马丫口位于高黎贡山南段的山脊上，是中国内地通往片马地区和缅甸的咽喉要道。它的战略位置非常重要，由于这里海拔高，生活条件恶劣，通往这里的公路每年都有大半时间被大雪封锁。

告别了片马丫口，我们的车队继续向西行驶。沿着蜿蜒盘绕的公路，大约行驶 40 多公里就到了片马镇。可就在我们的车队即将到目的地时，天空突然下起了雨。听当地人讲，这里一年四季雨水都很多，片马境内海拔最高的地方有 3 850 米，最低的地方 1 600 米，是一个垂直立体性气候较为显著的地区。由于受到北移的印度洋暖流和南下的青藏高原冷空气在此交汇的影响，这里常年气候温和、雨量充沛，同时也使得这里的植被茂密、土地肥沃、资源丰富，一直以来就有“自古片马无穷山”的说法。“片马”一词是景颇语，意思是木材堆积的地方。如今来到这里的人大多都是为了去片马口岸。

每天早晨，守卫在片马口岸的中国公安边防战士们都会在国门旁举行庄严的升国旗仪式，不论刮风下雨，鲜艳的五星红旗都会飘扬在片马口岸的天空。上午 8 点整，片马口岸的中国国门徐徐开启。来往的车辆将陆续在这里接受检查，战士们在这里开始他们一天的工作。

作为从中国通往缅甸的重要边境通道，1991 年，片马被列为省级内陆开放口岸。1992 年被正式列为国家级二类开放口岸，同时片马也成为中缅两国贸易往来重要的边贸口岸。现在是上午的 8 点 05 分，片马口岸刚刚开关，我们的国门刚刚打开，就有很多的缅甸车辆进来了。大概两分钟的时间，就有五到六辆车从此经过。同时还有许多的边民互市，很多的缅甸人去片马购买一些生活用品，应该说，国门打开的一刹那就相当热闹了。

由于中缅两国近年来贸易往来日益增多，每天往来于此的两国边民和货车络绎不绝，而驻守在片马口岸的公安边防战士每天最为繁忙的工作就是查验过往车辆和往来于此的两国边民的证件，手续是否齐全、运载货物和携带物品中是否带有违禁物品。为了提高查验工作效率，缩短过往车辆在此等候的时间，片马口岸的公安边防战士们都经过严格的培训，具备准确高效的查验能力。

听说我们是第一次来到片马口岸，口岸检查科的杨科长就亲自带我们参观了国门。

杨明光：国门是一个国家的代表，国与国之间主要是以界桩走向为准，缅甸的国门和我们的国门有一点相像之处，但是又有很多的不同。那个标志是以前克钦邦的标志，它融入了很多缅甸的元素，有一些麦穗等装饰。

杨科长已经在片马口岸工作了很多年，他对这里的一切都非常熟悉。据他介绍，来到片马国门的人都会来看看屹立在国门旁边的那块界碑。

记者：屹立在国门旁边的那块界碑，这个界桩到底应该怎么划分？

杨明光：这个是缅北段的 16 号界桩，它的边界走向是以这个角为点，根据那条沟往上走这样一条线下来，然后平行地过去。

记者：这条边界线实际是在这里打了一个折线吧？

杨明光：对，有一个对角。

>>>> 片马口岸

>>>> 片马口岸检查科科长杨明光

记者：这个“1960”是什么意思？

杨明光：“1960”代表1960年，当时周总理到缅甸划定这个界限，立桩的时候就是1960年。

记者：明白了，这个桩是在1960年经过勘察之后设定的。这个是16号界碑，那么还有15号、14号界碑吗？

杨明光：有，15号在下边那条沟边；16号在对门，我们属于中缅北段。

中缅北段片马地区的国境线上共有16块界碑，而这第16号界碑正好立在国门的旁边，它也是中缅边境北段的一个重要标志。

>>>> 记者向边防战士赠送衬衫

守卫在片马口岸的中国公安边防战士与缅甸的边防人员也时有往来，经过杨科长同意，在我们的邀请下，这位缅甸的边防军人来到界碑对面，与我们进行了简短的交谈。他来自缅甸密支那省，离这儿不远，才100公里。20多岁，在这个哨所工作了2个月。片马口岸缅甸一侧居住的主要是缅甸的克钦族人，他们与中国片马地区的景颇族和傈僳族居民在风俗文化、语言文字和生活习惯等方面都有很多相似之处，两国的边民也往来频繁。这位克钦族的缅甸边防军人在这里工作，认识了很多中国朋友，因为和中国朋友经常交流，所以慢慢地学会了一些中国话。为了不影响这位缅甸边防军人的工作，我们结束了与他短暂的交谈，并且祝愿他在这里工作顺利、生活幸福。

站在这个界桩旁边，感觉特别的奇妙。左手边是缅甸的大田坝村，而右手边就是片马。站在缅甸国门和中国国门之间，两个国门遥遥相对，感觉有点激动，还有一点神圣感。离片马口岸不远的地方就是缅甸的大田坝村，它与中国片马镇距离很近，当地缅甸村民经常通过口岸来到片马镇，进行边民互市等贸易活动。而且他们日常生活所需要的日用品也都是从片马采购的。随着两国边民之间的不断交往，彼此之间的沟通与交流不断增进，两国人民的

>>>> 在片马口岸记者随军巡逻

传统友谊更加深厚，这也使中缅两国边民的往来更加频繁。

现在我们要跟战士们一起，到这段边境线上去看一看他们是怎么巡逻的。由于片马口岸周边地区的地形相对复杂，边境两侧有很多相通的山间小路，经常有人从这些非法途径穿越国境。为了杜绝这类非法越境行为的发生，守卫在片马口岸的战士们每天都会进行边境巡逻。这些边防战士们巡逻的路线真可以说是山高路险。以前根本没有这条路，可能就是因为战士们经常走，所以走出了这样一条便道。还有警犬在前面跑，让我们有一种进入深山老林的感觉。当我们追上巡逻的战士时，发现战士们正在对两名男子进行检查，检查完之后又把东西整理好，整个检查时间大概有两分钟左右，应该说还是很快的。

据边防战士讲，这两名没有合法有效证件并涉嫌非法越境的人员，被带回检查站后，首先要对他们进行真实身份的核实，在身份得到证实后，如果未携带违禁物品，公安边防人员将对他们进行教育，并按照相关规定处以一定的经济罚款。

为了最大限度地杜绝非法越境行为，维护边境地区的往来秩序，公安边防战士们日复一日地穿越在茂密的丛林中进行边防巡逻。他们付出了很多的辛劳和汗水，看着这些年轻而朴实的战士们，我们的心里产生了一份深深的敬意，也终于理解了为什么他们是“最可爱的人”。

片马镇的常住人口不到 2 000 人，而暂住和流动人口却有 6 000 多人。由于片马口岸的设立，也带动了当地经济的发展。在这些往来于片马的人中，很多都来自缅甸，还有很多缅甸的商人在片马镇开了商铺做起了生意。这位缅甸人名叫蒙托尔，缅甸仰光人，来中国20年了，在片马则有十多年了，差不多一年回一次家。他在这里开了一家专门卖缅甸玉器的珠宝店，而且生意一直都不错。

他的中文非常好，从交谈中我们了解到，蒙托尔最初从缅甸先到了瑞丽，在那里开了一家珠宝店，生意做得很好。由于他非常喜欢在中国的生活，就在瑞丽买了房，现在他的妻子和两个孩子都住在瑞丽。而他为了扩大自己的生意，就独自来到片马，开了自己在中国的第二家店。虽然平时很难和家人团聚，不过看着自己的生意越做越好，蒙托尔还是非常满意现在的生活。

记者：在中国生活了近二十年，有没有家的感觉？

蒙托尔：来中国二十年了，我最喜欢中国的法律。如果给我中国身份证的话，我这一辈子都不再回缅甸了。

在片马镇，在怒江，在整个这一片的地区，像蒙托尔这样，非常喜爱中国并且留在这里工作、学习、生活了十几年二十年，甚至更长时间的人，应该不止他一人。他还在这里结交了很多中国朋友，习惯了这里生活的蒙托尔已经把自己当成了片马人。

又一个早晨，我们从片马镇出发，向西行驶，前往一个名叫小江的地方。车队开了大约30分钟，就看到了一条水流湍急的河流，这就是著名的小江，它是片马地区中缅边境上的一条界河。如果不是当地人告诉我们，真的看不出来小江两岸有什么区别。而实际上，小江的西侧是缅甸的拉屋库村，小江的东侧是中国的古浪村。虽然说现在小江是作为整个中缅的一条边界河，不过两个村子之间的村民，无论是生产还是生活交往，都十分的密切和频繁。甚至每到逢年过节的时候，我们都会看到两个村子的村民跨过这条小江，去对岸看望自己的亲属和朋友。一直以来，小江两岸中缅两国边民们并没有因为这条江的阻隔而减少了彼此之间的往来。这里的青年男女

>>>> 缅甸商户蒙托尔（左）

>>>> 古浪村村民、缅甸新娘宝优

>>>> 古浪村村民忠波（右）

们通婚的也特别多。而当地的村民告诉我，这一家的男主人叫做忠波，他在去年的4月份结了婚，娶了一位缅甸新娘叫宝优。

忠波和宝优结婚一年多，他们的儿子刚刚出生。宝优的家人和亲戚们经常在周末闲暇的时候到古浪村来看望宝优和忠波，帮他们照看刚刚出生的儿子。有时宝优的亲戚们还会在这里小住一段时间。大家虽然分属于两个国家，可他们生活在一个大家庭里。

记者：结婚多长时间了？

忠波：结婚刚一年一个月，去年4月份结的婚。

记者：你们俩怎么认识的呢？

忠波：因为我们这里挨得近嘛，咱们这儿景颇族比较多，对面缅甸那个村子里也全部都是景颇族，交流起来没有障碍，有什么节日、活动我们过去那边，有时他们也过来这边。这样子认识的，然后结婚。

记者：像你们这样两岸的青年男女结婚，多不多？

忠波：咱们这边挺多的吧，现在我们中国这边差不多有百分之六七十左右，是讨的缅甸（新娘）。

记者：宝优也特别的漂亮，缅甸姑娘好不好？

忠波：好。

记者：为什么好啊？

忠波：因为心好，性格好。

记者：那我得问问宝优了，实话实说，中国老公怎么样？

宝优：好。

忠波和宝优这段时间正在忙着盖新房，虽然自己盖房很辛苦，但幸福生活的喜悦之情却洋溢在这对年轻夫妇的脸上。

生活在古浪村的村民们大都是茶山人，目前中国境内的茶山人主要居住在片马地区的小江流域，他们还保持着自己独特的服饰文化以及饮食习惯。

和忠波大哥一家人聊了这么久，最大的感受就是，以前对跨国婚姻会有一种担心，觉得可能会有各种各样的文化差异或者是一些语言的差异，不过在这里，根本不用担心。像忠波和宝优这样的跨国家庭还有很多，忠波大哥只是整个中缅边境幸福跨国婚姻的一个缩影，或者是一个展现。一直以来，这里的中缅两国青年男女在自由的交往过程中，彼此互生爱慕，喜结姻缘。如今村里的跨国家庭越来越多，生活包括饮食都会互相交融。虽然这两个村子之间，或者说，中缅边界会有国籍的不同，可是村民们并没有因此减少彼此的往来和交往，甚至成为一个幸福的大家庭。这让我们深深地感受到，在小江两岸，在中缅两国边民之间，那份世代友好、血浓于水的情谊。

告别了片马，重又翻越了高黎贡山，回到怒江边，在这里我们感受到了怒江大峡谷的秀美风光。怒江从青藏高原唐古拉山的深处奔来，奔腾于高黎贡山和碧罗雪山之间，两山海拔都在 4 000 多米以上，汹涌澎湃的江水碰击出一道道急流险滩。它的垂直高度与落差构筑了壮观美丽的怒江大峡谷，而就在怒江大峡谷的两侧山坡上，生活着傈僳族、怒族、独龙族、藏族等多个少数民族。很多村寨都建造在临近江岸的山坡上，为了加强彼此的往来沟通、两岸人民的交往，共同在怒江上架起了一座座桥梁，因此怒江也有“桥梁博物馆”的称号。

无论是现在我们所在的泸水县，还是逆江而上的福贡和贡山县，它们都坐落在怒江的两边，因此桥成为沟通两岸往来必备的设施，而像这样的铁索桥在整个怒江境内有 150 多座；还有稍微窄一点的，供人和牲畜行走的人马吊桥；当然还有走起来摇摇晃晃、木板铺成的木吊桥；还有最原始的溜索。可以说这些桥构成了整条怒江上最亮丽的风景。不过更重要的是，加强了两岸的往来。怒江上有各种桥梁，除了铁索桥和人马吊桥，人们采用最为普遍的过江方式就是溜索。就在我们从泸水县前往福贡县的公路上，经常看到有村民通过溜索往来怒江两岸，感觉特别的惊险和刺激。

>>>> 怒江大峡谷

溜索是怒江上最原始的交通方式，两根钢索横系在怒江两岸，钢索两端有一定的坡度，然后利用惯性向对岸溜过去。在我们看来有些危险的溜索，可对于当地人来说却早已是习以为常了。不知道很多年后，溜索还会不会在怒江之上？是否还可以看到往来于此的村民？当地人在滑溜索时显得很轻松，而他们身下就是奔腾咆哮的江水。这让我们在心里为他们捏上一把汗。看着当地村民在怒江上自如地溜来飞去，不由得让我们为这些村民们的勇气和娴熟的技艺所叹服。而有位村民居然还要带着自行车一起滑，溜索能承受得住吗？

记者：大哥，溜索最多可以承受多重？

怒江边的村民：千百斤吧？

记者：那最多可以驮多大东西过去？

怒江边的村民：冰箱、彩电。

记者：哇，冰箱彩电都可以拿这个溜索拉过去，真是太厉害了。

他手里拿了一把草，经过询问记者才知道这蒿草是用来保护抓着钢缆的手，在溜索时不被划伤、擦伤，像手套一样。

记者：大哥，你从几岁开始就溜这个溜索了？

怒江边的村民：从我懂事的时候就开始溜了。

记者：那个时候应该挺怕的吧？

怒江边的村民：第一次滑的时候是怕的，后来就习惯了。没有这个索的话，要到有桥的

>>>> 被誉为“东方大峡谷”的怒江大峡谷

>>>> 怒江溜索

地方是很远的。

记者：离我们最近的桥有多远？

怒江边的村民：五六公里吧。

记者：那平时家里面的小孩子也这样过吗？

怒江边的村民：是，也要过，一般上学都是过溜索。

记者：家长担不担心？

怒江边的村民：当时担心，但是现在习惯了。

虽然现在横架在怒江上的桥越来越多，可溜索这一传统的交通方式还在被人们所使用。不过我们相信，随着当地经济的发展，人们出行条件的不断改善，终有一天溜索会慢慢地淡出人们的生活，成为人们心中一个久远的记忆。用手触到钢缆，还可以感受到钢缆不停地在颤抖。虽然说溜索现在依然是整个怒江非常特别的一种交通工具和一道风景，不过还是希望往来的村民可以多多地注意安全。告别了溜索的村民们，我们继续踏上行程。相信这里美丽的风光与浓郁的民族风情，还会让我们在旅途中感受到更多怒江所特有的神奇与魅力。

三十二 >> 魅力怒江

从地图上看，怒江州位于云南省的西北部，北靠中国的西藏，西临缅甸，总面积达到了1.47万平方公里，国境线长达449.67公里，而我们将逆江而上，探寻两岸不同的民族风情，体验别样的怒江之旅。

汹涌的怒江水流经怒江州的泸水、福贡和贡山三个县，我们沿着怒江向北，逆江而上，进入了神奇美丽的怒江大峡谷。车行驶在沿江公路上，波涛滚滚的怒江水从我们身边流过，我们似乎是要去探寻它的源头。怒江自西藏流入云南，纵贯横断山脉的碧罗雪山和高黎贡山，在剧烈地撞击抬升褶皱的造山运动和江水激流的冲刷腐蚀之下，形成了怒江大峡谷。北起西藏的察隅，南抵云南的保山，全长近600公里。怒江公路蜿蜒崎岖，沿着怒江大峡谷一路驱车，经过两个多小时，我们驶出了泸水县，进入福贡县境内。我们现在所处的位置叫做碧福桥，它连接的就是泸水县和福贡县的匹河乡。这一路走来我们发现日晒非常的厉害，可能和这里海拔大概1 000多米有关系，以至于现在眼睛都已经睁不开了。

福贡县东面与迪庆藏族自治州的维西县相邻，西面与缅甸接壤，是一座典型的边疆小

>>>> 福贡县一段的怒江

>>>> 福贡县

城，怒江水穿城而过。伴着脚下滚滚的怒江水，我们现在就来到了福贡县。其实整个福贡县和泸水县有几分相似，都是建在了怒江边上，两山之间。这里距怒江州州府所在地六库大约有 134 公里的距离。整个福贡县大约有 10 万人口，其中 98% 以上都是少数民族，以傈僳族和怒族居多。

其实来之前我们就听说福贡的人们都特别热情，来之后又听说这样一句话，“一条怒江都是酒，同心酒乡在福贡。”进入福贡县城，看见街道上往来穿梭着很宽敞的三轮摩托车。为了感受一下这座江边小城的风情，我们的记者也坐上了一辆三轮摩托车，乘车游览一下福贡县城。坐在三轮车上，看到两边的百姓在身旁走过，感觉真的是与他们融为一体，成为当地百姓的一员。这三轮车也是当地最方便最独特的交通工具。乘坐着三轮摩托来到江边，这里的水流相对平缓，形成了一片片的沙滩。走在沙滩上，可以与怒江近距离地亲密接触。摸摸江水、听听江涛、吹吹江风，体验一下怒江神秘气息和清凉的味道，感受一下怒江的温柔。

如果要感受怒江的魅力，就要用心灵去体验和品味，而无限风光在大峡谷深处。越往里走，感悟越深。山水间无不流淌着怒江的精髓，这是怒江生生不息的个性。整条怒江穿行于高山峡谷之间，江面非常的狭窄，最宽处也只有 150 米，每公里的落差达到了 3.2 米。在汛期的时候，每秒的流量达到了 7 000 多立方米，如同一头桀骜不驯的雄狮。或许很多人以为怒江因为水流湍急而咆哮，所以称为怒江，其实怒江的得名是由于最早居住在怒江两岸的原住民是怒族。在怒江境内生活着 14 个民族，其中 92% 以上都是少数民族。这里是全国唯

>>>>　石月亮景区的“石月亮”

一的一个怒族原住地。实际怒族人称自己为“怒苏”，意思是温柔的人。

每到冬春时节，怒江是碧绿色的，远远看去就像一名温柔的少女，但是它却掩盖不住固有的大自然的野性。可以说怒江之“怒”也是一语双关。离开福贡县城，我们继续驱车前往怒江之行的下一站，那就是位于福贡县利沙底乡境内的石月亮景区。当我们到达景区时，就看到在怒江西岸高黎贡山上海拔3 500米的地方，有一个直径40多米的天然大理岩溶蚀而成的孔洞穿透整个山体。从远处眺望，恰似一轮明月高高悬挂在山林之中，与天空连为一体。石月亮在群峰簇拥之下，形成怒江大峡谷中一处神秘而秀丽的地质奇观。沿着怒江，我们发现了一个非常棒的观景平台，远处可以看到白云，近处可以看到怒江水，还可以看到高黎贡山和碧罗雪山。最重要的是可以看到在高黎贡山上面的石月亮，也有人说它是傈僳之根。这是为什么呢？我们请到了当地一个傈僳族小姑娘阿娜来给我们解释解释。

阿娜：它是一个传说，米斯山神无论是出去还是回来，都会来这里休息调整，这是他通往外界的一个空间站或者是一条人马驿道，一扇门。那些人马驿队、过往客商络绎不绝。住在山下面的人就说，有时候会听到米斯山神赶马“叮当叮当”的声音，很吵，令人睡不着。它也是全球傈僳族人公认的一个发源地，还被称为“亚哈巴”。亚哈巴的意思就是石月亮，只不过是傈僳语。

每年一些特定的节日，全球的傈僳族都会在这里举行祭祀，蔚为壮观。生活在福贡县的少数民族中，占人口比例最多的民族就是傈僳族，

为了能更多地感受到傈僳族的民族风情和习俗，吃午饭的时候，阿娜带我们走进一户傈僳族人家。

一进门我们就看见手捧酒杯的傈僳族姑娘和小伙子们，唱着动听的傈僳族民歌迎接我们。悦耳动听的祝酒歌，让我们感受到了傈僳族人民的热情好客。

记者：阿娜，这个就是咱们的手抓饭吧？内容特别的丰富。一个鸡鸭鱼肉都有的大拼盘。

阿娜：这个是手抓饭。

记者：是不是用手抓着吃啊？

阿娜：是，就是要左手当碗，右手当筷。

我们感觉这个手抓饭，就像平时吃的自助餐一样，可以任选想吃的。而且你选择的种类不同，可能它的味道也不同。其实这些食材是我们生活中很常见的，无论腊肉也好鱼也好，但是当你用手的触觉去感受它的时候，远比我们平时用筷子仅仅用味觉感受它更加淋漓尽致。

当我们吃得酣畅淋漓的时候，能歌善舞的傈僳族姑娘和小伙子们唱着祝酒歌来给我们敬酒了。傈僳族待客的最高礼节就是喝同心酒，当远方的客人到来时，主人就会手捧倒满香

>>>> 石月亮景区

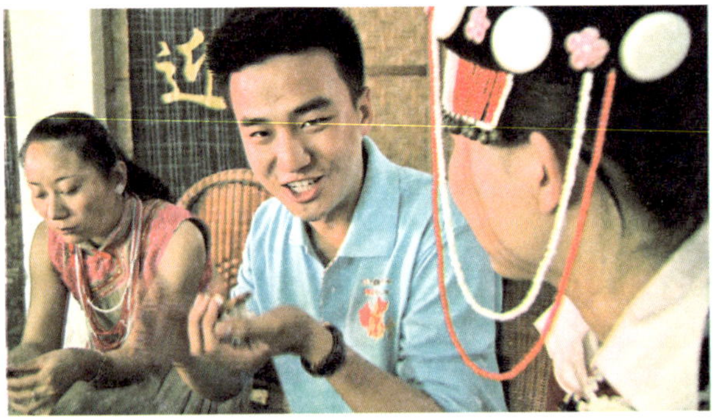

>>>> 品尝手抓饭

>>>> 体验“同心酒”

醇美酒的竹杯，唱着祝酒歌，热情地与客人喝上一杯同心酒。同心酒是傈僳族心目中最圣洁的礼仪，而且第一杯是交杯酒，意思是从今以后彼此就是朋友了。第二杯才是同心酒，祝福大家齐心协力、同心同德。喝酒时，敬酒的傈僳族姑娘要右手拿酒杯、左手搂着客人的脖子，客人要左手握住傈僳族姑娘左手，右手搂着姑娘的腰，两个人脸贴脸嘴挨嘴，让酒同时流进两个人的嘴里，共同喝下这杯美酒。傈僳族有一句谚语就是，“喝了同心酒，走遍天涯海角都是情。”不过，只有远方客人到了这里才要喝同心酒，一般夫妻之间或和男朋友之间，反而不喝同心酒。

吃了手抓饭，喝了同心酒，对傈僳族有了更深刻的认识，也感觉

>>>> 贡山县

>>>> 怒江“大拐弯”

更有力气继续我们的边疆行。我们从石月亮景区出发，继续沿怒江北上，大约行车三个多小时，就进入了怒江州最北端的贡山县。贡山县境内有 172 公里长的边境线，现在我们就来到了整个怒江州最北面的贡山县。站在这里，可以看到整个贡山县城被建在了怒江边上，在群山环抱之中，显得特别的美丽。继续向北就是与西藏的察隅县相接壤，翻过西面的高黎贡山就是缅甸。

整个贡山县城有 3 万多的人口，其中 95% 以上都是少数民族，也是全国唯一一个怒族、独龙族自治县。可以说丰富多彩的少数民族风情和独特的自然环境使得这里充满了精彩和神秘。贡山县就好像是一颗隐藏在怒江大峡谷中的明珠，虽然县城很小，但它却是三江并流景观的核心区域。江水捧着一颗明珠，它实际的意思是贡山处在怒江、澜沧江和金沙江三江并流的区域，因此才有了“三江明珠”的美誉。其实这一路走过来，我们发现整个怒江大峡谷非常的险峻和秀美，但是如果逆着怒江继续向北，可以发现一块平坦的腹地，那里是很多人心中的香格里拉和人间仙境——丙中洛。

我们经过贡山县城沿怒江继续向北行驶，沿途美丽的峡谷风光令我们心旷神怡。贡山县境内的怒江大峡谷是整个怒江州最美丽的一段，这里地貌最典型，物种资源最丰富，自然景观最壮丽。顺着怒江我们逆流而上，这一路上我们发现，其实怒江有好多的湾道，不过只有这里被称为“怒江第一湾”，因为这里也是怒江上游最大的一个湾道。从这里看，感觉整个湾道就像一个 U 字形一样，房屋若隐若现，还有流云在山巅，真的不知道用什么词汇来形容此刻看到这些美景的感受。

听说，在秋冬时节，怒江水是碧绿色的，到那个时候，天蓝、山绿、水绿，可能更有一番景致吧。为什么怒江会在这里忽然打了一个弯呢？可能它和我们一样，也流连于这无限的风景之中？我们站在这个观景台上俯瞰“怒江第一湾”，就好像是一只吐露着舌头的大神龟，静静地趴在怒江边，喝着滚滚的怒江水。而三面环水的岸边上，还有一座怒族村庄。这里真是一个风光绮丽、景色迷人的地方。我们继续驱车向前行驶，大约开了四公里，就看到一路狭窄的怒江大峡谷突然豁然开朗，眼前出现了一个开阔的坪坝，别具风格的小村庄错落有致地分布在坪坝上，仿佛是一幅美丽的油画。这就是被人们誉为“人神共居”的丙中洛，被誉为“人间的天堂”、“世外桃源”。

丙中洛其实源自丙中，原来叫丙中的时候，意思是藏族村。现在这里成为傈僳族、怒族等很多民族融合的大家庭，也是这里的特点之一。天气好的时候，就可以看到远处的噶哇嘎普雪山，也是这里的“怒江第一峰”，据说海拔有 5 000 多米。而像这样的神山，在整个丙中洛周围一共有 10 座，可见这里真的是一个非常有灵性的地方。

在丙中洛的街道上，我们发现这里有许多带有藏族风格装饰的车辆。从地图上看，丙中洛正好位于滇藏的交汇处，所以这一路我们经常可以看到一些货车车辆，它们都有西藏风情的装饰，非常的有意思，感觉好像到了西藏一样。眼前的这辆货车应该就是经常往来于云南和西藏之间，上面写着“西藏察隅县察瓦龙乡”，从地图上看，这应该就是与丙中洛相邻的西藏的一个地方。看来如果我们顺着怒江继续向北走，应该就能到西藏了。

丙中洛是丙察公路的起点，丙察公路连接着西藏察隅县察瓦龙乡，这也是怒江州通往西藏的一条主要通道，很多进入西藏的车辆都要途经丙中洛，这里也是人们经常停车休息的地方。而我们也要先找个地方安顿下来。有家客栈的名字叫德拉姆客栈，这个名字特别有意思，让我们想到了以前有部电影也叫《德拉姆》，描写的就是这附近的一个茶马古道。德拉姆是句藏语，“拉姆”是女神的意思，“德拉姆”就是神居住的地方或平安女神的意思。怪不

>>>> 丙中洛

>>>> 丙中洛的丙察公路

得都说丙中洛是“人神共居”的地方，今天我们住在这儿应该很惬意吧。

摩娜大姐和丈夫在丙中洛开了这家德拉姆客栈，在这里一住就是八年，他们现在已经把自己当成了丙中洛人。而丙中洛所特有的包容与和谐的生活氛围也让摩娜大姐一家人在这里有了一种归宿感。第二天，客栈主人摩娜大姐热情地为我们当起了导游，带我们游览丙中洛的茶马古道，而巧合的是我们在途中遇到了一队前往西藏察瓦龙乡的马帮，这应该就是依然行走在茶马古道上的现代马帮了。

在这条丙察公路上有很多汽车，突然出现马帮，有种时空交错的感觉。茶马古道主要分布于中国西南地区，它既是一条民间国际商贸通道，也是中国西南地区民族经济文化交流的走廊。茶马古道最初源于中国古代西南边疆的茶马互市，如今，原来的茶马古道大多已经被现代公路所替代，而在怒江边这段长约 70 多公里的茶马古道依然还被使用着，因此它被人们称为“活着的茶马古道”。直至今日，在这条古道上依然有马铃声声。

这条茶马古道是雾里村的村民们与外界往来的唯一通道，由于特殊的地理位置，村民们生产生活中所需物品都要靠骡马驮进村里，除此之外就只有靠人们的肩膀一点一点地背进村。今天是丙中洛赶集的日子，所以有很多村民们都在把从集市上买的一些生活用品通过骡子驮到村里面去。

这条路的确窄，很容易滑下去，下雨下雪时更滑，还有滑坡的危险。村民家里即便是买来家具和电器，也只有用自己的肩膀背进村里。或许在我们看来，他们每日里背负着沉重的货物往来于村里村外，承受着太多的艰辛；而这些世世代代生活在雾里村的村民们早已经习惯了这里的生活。他们世代居住在怒江边，而这段依然保留的茶马古道也就成了他们赖以生存的唯一出路。在茶马古道上经常可以看到当地的村民用背篓驮着很重很重的货物向前行，问他们苦不苦，他们说不觉得苦，只要有自己的房子住，有吃的，一家人在一起就是幸福了，特别的简单。

看着村民们远去的背影，我们不由地感慨生活在这里的村民们面对大自然的考验时那种不屈不挠的生活态度和乐观精神。平时经常在书本里听到“茶马古道”四个字，今天还是第一次真正地登上茶马古道。这段古老的茶马古道开凿在怒江一侧陡峭的山壁上，而我们的脚下便是波涛滚滚的怒江水。如果不是亲眼看到，真的很难想象茶马古道就是硬生生地从岩壁中凿出来的。怎么凿的呢？可能利用的是热胀冷缩的原理。当时没有炸药，就用火烧，烧完以后灌水，冷却后让石头自然裂开。

这段茶马古道很窄，最宽的地方也不过两米，而最窄的地方也就一米多，走在上面要格外小心，时刻都要注意脚下的路，如果稍不留神就有坠下古道的危险。走在上面，真的觉得特别的伟大和震撼。

茶马古道原本就是一条人文精神的超越之路。每次马帮踏上征程，就是一次生与死的体验之旅。茶马古道的艰险超乎寻常，然而沿途壮丽的自然景观却可以激发人潜在的勇气、力量和忍耐，使人的灵魂得到升华，从而衬托出人生的真意和伟大。

这段茶马古道仍然有很多村民往来于此，成为雾里村与外界沟通的唯一一条通道。走在这里，可以依稀想象、感受得到，当年有多少人在这里往来，有多少马匹驮着货物从山里面走出去。这里每一块岩石，这里的水，这里的古道，都记载了他们的身影，记载了马铃声

>>>> 德拉姆茶马古道

>>>> 走茶马古道偶遇马帮

声，当然还有他们一段段传奇的故事。

波涛汹涌的怒江边，傈僳族姑娘麦妮薇唱着一首傈僳族民歌，悦耳的歌声久久地回荡在峡谷之中。怒江地处云南省西北部的横断山脉之中，在高黎贡雪山和碧罗雪山的簇拥下，形成了雄伟壮观的怒江大峡谷。但由于怒江的道路异常艰险，因此很少有人走进怒江。怒江两岸这片美丽的土地已经在这里沉睡了漫长的岁月，怒江的美在于它没有经过雕琢和渲染，恒久以来都是以自己的方式存在着。

当我们继续向前走，就看到前方岸边的山坡上有一个美丽的小村落，这就是丙中洛坝子上有名的雾里村。怒族的村落大多位于半山腰向阳的坡地上，修建房屋讲究坐落方向，一般要面向山沟或者峡谷。怒族人认为这种方向能够兴旺发达、安康幸福。村里非常完好地保留了怒族风格的民居，对于久居在此的怒族村民来说，这片土地给他们带来了丰衣足食，让他们的心灵有了栖息之地。我们来到这里，感受到了这个峡谷深处的怒族村寨所特有的自然、古朴与宁静。

怒族村寨的民居建筑大多是石板房，这种石板的材质极为特殊，只有当地的山上才有，不知道从什么时候起，怒族人就地取材，开始用这种石板来盖房子。没有水泥，当地村民为了漂亮，就把它切成很规整的一块一块，用钉子给它钉上，结果发现既实用又美观，慢慢地石板房就成为生活在边疆地区的怒族人民居建筑的一种标志。雾里村到处都散发着一种古朴和自然，溪水间散落着许多座水磨房。水从上面的山坳里一直流下来，经过磨房，流到怒江里面。当地的村民制作了凹槽，凹槽里面装有涡轮。把水引下来之后，水有动能，把它转化，顺便带动石磨。真的是很有智慧。

这种水磨盘特别的有意思。它的上面有一个竹篓，里面装的是一筐玉米，竹篓下面有一个小口，玉米在重力的作用下，顺着这个口不停地向下掉，掉在磨盘上，在水的冲击下，涡轮不停地旋转，磨盘旋转碾压，就把玉米碾成了玉米粉。可以说，这个水磨盘看起来非常的古朴也非常的简单，它不用电，非常的环保，可以说是真正的“自动化”。这种水磨坊在怒族村寨里十分常见，它完全依靠大自然的力量来完成磨米磨面的功能，不需要使用电力或者是其他机器设备。这让我们看到当地怒族人民的聪明才智。

这里虽然住的是怒族人，但他们还是信奉藏传佛教。不同的民族有不同的信仰，信奉不同的宗教，可是却非常和谐融洽地生活在一起。一个家庭里有不同的民族，也有不同的信仰，这可能也是雾里村一个非常奇妙的地方。在丙中洛生活着怒族、藏族、独龙族、傈僳族等多个少数民族，这里是东西方多种宗教相互交融、和谐共存的神奇地方，因此丙中洛一直被誉为“人神共居的世外桃源”，而“人神共居”四个字中的“人”就是指生活在这里的多个民族，“神”就是指人们所信奉的多种宗教。

摩娜大姐今天要给我们做当地的特产：霞拉。怒族人民不仅爱饮酒，而且喜欢用米酒来做食物，霞拉就是其中之一。它是怒族人待客必备的食物，既可以滋补身体，又能强筋健骨。霞拉的制作其实很简单，先把鸡肉切成小块，在锅中放入酥油或者漆油加热后放入肉块，把肉炒至又黄又脆后倒入包谷烧酒，再在火上煮开即可。原来“霞拉”就是肉炒的酒。

看着这一锅刚刚做好的霞拉，我们的记者迫不及待地想尝尝，这肉酒到底是什么味道？

记者：哇，好大的一股酒味啊，而且感觉那个酒的蒸汽向你扑面而来。这全是包谷酒做的吗？

摩娜：对。

记者：这个霞拉的酒味，与刚才包谷酒相比更加温热，暖暖的，有一点那种烧热的黄酒的味道。

>>>> 傈僳族姑娘麦妮薇

品尝过霞拉，我们和主人一家围坐在一起，准备品尝一下这一桌可口的民族风味菜肴。怒族人提倡尊老，在一个家庭里，老人的地位是最高的。吃饭时客人要请长者坐在上首位，而且客人首先要向老人敬酒。在一个饭桌上吃饭，这里也可以用不同的语言交流，有藏语，还有怒语、傈僳语、汉语、独龙语，是一个多种民族和谐相处的大家庭。

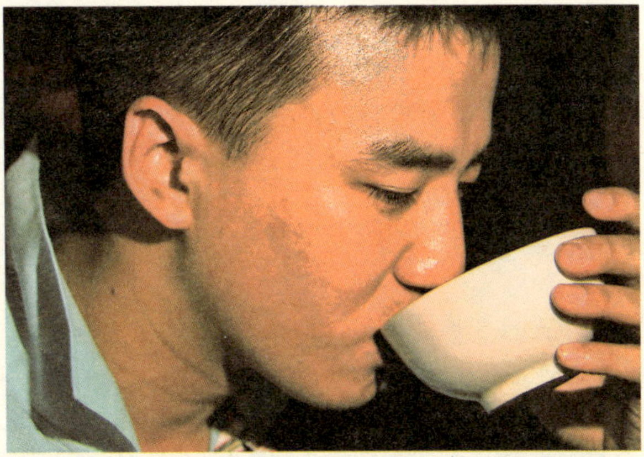

>>>> 记者品尝“霞拉”

吃过晚饭后，热情好客的主人一家唱起了民歌跳起了舞，以此欢迎我们的到来。这也是丙中洛的一个风俗。在丙中洛，家中如果有客人到来，是主人最开心的事情。主人用美酒佳肴款待了客人之后，都会叫来左邻右舍的各族村民，一同载歌载舞，来表达他们心中的喜悦和快乐。这快乐的舞蹈、优美的歌声令人陶醉，原来在丙中洛，醉人的不只是霞拉，还有这里美好而欢乐的夜晚。

>>>> 走进傈僳族家庭

第二天我们离开了美丽古朴的雾里村，在这里所见到的一切都令我们难以忘怀。丙中洛的各民族人民自古以来和睦相处，人们对物质生活的要求并不很高，但在精神生活上却十分富足、充实，多元文化在这里交融共存。这里就是一块位于中国西南边疆的神奇土地。我们来的时候，当地村民刚刚收割完小麦，站在田里向远处望去，无论是白云青山、劳作的村民，还是村舍石头砌成的围墙，简直是一幅绝美的田园风光。

其实来之前，对丙中洛有很多的设想，不过来之后才发现，这里的一切都超乎你的想象。印象最深刻的是这里有着不同的民族，却可以非常和谐、团结、友善地生活在一起，就像一个大家庭。即使唱着同样一首歌曲，可能还用着不同的语言，但有的却是同样的一份快乐。无论你来自哪里，都可以在这里找到一种家的感觉，丝毫不觉得陌生。或许这里就是我们心中那个“远方的家”。无论在何方，怒江是生活在这里的各族人民的母亲河；怒江两岸的各族人民多少年来都与这奔流不息的江水为伴，他们深爱着怒江，怒江已经成为人们心中最美的家园。这块圣洁的土地上所蕴涵的悠久灿烂的民族文化，是一首唱不完的歌。

三十三 >>>>>>>> 独龙江

独龙江在中国和缅甸交界的边境上，那里是云南最偏远、最原始、最难到达的地方。我们知道，那里生活着独龙族人。独龙族人被称为“太古之民”，相当的神秘，我们也特别感兴趣。可是听当地人说，进入独龙江的道路和环境都是非常复杂的，可能随时会有雪崩或者泥石流，可是我们还是决定去看一下。

独龙江地区位于怒江州贡山县西部，北面连接西藏自治区，西面和南面与缅甸接壤。我们从贡山县出发，向西开上了独龙江公路。这条只有 96 公里长的公路是外界通往独龙江地区唯一的一条路，当我们决定进入独龙江地区时，当地陪同人员都极力劝阻，但我们还是希望能够做一些努力和尝试，争取能够进入独龙江。同时我们也想亲自去看一看，在当地人眼中非常艰险的独龙江公路，到底是什么样子？

>>>> 独龙江公路

>>>> 艰险的独龙江公路

>>>> 独龙江公路武警交通第三支队二大队队长周勇

独龙江公路与其说是公路，还不如说是穿越在高黎贡山间的一条土路。恶劣的交通状况使独龙江地区长期处于与外界隔绝的封闭状态，这也成为阻碍独龙江地区经济发展的首要原因。为了彻底解决独龙江地区与外界往来沟通困难的问题，政府正在建造一条正规的公路。新的公路将在三年内建成。就在我们行进的路上，不断看到有筑路工人在路边施工，他们已经修了半年了。道路很泥泞，应该是刚下过雨。听司机师傅说，这里最怕下雨，因为下雨会引发泥石流，造成公路塌方。所以有经验的人都不会在雨天进独龙江，那会十分的危险。就在我们开了几公里后，前面的路被车辆堵住了，我们只好停下车询问一下，前面到底出现了什么情况。

经过询问我们才知道，由于下雨，致使前面一处路段上方的山体滑坡，造成路基塌方。而山上滚下来的大石头彻底将道路完全封堵住，所有的车辆都无法通过。我们来到了道路被封堵的地方，可以看到四处都是垮塌的痕迹。垮塌从昨天开始发生，可是我们来到这儿的时候，依然可以看到有石头从上面滚落下来，施工队正在采取措施。他们想用爆破的方式把

>>>> 独龙江公路沿途风景

石头炸碎,再将它们清理干净。现在他们正在打孔。附近的筑路工人正在紧张地抢修道路,被堵的车辆已经排起了很长的车队,人们都在焦急地等待着。大家都很急迫,想知道什么时候才能打通道路。这时几名身穿武警军装的人从身边走过,我们上前询问才知道,他们就是负责打通独龙江隧道的武警交通部队的工程技术人员。他们正要回到位于独龙江公路63公里处的驻地,正巧也被堵在这里。见到我们,带队的周队长就给我们介绍起独龙江公路的情况。

周勇:这90公里,有半年的时间是大雪封山期,此路是不通的。另外那半年,不是泥石流,就是塌方,山体塌方经常发生。这条路真正通路的时间全年也就是三分之一,一百多天。所以沿路的整个独龙族的人民和外面的交通往来包括经济发展,受到很大制约。

时间在一分一秒地过去,我们的心情也越发的焦急。大约两个小时之后,炸药装好了,就要进行爆破了。吹了三声哨之后,爆破启动,挖掘机也已经准备好了。

就在我们说话时,听到了几声巨响,感觉到脚下路面在颤动。之后我们走到刚刚爆破的现场,看到几块大石头已经被炸碎,挖掘机正在将一块块石头和土石推到路基下的山谷中清理道路,一会儿道路清理完,我们就可以顺利地通过了。经过大约半个小时的路面清理,工人们用施工机械勉强从碎石中清理出一条仅够一辆车通过的路,我们的车跟随周队长的车缓缓地开过了这段塌方路段。由于路面很软也很窄,一侧就是很深的山谷,通过时车辆都要开得很慢,否则就有可能出现险情。通过了26公里处的塌方路段,我们继续向独龙江进发,但路况越来越差,道路越来越泥泞,我们的车经常会发生侧滑的现象,即使这样,我们的车速还是很快。

司机师傅说，为了能在天黑前翻过雪山垭口，一定要尽可能开快些。我们坐在车上感受着颠簸和摇晃，虽然我们曾经走过很多艰难的路，但像这里路况条件如此之差的路还是第一次遇到。

我们的车大约行驶了一个小时，车窗外的景色有了明显的变化。连绵起伏的群山覆盖着皑皑白雪，大家都被车窗外的美景所吸引。在一处相对安全的坡地，我们停下了车，想好好看看这里摄人心魄的美景。长这么大没见过这么美丽的景色，真是“无限风光在险峰”，身后的蓝天、白云、雪山、溪流，这一切就像一幅画那样美。雪山垭口的海拔有四千多米，这个雪山垭口也是这段路当中最危险的一个地段。景色虽美，但还要抓紧时间赶路，就在我们向雪山垭口方向开了没多久，不到 1 公里，就看到前面的车停了下来，这让我们预感到，可能前面的路上又遇到了麻烦。当我们走到车队的前面，看到发生了一个小的雪崩。路已经被山上滚落的雪块封住，有人用带来的铁锹铲雪，而有的人干脆用手去扒开雪堆。我们车上的人把雪清理得差不多了，留出了一条很窄的道，这样我们的车就可以一辆一辆地过去了。

可是在过了这处雪崩还没开出多远，又遇到一处雪崩坍塌，堵住道路的情况。车上的人们都下来一起清理着堵在路上的积雪。由于这段时间正好是积雪融化的时候，所以这里雪崩频繁发生，有时雪崩还可能会将过往的车辆全部掩埋。有经验的司机告诫我们，在这段路行驶时，一定要经常抬头看山上，一旦看到有雪崩下来，就要立刻从车里出来，迅速逃离，否则就有可能被重重的积雪压扁在车里。我们继续向前走，但就在离雪山垭口还有 2 公里的地方，我们所乘坐的车突然爆胎了，这让所有人都有些紧张。因为天快黑了，如果车坏在这里，不能在天

>>>> 独龙江公路途遇雪崩

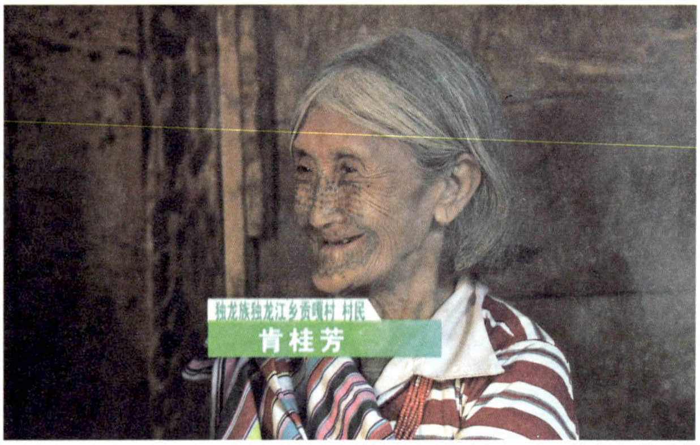

>>>> 独龙族独龙江乡贡嘎村村民肯桂芳

黑之前翻越雪山垭口，那是非常危险的。这时后面车上的人也跑过来帮我们的司机师傅换轮胎，经常跑这条路的司机即使互不相识，只要见到有车辆出现故障，都会主动上前帮忙，这已经成为独龙江公路上的一个习惯。

在这几位不知名的人帮助下，我们的汽车的轮胎很快就换好了，他们的帮助让我们在寒冷的雪山垭口感受到了一份暖意。我们上车继续向前走，很快就到了雪山垭口。

虽然快到 6 月份了，可是这里依然有很厚的积雪。现在我们来到了雪山垭口，这也是整条公路当中最高的地方，海拔有 4 100 米，同时它也是最险峻的地方。据当地人介绍说，每当大雪封山的时候，雪可以下到十多米那么高，能把这里的黑普隧道整个给掩埋住。这里也被当地人称为是雪山垭口和整条独龙江公路当中“卡脖子的地方”。雪山垭口处的这条黑普隧道大

>>>> 体验独龙族服装

>>>> 独龙乡的藤篾桥

约有几百米长，里面没有灯，非常简易，两边用木桩做支撑。隧道只能容一辆汽车通过。洞内有很多的积水，这些都是隧道两端积雪融化后的雪水。而穿过隧道就进入独龙江地区了。虽然过了雪山垭口，可前面的路也并不好走，而且天色也逐渐暗了下来。我们很想开快些，可是这么难走的路，想快也快不起来，只能一点一点地往前走。

独龙江公路的危险就在于海拔低的地方雨水很多，泥石流和道路塌方时有发生；而海拔高的地方又雪崩频发，可以说这一路上都是险情不断。人们为了走出大山，付出了太多的艰险。那时徒步从独龙江走出来，需要三四天时间。独龙江是云南省最偏远、最神秘和最难到达的地方，也是中国最后一个通公路的少数民族聚居地。由于想尽快赶到独龙江乡，余下的30多公里我们只有赶夜路了。我们在茫茫的黑夜中行驶了大约2个小时，晚上11点多，终于来到了此行的目的地独龙江。这一路上非常颠簸，整个人像是散了架一样，虽然我们安全地到达了独龙江，但是这一路上真是非常的险，大家不敢闭上眼睛，死死地盯着前面的路，现在都惊魂未定。

经过了一夜的休整，现在我们马上就要进入独龙江的村寨了。这个名叫孔当的村子是独龙江乡政府所在地，也是独龙江地区面积最大的一块坡地。独龙族人在这里代代生息繁衍，新中国成立前独龙人过着刀耕火种的原始生活。他们是从原始社会直接跨入社会主义社会的民族。长期以来，因为大山的阻隔，这里与外界交通不便、信息不畅，使得独龙江地区的社会经济和文化发展缓慢。独龙族现有人口5 000多人，也被称为“绣面部落”。过去，独龙族女孩纹面是他们的一个民族传统，而今在独龙江地区，据说还有几十位纹面老人。我们在独龙江乡政府的彭老师带领下来到了离乡政府不远的一个名叫贡嘎的独龙族村落。

\>>>> 记者体验藤篾桥

记者：您好，老人家多大年纪了？

肯桂芳：80 岁。

老人看到我们的到来，非常高兴，脸上露出了慈祥的笑容。而最吸引我们的还是老人脸上的那些神秘花纹。过去独龙族只有女性才纹面，独龙语称作巴都儒（音）。

记者：我一进来就看见您脸上的纹面了，这个是什么时候纹的呀？

肯桂芳：三四岁左右就纹了。

记者：那您知道，您的父母为什么要给您纹这个吗？

肯桂芳：不知道。

独龙族为何有纹面的习俗说法不一，至今还没有一个确切的答案。独龙族没有文字，而这刻在脸上的图案就像他们的文字，标志着他们的独特身份。据最早的史料记载，独龙族妇女在唐代时就有纹面的习俗。纹面是他们民族身份的一个象征，如今这些图案仿佛变成了无法破译的密码，连独龙人自己都无法说清纹面的意义所在。

随着独龙江地区社会经济的发展，人们生活水平、思想观念有了很大改变，现在的年轻人已经不再纹面，而独龙江只剩下为数不多的几十位独龙族纹面老人。当年那些青春貌美的纹面少女现在都已成为耄耋老人，她们是独龙族纹面习俗最后的见证。

记者：您身上披的是这儿特有的服饰吗？

肯桂芳：这是独龙族的独龙毯。

>>>> 独龙乡布卡瓦村村民普光荣

老人身上穿着这儿特有的服饰，叫独龙毯，是她自己绕线自己织线，全是自己制作的。独龙毯在独龙语中叫做约多（音），意思是披毯。白天它是人们的衣服，晚上又可以用来当被子。独龙毯也是独龙族文化的一个代表。随着独龙族人民生活水平的提高，过去单一粗糙的独龙毯色彩越来越漂亮，独龙毯现在也和纹面女一样，成为独龙族历史文化的一个标志。

听说我们想看看独龙毯是怎么织出来的，老人带我们出了门，到她织布的地方。这是一座新式的独龙族村落，过去独龙族所居住的茅草房现在已经越来越少了，逐步被新建的木板房所替代。老人小的时候就开始学织布，大约15岁时开始自己织独龙毯。对于老人来说，她一生织过多少独龙毯，已经数不清了。独龙毯主要有7种颜色，所以人们也叫它七彩毯，过去是用山上树木的汁液把麻线染成不同的颜色。独龙毯完全用手工编织。织一条独龙毯

>>>> 独龙乡布卡瓦村

大约要六七天时间。过去独龙族人不论男女，都只披一条独龙毯。穿独龙毯的方法也很特别：将独龙毯斜围在身上，露出一只胳膊，然后用针别上加以固定，这就是独龙族特有的衣服。世世代代的独龙族人一生都穿着这样的独龙毯。它有一点像披肩，可它是非常简单的一种披肩，直接用一根针固定，而且不像披肩那样容易滑下去，也不像衣服那样全都裹在身上，穿上和脱下来都非常方便。

已经八十岁高龄的肯桂芳老人现在每日里在家看孙子，像她这样生活在大山深处的独龙族老人还有很多，她们一生辛苦劳作，直到无法行走。有的老人甚至不记得自己的年龄，岁月在她们心里就是地里的庄稼，种完一茬再长一茬。

接着我们来到贡嘎村的江边看看独龙江上的藤篾桥。独龙江上这样的桥很多。藤篾桥是独龙族人民在长期的生产生活中创造出来的。它的结构非常简单：两根钢索横跨江面，两端被固定在江两岸的木桩上，再用藤或竹篾结成网，然后在网上铺上木板，人们就可以踩在上面过江了。如今藤篾桥也是独龙江上一道独特的风景。新中国成立后，当地政府先后在独龙江上架起了 6 座钢索人马吊桥，但是整个独龙江地区至今还有很多座藤篾桥横跨在江上。这些桥仍然是独龙族人民往来于独龙江两岸的重要交通工具。走过这桥的时候导游让我们抓紧旁边的栏杆，走到中间的时候是最害怕的，感觉一不小心，或是风稍微吹得大一点，人就会掉下

>>>> 在布卡瓦村体验捕鱼

>>>> 布卡瓦村村民在捕鱼

去。木板可能是因为风蚀或者是时间太长了，所以踩下去就像踩在海绵上一样。

离开了贡嘎村，我们前往独龙江乡政府附近的一个名叫布卡瓦的新村寨，看看那里独龙族人的新生活。行走在独龙江峡谷，倾听江水的轰鸣，滔滔不绝的江水不知疲倦地演奏着和谐的节拍，使人在不知不觉中忘了大山外的一切。这条美丽而传奇的独龙江是中国原始生态保存最完整的区域之一。独龙江全长250公里，东面是5 000多米高的高黎贡山，西面是同缅甸毗邻的担当力卡山。整条江犹如一条青色的长龙，奔腾咆哮在云雾缭绕的群山之中。我们现在来到了独龙江的峡谷，这里空气清新，而且植被茂密。据当地人介绍，这里雨量非常充沛，年降雨量在4 000毫米以上，而且一年365天有200天甚至300天都在下雨。可能是我们的诚意感动了上苍，这会儿阳光明媚，照在脸上非常舒服。像这样的天气在独龙江是很少有的。

经过半个小时的车程，我们终于到了名叫布卡瓦的自然村寨，我们特别想了解，他们现在的生活状态是什么样的？神秘的独龙人究竟是怎样的呢？让我们一块儿进去看看。

布卡瓦村现有村民两百多人，是独龙江新建成的一座新型村寨，而且整体村寨都是由政府统一设计建造的，村民不需要投入一分钱。它非常干净整洁，而且很漂亮，远远看去就像是一排排的小别墅。我们走进了一户独龙族人家，男主人普大哥热情地带我们参观了他的新居。新建的独龙族民居不但有厨房，还有卫生间和卧室，完全是现代的民居设计。客厅里有电视机、洗衣机、消毒碗柜、煤气灶。住上了新房的普大哥满脸都是喜悦。听普大哥讲，独龙江现在

>>>>　独龙族的歌舞

的新村寨越来越多。

记者：在房子上钉上木条是为什么呀？

普光荣：作为新建房子外的一种装饰。

记者：这上面怎么好像是空的？

普光荣：为了通风做的。

记者：而且屋顶上面还铺有茅草，这茅草是起什么作用的啊？

普光荣：这个茅草是我们以前旧房子的，我们民族都是用茅草来盖房屋的，所以这一点一直保留到新房子上。

听说村里的人都到田里干活去了，我们也想跟着普大哥到田里去看看。由于田地在山上，我们沿着崎岖的山路一路跟着普大哥往上爬。上山干活，爬山路要 20 多分钟。我们终于爬上了山。眼前是一片开阔地，这里就是村里的农田。听普大哥说，现在村民们主要都是靠种地为生。除了种玉米、水稻等农作物外，独龙族人还会在山上采摘竹笋等野菜。现在村民们的生活越来越好，他们吃的东西也越来越丰富。我们也想参与一下这里村民的劳作，普大哥就带我们来到田地边砍竹笋。竹笋是独龙江地区的特产，也是独龙族人民非常喜欢吃的绿色蔬菜，这里都是野生的新鲜的竹笋，深受独龙族人的喜欢。据说他们每年都会上山来砍竹笋，听普大哥说他家一年靠卖竹笋也能挣到 1 000 多元。普大哥用一把刀就能把竹笋切成一条条的，看来他这把刀应该很锋利，这让我们对这把刀产生了兴趣。独龙族的男人都佩戴这样的刀，刀对独龙族男人来说是命，在生产、生活当中是必不可少的工具。以前独龙族人的生产、生活条件是非常艰苦的，而如今独龙族人的生活条件得到了改善，可是刀依旧是他们不离身的一件东西。

砍完了竹笋，我们跟着普大哥来到了山上的老村寨，看看他们原来所住的老式独龙族木房子是什么样的。走进老村寨，这里几乎看不到什么人，只剩下些破旧的木屋独自矗立在这里。现在村民们都搬到山下的新房子去住了，而这些老房子被保留下来。村民每天在田间劳作，遇到下雨或是累了，还会回到自己的老房子来休息。

过去独龙族主要以打猎为生，而打猎的工具就是弩弓。虽然现在独龙族人已经不再打猎了，但是几乎每户人家都有弩弓，这也是独龙族人的历史传统。弩弓一定要用杉树做。箭上面有一个金属片做成的箭头，箭头黑黑的，那是从山上的植物上弄下来的毒。如果射中动物，最慢是 15 分钟，最快 7 分钟至 8 分钟，它必死无疑。

听普大哥说，过去独龙族人一直遵守着分食制度，就是村里任何人打到猎物，不管大小，背回来都要全村人平均分配共同食用。独龙族人都会捕鱼，普大哥非常高兴能给我们展示一下他捕鱼的本领，因为这是他最擅长的。架网是独龙族所特有的一种捕鱼工具，是在两根竹竿上绑上一张渔网，看着非常简单，让我们不禁在想，这么简单的工具真的能捕到鱼吗？

普大哥带我们来到独龙江边，他经常在这里捕鱼，对这一片水域非常熟悉。捕鱼也是独龙族男人一定要掌握的一项本领。在独龙江地区，几乎所有的男人都会捕鱼。我们看着普大哥在江边忙活着，觉得这捕鱼好像并不难学，就也想试试用这架网捕鱼。一试才知道，竹竿拿都拿不动，真没想到世世代代生活在独龙江边的独龙族人就是靠这种方法来捕鱼的。这种方法虽然看着简单，可要想捕到鱼却不那么简单了。听普大哥说，独龙江里鱼最多的时候是每年的七八月份，而我们来到这里的这段时间正好是独龙江里鱼最少的时候。来来回回捕了很久，普大哥还是没有捕上一条鱼。虽然没有捕到鱼，但是普大哥那向江中挥舞架网的形象却深深地印在了我们的脑海里，这就是一个勤劳智慧的独龙江人给我们留下的印象。

千百年来，独龙族人就生活在这茫茫的大山里，在艰难的自然环境中形成自己独特的生活习惯。傍晚时分，布卡瓦村传来了优美的歌声，这是村里的独龙族青年唱起了动听的独龙族民歌。世世代代生活在独龙江畔的独龙族人深深地热爱着他们的家园和故土，热爱这里的青山绿水，也歌唱着自己美丽的故乡。为了改善独龙族人民的生活条件，云南省于 2009 年底启动了独龙江整乡脱贫整族帮扶计划。如今的独龙江正在建设过程中，到处都在修路，也使我们原本想去几个村落进行采访的计划无法完成，虽然这让我们有些失望，但想到再过几年，独龙江的道路状况将会彻底改变，那时这里将会有一条通畅的公路，独龙族人的物质生活也会有更快的发展，我们就很期待。

可就在我们即将结束在独龙江的采访和拍摄，准备返回到贡山县城时，这里开始下起了雨，第二天下午雨终于停了，我们接到通知可以出发了。可是行进了不远，车就停住了。我们

>>>> 独龙江公路途遇滑坡

得到了消息：在离独龙江乡政府所在地 8 公里的地方，大雨引发了泥石流和山体滑坡，将我们出去的道路彻底堵住了。我们只好在乡政府孔当村等待着天气转好后道路复通的消息。我们在独龙江已经停留了 2 天了，现在能做的只有等待。

终于通过了这段滑坡路段，开始向大山外行进，可是没开出多远，就发现前面的路上有很多石块堵在路中间，我们只好下车将这些石块搬开。就这样我们边走边清理路上的石头，大约 2 公里的路我们从车上下来了三四次。

在我们的车行驶到独龙江公路 38 公里处的时候，意外的情况又发生了，就在我们的车从瀑布下通过的时候，一块从山上飞下的石块重重地砸在我们的车上，将我们这辆车的前挡风玻璃砸裂了。可见这条路确实很危险！坐在这辆被碎石击中的车上，我们继续向贡山县前进。看着车玻璃上的裂痕，让我们有着许多的感触。或许这就是艰险的独龙江公路给我们留下的一个印记，它仿佛是希望我们在离开的时候能够记住在这条路上所遇到的一切。我们曾经到过很多地方，这次的亲身经历让我们更加真切地感受到，从没有任何一个地方像独龙江这样一条公路与一个民族的生存与发展如此息息相关。我们期待着两年之后，一条崭新的独龙江公路诞生在这里，那时候，人们再来独龙江，就不会经历如此多的艰险。而这条崭新的公路也将成为独龙族人民的一条发展之路，一条通向美好生活的幸福之路。

三十四>>>心中的日月

告别贡山县，一路风尘一路景，我们下一站的目的地是被称为“理想国度”的香格里拉。蓝天、白云、草甸、羊群，眼前的这一切预示着我们离这个梦想之地已经越来越近。在1933年英国作家詹姆斯·希尔顿创作的《消失的地平线》这本书中描绘了一个非常美丽的地方，今天我们将以最虔诚的心走进它，去聆听它的呼吸；以最纯真的心走进它，去寻找我们心中的日月。

这里就是迪庆：香格里拉，太阳最早照耀到的地方，是东方的天堂，人间最殊胜的地方。《消失的地平线》一书中，香格里拉被描绘成一块永恒、和平、宁静的土地，书中描绘这里有着神圣的雪山、幽深的峡谷，还有被高山森林环绕的宁静湖泊、一望无际美丽大草原上徜徉的成群牛羊，以及明镜一般的天空和金碧辉煌的庙宇，这里被称为“世外桃源”。带着对詹姆斯·希尔顿笔下香格里拉“梦境王国”的期待，我们一路走来，向着目的地香

>>>> 香格里拉美景

格里拉县进发。

在距离香格里拉县城西北约 8 公里一个叫做纳帕海的地方，我们暂时停下了前行的脚步。我们的身后有一片湖泊，一片草原，湖泊就是著名的纳帕海，而草原叫做依拉草原。它们相互融合得非常完美，周围就是环抱着它们的青山，天上是蓝天和白云，放眼望去，可以看到草原上有很多悠然自得的牛群和羊群在饮水，享受着它们的美食。听当地人说，其实叫做纳帕海自然保护区，三面环山，那曲河、奶子河等十余条河流弯弯曲曲流经草原注入纳帕海。神奇之处是纳帕海与依拉草原其实是连成一体的，水分比较充足的雨季，大部分草原被湖水覆盖，就成为海。等到雨季过去，水少草多，湖水退掉，就变成了草原。我们到达的这个季节正是纳帕海绿草茵茵的时候，各种野花竞相开放，茫茫草原水天相接，一派"风吹草低见牛羊"的美景，令人心旷神怡。眼前让人陶醉的美景、日益增多的游人，这一切都在告诉我们，车队已经驶进了美丽的香格里拉。

离开美丽的纳帕海，车行不到 15 分钟，我们就驶进了美丽的香格里拉县城所在地建塘镇。海拔 3 300 米的建塘镇既是香格里拉县政府的所在地，也是迪庆藏族自治州州府的所在地。迪庆藏族自治州地处中国西南边疆，香格里拉则是这个边疆少数民族地区的一颗明珠。走在香格里拉街道上，整个县城给人直观的感受就是新。蓝天白云和整齐干净的街道相互辉映，一派欣欣向荣。听当地人说，其实香格里拉也是有老房子的，只是最近这几年，它的旅游业发展得非常快，所以整个香格里拉县城生机勃勃、焕然一新。琳琅满目的商场店铺，穿着入时的行人游客，装潢现代的各式酒店，如果不是街道两旁充满浓郁藏族特色的房子，还有时不时和你擦身而过的藏族同胞，也许你不会意识到这是在海拔 3 000 多米的高原地区。

香格里拉县名称的由来还有段故事。位于滇川藏三省区交会处的香格里拉县隶属云南省迪庆藏族自治州，原名中甸县，藏语称建塘。1997 年经过论证，这里被认为在地理环境、民族文化等很多方面，与詹姆斯 · 希尔顿在小说《消失的地平线》中所描述的香格里拉十分相似，于是向全世界宣布，世人寻觅了半个多世纪的香格里拉就在中甸。2001 年中甸县更名为香格里拉县，旅游业给更名后的香格里拉县注入了无穷的活力。5 月到 10 月是这里旅游的旺季，我们到达的 5 月正是游客开始纷至沓来的时候，走在香格里拉县的街头，来自世界各地的游客使得这座小城充满了热闹和喧嚣。

听当地的向导说，5 月份的香格里拉已到处莺飞草长，一片生机勃勃。高原的牧民们也开始了新一年的放牧生活。为了体会詹姆斯 · 希尔顿笔下的梦境王国，我们来到香格里拉的第一站行程定在了香格里拉的普达措国家公园。不仅是因为这里独有的自然和人文景观，更是因为这里是中国大陆第一个国家公园。

如今在这个国家公园里面，已经没有村民了，但依然生活着很多传统的牧民，在两个湖的周围，以及一个牧场里。听我们的向导黄师傅说，普达措国家公园是一个没有任何污染的地方。这里的山水将会是怎样的原生态？这里的牧民又过着怎样的游牧生活？带着这些疑问，我们离开香格里拉县城，一路向东踏上了前往普达措的行程。

一路上，发现道路两边有着很多独具藏族特色的民居。青稞架、各种各样的藏族经幡，还有转经塔，构成了我们沿途的风景。道路两边的牦牛们都迈着非常闲适的步伐，跟这边藏族人民的生活节奏很一致。在这儿你可以感受到非常浓郁的藏族文化。香格里拉隶属迪庆藏族自治州，这里生活着藏族、傈僳族、汉族、纳西族等多个民族，但是由于这里

>>>> 高原明珠碧塔海

>>>>　碧塔海边的杜鹃花

人口最多的是藏族，因此这里浓郁的藏族风情总让我们觉得，虽然行在云南，却仿若置身西藏。

从香格里拉县城一路向东行驶了大约22公里，就到达了我们此行的第一站，普达措国家公园。蓝天白云，随风飘摇的经幡、错落有致的玛尼堆，是这座国家公园首先带给我们的唯美画面。听这里的导游卓玛说，普达措国家公园的总面积约300平方公里，以属都湖和碧塔海为主要组成部分。公园里没有住宿的地方，乘坐公园里的绿色环保车游览下来，大概需要四五个小时。而这座国家公园还有一个独特之处，就是海拔高，整个公园海拔都在3 500米至4 159米之间。“措”是藏语，就是湖的意思。听卓玛说，“普达措”是碧塔海的藏语原名。藏传佛教的佛经中曾有描述，有一个具有八种德的名叫普达的湖泊，僻静无喧嚣，湖水明眼净心，堪称“天生之普达胜境”。

藏族人民认为每一座高山和每一个湖泊都代表有灵性的东西，他们有自己崇拜的神山神湖还有神树。传说这个湖是天空中的仙女在梳妆的时候把宝镜掉入凡间，然后它的碎片就化成了高原上的湖泊。

走在普达措国家公园里，真的能让人体会到心灵的那份宁静。远处三五成群的牦牛正在悠闲地吃草，面前的属都湖水波荡漾，让人很难相信在海拔将近3 600米的地方还有这么一个美丽的高原湖泊。美景醉人，自然吸引了不少前来观赏的游客。

美丽的普达措不仅一年四季景色各不相同，而且整个国家公园内的动植物也是种类繁多。这里分布着杜鹃、云杉、红杉等数十种珍稀植物，而且还生活着黑颈鹤、猕猴、云豹等许多珍禽异兽。听卓玛说，运气好的话经常可以和它们不期而遇。在普达措藏族同胞中还流传着一首歌，来描述和歌颂这里的美景：美丽的月亮悄悄地爬上了雪山，星星像珍珠洒满了湖面。在普达措不仅有迷人的自然景观，而且这里还生活着传统的牧民。这个季节正是牧民们集中放牧的时候。

告别属都湖，车行十分钟，我们发现了一片宽阔的高原草甸。导游卓玛告诉我们，这里就是香格里拉有名的弥里塘高山牧场了。刚下车，却和一只四处觅食的小松鼠不期而遇。

记者：我们可以喂这只小松鼠吗？

卓玛：可以，但是喂坚果好一点。

记者：我觉得它好像不怕人？

卓玛：都习惯了。

记者：平时很多游客来这儿是吧？

卓玛：对。

在普达措国家公园，到处可见人与自然的和谐统一。弥里塘牧场里牦牛和马儿正在悠闲地吃草，胜似闲庭信步。弥里塘高山牧场位于香格里拉普达措国家公园，属都湖与碧塔海之间，“弥里塘”藏语意为佛眼状的草甸，因其像一只细长的佛眼而得名，是海拔3 700米的亚高山草甸。这个牧场是夏季最棒的牧场，据说在总面积2.4平方公里的弥里塘牧场上生长的牧草虽然不高，最多长到一两寸，但是这里有两种草，一种叫祖母亚沙（音），一种叫德贵德多（音），富含蛋白质和脂肪，有一点儿像军人食用的压缩饼干，牛羊吃了膘肥体壮，产奶量大，并且含酥油和奶酪比例高。因此弥里塘牧场一直是香格里拉的重要牧场。判断一个草甸的好坏不用去看草高不高，只要看牛是否吃一小会儿就会躺下静静休息，就说明草营养丰富。

虽然弥里塘牧场海拔在约4 000米，但是这里草场广阔，水草丰茂，每年春夏之际，成群的牛羊游弋于湖畔，牧棚星星点点。置身湖畔，背靠青山、面临绿水，让人深切地感受到高原人自在悠游的生活情趣。风景如画的牧场上，我们突然发现了一个孩子，上前攀谈才知道孩子叫扎西，今年5岁，他是随家人一起过来放牧的。小扎西告诉我们，因为还没有上学，今年家里人就把他一起带了过来放牧。小扎西同意带我们去他家看看，一路上我们因为高原反应走得很慢，但是小扎西却蹦蹦跳跳，让我们看到了草原上一个小牧民简单而又淳朴的快乐。

走了没多远，我们见到了小扎西的奶奶。来到小扎西的家，还没有进屋，活泼的小扎西就把他最好的朋友介绍给了我们。小扎西的朋友可是藏獒，小扎西的奶奶跟我们说，牧场里生活很单调，也没有很多的小伙伴，这只藏獒就成了小扎西最好的朋友。在小扎西奶奶的带领下，我们走进了这个典型的高原牧民之家。

记者：这个门头很低，我估计卓玛进去也得弯腰，为什么门头会这么低呢？

卓玛七林：防止牲畜进来。

记者：阿妈，平时就你和扎西两个人生活在这儿吗？

卓玛七林：还有扎西的父亲母亲。

记者：他们现在去哪儿了呢？

卓玛七林：他们在家里干活，因为家里面还种着青稞、土豆、包谷之类的。

记者：那你们每年是什么时候到这儿来呢？

卓玛七林：三四月份吧。

记者：那多少人一起过来呢？

卓玛七林：平常一个人在这个牧场里。因为过来的时候要拉这些牲畜和日常的生活

普达措国家公园

>>>> 弥里塘高原牧场牧民卓玛七林

用具，我儿子陪我过来，把这个房子盖好，然后就我一个人在这儿。

听小扎西的奶奶卓玛七林说，她的家在山对面的尼汝，每年的三四月份水草开始茂盛起来的时候，家里人会一起把家里的牛群迁徙到这里。这个简陋的小木屋只是他们放牧时的临时住所，等到十月底的时候会陆续再搬迁回去。现在这里只有她带着孙子看管着自家的牛羊。卓玛七林对我们说，她家一共有 40 多头牦牛，家里主要的收入也是靠卖牦牛和酥油。一头成年的牦牛大概能卖三千到五千元，考虑到一般牦牛长到两岁之后才能产仔挤奶，轮换更替下来，一年能卖上一头到两头，所以家里的收入一年下来一般在一万多元左右。

听导游卓玛说，像卓玛七林这样的牧民在弥里塘有很多，而且由于只是一个临时的住所，每户牧民家的陈设都很简单。牧民们每年会采取轮换的方式来到牧场放牧，对于这些牧民，国家公园是不收任何费用的。走出小扎西的家，我们注意到小木屋外面立着一棵干枯的白桦树，这是一个标志。如果你看到藏家的门口插有这样的杆子，得绕道而行，因为小心下面拴有藏獒哦。放牧的时候，牧民都会用藏獒来驱赶狼群。

告别小扎西和他的奶奶，我们继续前行，前往普达措国家公园的另外一颗明珠碧塔海。突然下雨了，刚才还是晴空万里，但是这一会儿天空开始飘落零星的雨滴，让这个藏族同胞心中的神湖更增添了几分妩媚。在藏语中，“碧塔”是栎树成片的地方，藏语中“碧塔海”又意为宁静的海。长约 3 公里、宽约 1 公里的碧塔海被称为“高原明珠”，湖面海拔 3 538 米，是云南省海拔最高的湖泊。它有点儿像日月潭，称它为海，是因为在高原上，像这么大的湖泊非常稀少，就相当于海一样宽阔。

走在碧塔海边，天空中云雾缭绕，时阴时晴。湖畔四周苍松古栎遮天蔽日，碧塔海被黛色的群山环抱，像一颗镶嵌在群山中的绿宝石。湖水清澈明亮，在太阳缕缕金辉的照耀下闪闪熠熠、奇秀悦目。高山临湖，水光山色融为一体，真可谓“半湖青山半湖水”。湖周围的各色杜鹃花已经开始绚丽地开放，湖畔鸟语花香，野鸭游鱼正在湖中自由地游弋。在碧塔海还有一个举世闻名的绝景，也就是“杜鹃醉鱼”和“老熊捞鱼”。听卓玛说，每逢杜鹃花盛开的季节，碧塔海畔的杜鹃花瓣纷纷飘落于水中而引来游鱼，鱼儿吞食花瓣后竟醉倒而漂浮于水面。醉鱼和杜鹃就这样形成了湖面的奇特景观。据说林中的老熊也会趁月色来捞食昏醉之鱼，因此碧塔海“杜鹃醉鱼”、“老熊捞鱼”的景观也就名扬于世了。只可惜我们来的时候并不是杜鹃花漫山遍野开放的季节，否则我们也许能有幸看到这个奇景。

作别普达措国家公园的时候，天气并没有完全放晴，远处主峰海拔高达 4 750 米的天宝雪山在云雾缭绕间若隐若现，群山的轮廓依稀可见，仿佛一幅流动的泼墨山水画。怀着不舍的心情，我们向着雪山脚下的方向驶去，继续我们在香格里拉下一站的行程。

香格里拉生活着很多藏族同胞，他们长期以来都有养藏獒的习俗，拥有的藏獒品种很多，我们这次要去探访的地方就是一个纯种藏獒的养殖基地。早就听说藏獒护领地护食物，善于攻击，对陌生人有强烈的敌意，所以对于这次探访之行我们既充满期待又心生畏惧，不知道凶猛的藏獒会以怎样的方式来迎接我们？

我们一行驱车到达卡卓藏獒养殖基地。在当地旅游局工作人员的带领之下，走进基地，和基地的负责人七林旺堆简单寒暄几句之后，他就直接带我们走进了藏獒的獒舍。刚

>>>> 藏獒养殖基地

进藏獒园,我们就领略了藏獒的威力。猛烈的吼叫声让我们一度不敢靠近。藏獒是獒迷公认的最古老最稀有的犬种,中国古代有“一獒抵九狼”的说法,它被看做是藏族同胞的护卫犬和保护神,是世界上不怕野兽的犬种之一,所以藏獒又有“东方神犬”的称号。一只藏獒对付四五头狼是肯定没问题的。藏獒对于主人非常温顺,但是对于擅自侵犯它们领地的陌生人则是极端的凶猛。看着它对主人发嗲,没想到藏獒这么凶猛的动物,也会有非常温情的一刻。

在藏族地区,藏獒一直被人们当做神犬来看待。这些年来,随着香格里拉旅游业的发展,藏獒养殖业也随之兴起,先后出现了多家藏獒园,但是由于很多人的目的仅仅是为了将藏獒出售获利,而忽视了对香格里拉纯种藏獒的保护,使香格里拉原生态纯种藏獒大量外流和品系退化。在旺堆这里饲养的近百只藏獒,基本上都是香格里拉的纯种藏獒。为了让我们更好地了解这些纯种的藏獒,旺堆挑选了一条相对温顺的藏獒幼仔,让我们有了一次难得亲密接触的机会。

记者:像这样好的獒据说要卖到一百万元以上,它是一头纯种的好獒?

七林旺堆:对,从基因上、血统上这都是比较好的一条獒。

听旺堆说,这条藏獒叫做高原红,虽说只有四个半月大,但是半人多高的高原红还是让我们有些畏惧。

记者:为什么说它是纯种的?能给我们举点例子吗?

七林旺堆:评定一条好獒的话,要把一条藏獒分成106个部分,简单地说,像藏獒的吊嘴,这叫洼度;标准的藏獒眼是三角眼,嘴要梯形嘴。还有从它的发毛、从它的结构来讲,都有很多讲究的。

作为藏獒养殖基地的负责人,同时也是迪庆州藏獒保护协会的会长,七林旺堆为了保护香格里拉的纯种藏獒资源,在短短几年时间内走遍了整个香格里拉及周边滇川藏的高原牧区,寻找纯种藏獒,为基地繁种提供优质藏獒种源。同时藏獒的养殖和繁育也给他带来了可观的经济收入。

>>>> 藏獒

七林旺堆:最差的一条獒都能卖到一万元以上,好的卖到几十万上百万。

记者:方便问一下,您这一年的年收入,差不多能有多少?

七林旺堆:这几年的话接近千万。

>>>> 藏民家庭旅馆

记者：这是纯利润还是毛利润？

七林旺堆：毛利润能接近千万。

在旺堆的藏獒养殖基地采访拍摄进行了将近两个小时，我们才敢相信，此刻如此温顺地站在我们面前的竟是以凶猛而著称的藏獒。原来再凶猛的动物，只要人类能够善待它们，和平共处，大家也能成为很好的朋友。走出藏獒养殖基地，天气已经完全放晴，在阳光的照耀下这座城市愈发的美丽。在香格里拉，旅游业已经让这个曾经的古城日新月异，很多人都做起了旅游生意，还有很多人开起了藏式家庭旅馆。离县城只有四分钟车程的春初家就是典型的例子。

阳光明媚的午后，我们走进了她的家。春初和我们说，前年的时候，公路通了，有很多从外地来的客人问他们，这儿有吃的住的吗？看到周围很多人都办起了家庭旅馆，她家也萌生了这方面的想法，于是把家里的老房子花了100多万重新装修了一下，从去年开始做起了藏式的农家乐。

春初家装修后的房子现代化的条件远远超乎我们的想象。纯木式的房屋结构，干净齐全的住宿设施，全面覆盖的宽带无线网络，让我们觉得这已经不是一个简单的藏式农家，而更像是一个高档宾馆。更重要的是这样的设施和投入给春初家的收入带来了实实在在的变化。以前靠种田养牦牛卖酥油茶之类为生，一年差不多赚两三万左右。而去年一年春初家总共毛收入可能就有15万左右，纯利在10万元钱以上。干净的设施、热情的服务，吸引了很多游客，让春初家的收入连着翻番。

而且春初还有画唐卡的手艺，每年靠经营自家的旅馆加上卖唐卡的收入，加起来差不多有20万元，这是春初以前想都不敢想的。而旅游改变的并不只是人们的生活面貌，改变的还有这座古老的城市。位于香格里拉县城西部的独克宗古城，是几乎每个来香格里拉的游客必去的地方。“独克宗”的藏语发音包含了两层意思：一是建在石头上的城堡，另一个意为月光城。因为这里很多石砌的房屋外涂着一层白粉，白天看起来处处灿亮如阳光，夜幕一垂，房屋又皎洁得好似披上了浪漫的月光，因此古城又名“白色石头城”。唐朝初建，明朝毁于战乱，清朝重建，民国扩建，历史长达千余年的古城虽历经沧桑，但是这个处于三省交界的茶马古道马帮重镇依然是这里保存最完好的古城。

走进独克宗古城，发现这里真的有浓浓的藏族风情，两边有格桑刀专卖，还有一些非常具有藏族特色的藏族服饰，以及因为旅游业而发展起来的一些户外用品店。除了热情

>>>>　古城独克宗

友好的各族居民，这座昔日的茶马古道重镇还收藏了 1 300 多年时光雕刻的历史沧桑。走在古城里，深深浅浅的石板路上，街边古朴的木屋一幢接一幢。房屋大多是藏式风格建筑，偶尔也有几间汉式风格的，有些木屋铁锁把门，显然已经废弃；有的院墙内传出孩子的嬉笑声和狗吠声，街上不时有穿藏服的人们从身边经过。游客们来来往往却又井然有序，整个古城显得喧嚣而又不失宁静。

我们现在走的这条路是茶马古道马帮曾经走过的一条路，是他们在进藏之后非常重要的一个驿站，古城石板路上留下的马蹄印算是当年茶马古道的马帮给时间留下的信物。当年马帮在滇藏茶马古道上走一个来回，往往要一年的时间。对于穿越茶马古道的马帮来说，独克宗古城是茶马古道上的重镇，也是马帮进藏后的第一站。到了这里，石板街上的马蹄子是放松的，人也是放松的，马帮们可以住进温暖的木板房，把马关进棚舍，喝上一碗喷香热乎的酥油茶。

如今，当年马夫们经常修鞋的皮匠坡上，170 年前的马帮店已经变成新客栈；来往的马帮已经被川流不息的游客所取代，不变的是青石板的古街上依然每年冒出的青草，还有那古街上依旧能品味出的沧桑。相同的是和当年的茶马古道一样，现在的独克宗在夕阳西下日落黄昏时依然热闹。这个时间，内陆的很多地方都开始华灯初上，而这个西南边疆的小城到 21 点天才会完全黑下来，而在这段时间里，小城里的居民和游客会自发地聚集起来，无拘无束地唱歌跳舞，欢快的身影随处可见。在歌舞和喧闹中夜幕慢慢降临，小城逐渐安静下来。结束了紧张而又快乐的拍摄后，我们赶回酒店休息。因为在下一站，这座梦想之城还有太多的美等着我们前去记录和发现。

三十五 >> 梦境之地

我们这一站将继续行走香格里拉。在这里,我们除了惊叹于美丽如画的风景外,还切身地感受到了藏族同胞的虔诚。高山之巅,河谷之上,峡谷之口,均挂有七色的经幡,玛尼堆、转经塔更是随处可见。为了感受藏族同胞那份对佛的虔诚,我们下一站就直奔位于香格里拉的非常雄伟和壮观的噶丹 · 松赞林寺,它也是云南省规模最大的藏传佛教寺院。

每逢初一、十五,当地的、青海的、西藏的藏族同胞们都会到这里来转经朝拜,在他们心中这就是一个非常神圣和神奇的地方。香格里拉县城向北五公里,佛屏山前一组庄严肃穆的庞大建筑群依山而立,这里就是松赞林寺了。松赞林寺的全称叫噶丹 · 松赞林寺,因其外观布局酷似布达拉宫,所以又有"小布达拉宫"之称。松赞林寺依山而立,它兴建于公元 1679 年,公元 1681 年完工后,五世达赖赐名噶丹 · 松赞林。

>>>> 松赞林寺

之前我们在来的路上看到很多高高低低、大小不同的房子，大多是僧人的僧舍。整个寺院有 280 多个僧舍，900 多个僧人；气势宏大、建筑宏伟，筑有坚固厚实的城垣，占地 500 亩的寺院不仅吸引着很多僧人香客，同时也吸引着国内外的诸多游人。最直观的感受是很神圣，而且很朴实。在寺院里我们还见到了松赞林寺的主管之一次称师父。

听次称师父说，藏传佛教在藏族同胞生活中有不可或缺的地位，很多人一生中的大部分时间都在朝佛，每天都会有很多的僧人香客到寺院里来祈福拜佛。在寺院里我们还见到了次称师父新收的徒弟洛桑亚杰，15 岁的洛桑亚杰不善言辞。次称师父说，在藏族同胞心目中，如果家里有人出家修行，这对全家来说都是一件非常光荣自豪的事情。从出家开始，洛桑亚杰的生活内容也会有很大的变化，每天早上 5 点多起床学经文，中午 12 点吃了饭后休息一两个小时，2 点开始又要学经文，晚上 10 点半到 11 点睡觉。每天都在学经文，以便让自己能够更好地修行。

>>>>　松赞林寺主管次称

>>>>　松赞林寺的内殿

走出松赞林寺时，在松赞林寺的门口我们碰到了一位磕长头的藏族阿姐，让我们对他们的虔诚又多了一份尊敬。其实不论是在松赞林寺还是在各地通往藏族圣地的道路上，磕长头的信徒有很多。他们从遥远的故乡开始，尘土满面，沿着道路默念六字箴言三步一磕，靠坚强的信念和矢志不渝的精神一步步虔诚地礼佛。他们或是磕长头朝拜，或是转山，或是挂经幡，或是垒玛尼堆，或是手中不停转动着转经筒，从朝佛人的眼中，我们不但能看见虔诚，更能体悟到那份纯净。

走在拉姆央措湖边，望着远处的松赞林寺，真的觉得非常的美，因为它和眼前的拉姆央措湖构成了一幅相当唯美的画面。今天在这里第一次看见了磕长头的藏族同胞，感受到了他们心中的信仰，这真的是美丽的香格里拉、秀气的香格里拉、充满灵性的香

>>>> “心中的日月”香格里拉

格里拉。

其实在香格里拉，除了人口最多的藏族，这里还生活着汉族、纳西族、彝族、白族等多个民族，各民族在这里和睦相处，他们的文化也在这里世代传承。告别松赞林寺，我们下一站就是纳西族东巴文化的发源地白水台。

从香格里拉出发，沿着香格里拉县城的旅游东环线，走了大约40多公里，我们在一个叫做九龙村的地方暂时停了下来。听向导说，这里是彝族聚居的地方，人口有1 000多人。

听村民沈春兰说，这个村的彝族村民主要以养殖牛羊和种植经济作物为主，人均纯收入在两千元左右。现在村子外面的公路通了以后，很多人都出去打工了。我们到的时候村子里人不多，安静的彝族村落里只听得到朗朗的读书声。村民告诉我们，那是九龙完小的孩子们正在上课。我们决定到那里看看。我们到的时候孩子们正在上上午的最后一节课，我们就和学校的冯春勤校长攀谈了起来。

记者：学校总共有多少个班，有多少学生呢？

冯春勤：现在我们学校有一至六年级，六个班。

记者：大概多少学生？

冯春勤：现在总共有99个学生。

听冯校长说，这里的99个学生都是彝族，而且都来自九龙村，学校里的7个老师基本上属于全能，因为他们要承担起一到六年级所有的教学任务。

>>>> 纳西族圣地白水台

中午放学的时间到了，在校的学生纷纷跑到食堂吃午饭。虽然只有一个菜：西红柿炒蛋，但是每个孩子都吃得特别香。吃饭的间隙我们听冯校长说，其实孩子们吃饭住宿的费用是全免的。

记者：这些孩子在学校里吃饭不要钱？

冯春勤：他们的生活费全部都是免费的。

记者：那住宿呢？

冯春勤：他们住学校，自己带被子。

不仅是生活费，从 2005 年开始，这里的学生们就享受了免学杂费、免书本费、补助寄宿生生活费的两免一补待遇。国家每月给他们补贴 160 块钱，一学期按 5 个月计算，就是 800 块，读完一年级就可以拿到国家补助 1 600 块钱。每一个孩子都是那样的质朴，虽然饭菜很简单，但是快乐的笑容却挂在每个孩子的脸上。

>>>> 白水台彝族小学

当我们离开九龙完小的时候，天空中也飘落了雨滴。刚才这段旅途让我们觉得很欣慰。因为看到了孩子们天真无邪发自内心的笑容，也看到了他们质朴纯洁的老师，还有他们的整个学习的环境。虽然他们长在山里，可是以后很有可能走出去，到一个更大的世界、更广阔的天空，去发挥他们自己从这一刻起所学到的所有知识。

离开九龙完小，我们继续前行。一路走来，车窗外空气清新，景色变幻，丝毫没让我们体会到旅途的疲惫。在行驶了三个多小时之后，我们终于抵达了白水台所在的香格里拉县城，东南的三坝乡白地村。远远望去，青山掩映中的白水台造型就像层层梯田，在阳光的照耀下又好像凝固的瀑布一样，这吸引着我们迫不及待地前去探寻。

混杂着碳酸钙白色沉积物的水流越发的湍急，这提醒着我们离白水台越来越近了。往上爬了大约半个小时，我们终于到达了这个被纳西族奉为神灵的白水台。高耸的青山上面积约 3 平方公里的白水台，就像是一块镶嵌在上面的镜子。层层叠叠的碳酸钙台幔纯白如脂、莹润如玉，好似层层梯田，难怪这里被称为“仙人遗田”。相传纳西族的两位天神为了让当地的纳西族人学会造田耕地，特地变幻出这样一片梯田，而这就是“仙人遗田”说法的由来。其实海拔 2 380 米的白水台成因是由于水中的碳酸氢钙经太阳光照射，水分蒸发后形成了白色的碳酸钙沉积物，之后又不断覆盖地表而形成的。它是中国最大的泉水台地之一。

登上白水台我们才真正地感受到这里的美，站在白水台的高地，可以看到水就是从这边缘不断地向下流，看着这个边缘突然想起了鱼鳞，因为它跟鱼鳞还真的挺像。当有水的时候，映在阳光之下，风一吹，水流随着风不断地摆动着，金光闪闪。从这儿远眺，可以看到山峰层峦叠嶂，一个大峡谷就在眼前。远处纳西族的村寨星星点点地散落在这个峡谷的中间，真的是美不胜收。

导游三斤介绍说，白水台不仅是一个风景秀丽的地方，也是纳西族东巴教的发源地，是

>>>> 白水台附近高耸的青山

纳西族心中的神山。每年二月初八，人们都会在这里举行最隆重的一年一度的朝白水活动。四面八方的纳西族民众会聚集在这里歌舞野餐，烧香磕头，向神灵祈求来年的丰收。

听三斤说，在白水台的山背后，不仅能放牧，而且那里还有着白水台的源头。我们沿着栈道走了不到 500 米，很快就到达了这个水源。它是从两棵树中间穿流而出，所有的水从这个地方冒出来，冒出来的水就像一朵花一样，因此叫碧玉翻花，也是纳西族最崇拜的一个地方。据科学研究，这水已经流了 55 万年，它就这么流淌着、滋养着纳西族。如果不是亲眼所见，我们很难相信白水台湍急流水的源头，竟是这一方不断冒着水花的小小清潭，让我们突然明白了，这其实就是涓涓溪流汇成江河的道理。源头旁边插着的木头上刻着神秘的东巴文字，可见这里在纳西族人心目中的地位。蓝天白云、碧水清波，明镜般的白水台在阳光的照耀下熠熠生辉。这个美丽神圣的地方也庇护着山下的纳西族村落。

告别白水台，我们随导游三斤走进了山脚下这个只有 80 多户村民的纳西族村落古都村。

走进古都村，这里的人们正忙着收小麦。在三斤的带领下，我们走进了村民何金富的家。他正在整理小麦，把小麦搁在杆子上晒干，可能要等四五天左右，一半吃，一半用来喂牲口。攀谈中何大哥告诉我们，和村子里的大多数村民一样，他们家主要靠种青稞、玉米、水稻等作物，平常农闲的时候就出去打工。家里最大的压力就是两个孩子的学费。

>>>> 堆云凝雪白水台

>>>> 白水台的纳西族村落

一个在香格里拉县读高中，一个在昆明上大学。何大哥希望村里的旅游能够发展得更快一些，这样他们的收入就能够更多一些。

走出何大哥的家，和导游三斤走在这个古老的纳西族村落里，既让我们感受到边疆人们生活的那份宁静，又能感受到纳西族独有的特色文化。古都村建在一个平缓的山坡上，看不出有什么特意的格局。小村中绿树掩映，十分幽静，老房子虽显破旧，但依然保持着古朴的纳西民居特色。每家每户门前都有小溪流过。

记者：我感觉好像每家每户门前，都有这样的小溪流过，这是为什么呢？

三斤：自古以来我们纳西族就有一个很传统的讲究，因为以前是以木类房为主，大多房屋是木质结构，我们讲究的是水养家家养水，就是防止火灾。

如今古老的村落里也不乏现代的气息，国家实行的"村村通"工程不仅让村里家家户户都能看上电视，而且现在政府还免费给家家户户都装上了太阳能。随着白水台名气越来越大，游客也越来越多，一些村民已经开起了家庭旅馆。三斤就自己开了一家。虽然不是很奢华，但是还算舒适。三斤相信，旅游会让他们的日子越来越红火。

走出三斤家，夜幕逐渐降临，村落远处一道彩虹挂在天边，这让我们颇有感触。在边疆，像古都村这样的小村落有很多，虽然远离城市，但是这里的人们生活简单充实而又宁静。优美的环境既让他们为自己的家乡骄傲，也让他们对未来有了更多美好的期待。告别古都村的时候，天色已经逐渐暗了下来，在夜色中我们又踏上了前进的行程，我们要在晚上赶到距离白水台约 90 公里外的虎跳峡。因为听我们的向导说，为了安全起见，虎跳峡的行程必须从第二天的清晨开始。

虽然晚上赶了四个多小时的山路，但是第二天我们还是早早地起床吃早饭，准备今天的行程。虎跳峡以险著称，因此吸引了不少喜欢探险的国内外驴友。湍急的金沙江流经石鼓镇长江第一湾之后，突然掉头北上从哈巴雪山和玉龙雪山之间的夹缝中硬挤了过去，形成了这个壮观的大峡谷。峡谷中最窄的地方就是著名的虎跳峡景观。相传老虎可以蹬踩江中的一块巨石跳过金沙江，虎跳峡因此而得名。虎跳峡分上虎跳、中虎跳、下虎跳三段，但是其中的中虎跳因为还没有完全开发，是最凶险的一段，也是景色比较奇秀的一段。我们接下来要走的就是以凶险奇秀而著称的中虎跳。早晨出发的时候，来自意大利的驴友菲菲一行人和我们约定在中虎跳峡底见。

吃罢早饭我们出发了，汽车把我们送到垂直高度达 130 米，距金沙江江面有 800 多米的神川大桥桥边。这个桥是镂空的，完全横于两山中间，一眼可以望到底。远处就是金沙江，金沙江的海拔差不多是 1 700 多米，再往上面看，就是玉龙雪山，顶部差不多有 5 500 多米，落差有 3 800 多米。接下来前往中虎跳的行程我们要全程徒步。听当地人说这段是整个虎跳峡中间最危险最难走的一段，刚开始，除了有些弯曲之外，并不是很难走。但是由于我们带着设备，所以走起来还是略微有些吃力。走了没多远，我们已经能够隐约地听见峡底金沙江咆哮的水声了。一路走下去，路越发的窄了起来，更危险的是路的另一边就是悬崖，而且很多地方都没有护栏。途中我们还遇到了这里的一位村民大姐，大姐告诉我们，她是在这个景区里做小买卖的，对这条路很熟悉。她说我们离峡底还有很长的距离。

虽然离中虎跳的峡底还有很远，但是两边的景色和山路上刺激的感觉却让我们颇有感触。峡底的水声已经听得越来越清楚了，山路也越来越难走，更多的时候我们只能爬着下去。一路走来，听过往的游客告诉我们，由于这里的景区没有全面开发，所以还没有完全对游人开放，路上很多地方都没有安全保护措施，但是简单的设施、原生态的环境，也是这里吸引很多酷爱徒步探险驴友的原因。突然路途中我们遇到了麻烦，原来我们到达了驴友们提到的天梯。十多米的悬崖直上直下，由于这里是通往山下的唯一一条路，虽然只有一个钢质的简易梯子，但是我们别无选择。其实这天梯一个人走都有点儿困难，很难想象我们一行四人，还有两台机器一个脚架怎么下去，真的是得手脚并用、分批下去才行。边疆行路途中，我们曾经走过很多危险的路段，徒手爬天梯对我们来说还是第一次。不过虽然天梯看起来很陡，但是只要抓牢，基本上没有问题，只不过因为我们带着摄像器材的原因，所以用了差不多十分钟我们才都安全地从天梯上下来。

走过天梯，山路开始越来越陡，走了大概十多分钟，我们遇到了早晨吃饭时相约在峡底见的菲菲一行外国朋友。在这里我们又遇到了一段天梯，不过幸运的是这次除了 20 多米的陡峭天梯外，旁边还有一条便道可以选择。安全起见，我们选择了相对安全一些的便道，说是便道，其实是相对于天梯而言的。在崎岖的山路上又走了大概半个小时，我们终于到达了虎跳峡著名的一景—— 一线天。抬头望去，狭窄的两山之间流云飘过，而下面就是咆哮的金沙江，让我们深切地体会到什么叫做波澜壮阔。为了能更真切地体会到金沙江乱石穿空、惊涛拍岸的那份壮丽，我们决定走到远近闻名的虎跳石上去拍摄。但是越往下走，也越让我们体会到这里的艰险。记得有句话是这样说的：最美的景色总是在脚步最难企及的地方。其实通往虎跳石根本就没有路，当地的村民为了方便喜欢探险的游客，特地搭了一座木桥，有极其简易的铁索，靠在江边的峭壁上。

历尽一路艰辛，我们一行人终于爬到了虎跳石上，来到了整个中虎跳最美的地方。奔腾的金沙江是多么的近，现在算是明白什么叫做咆哮的声音。站在这儿，已经可以隐约地感觉到江水打在身上的那种感觉了。陡峭的山壁给人一种高大耸立的感觉。来到这儿，真的感觉到一句话：无限风光在险峰。站在虎跳石上，脚下波涛汹涌、浪花拍岸、空谷轰鸣，海拔 1 800 米的虎跳峡夹在两大雪山之间。南岸的玉龙雪山海拔 5 596 米，北岸的哈巴雪山海拔 5 386 米，峡谷垂直高度差达 3 700 多米的虎跳峡就在两大雪山之间生生地挤出了一条路来，奔腾着向下游流去。

在中虎跳的峡底金沙江边上我们还遇到了一位做生意的当地村民刘秀兰大姐。和刘大姐随意的攀谈中我们了解到，原来刘大姐和虎跳峡还有段故事。刘大姐的丈夫以前是

>>>> 徒步虎跳峡

>>>> 虎跳峡

这里的向导，经常带外国旅行团。但是2007年7月的一天，她的丈夫在带团的时候意外地从马上摔了下去，掉入了奔腾的金沙江。丈夫死后，刘大姐自己拉扯三个孩子，虽然生活有些困难，但是乐观的她总是把笑容挂在脸上。每天坐在江边，刘大姐都会翻看当时丈夫留给她的一个小本子，上面都是她丈夫曾经带过的外国旅游团写下的留言。虽然看不懂，但是刘大姐说她每天都会拿出来翻翻。

我们的编导把外国游客写下的留言一句句翻译给刘大姐听，不善言辞的刘大姐只是静静地听着，乐观的笑容依然挂在脸上。把游客们那些真诚感谢的话语传达给善良坚强的刘大姐，这或许也是我们送给她最好的礼物了。岸边金沙江水依旧奔腾，在刘大姐自己搭建的供游客休息的小棚子里，我们发现整个一面墙都被很多驴友和游客写满了留言。这上面既有感悟也有祝福，还有他们的心声。在中虎跳的峡底待了1个小时左右，我们告别刘大姐，原路返回。山路依然艰险，一路走来一路拍摄，从早上10点钟我们下去到现在，已经是晚上6点钟了，终于在天黑之前我们走出了中虎跳，一共用了8个小时。不过真的，虽然很累，但是特别充实特别兴奋，因为在下面我们看到了别样的风景。而且整个虎跳峡最艰险的一部分——中虎跳——已经被我们征服了。虽然说现在已经接近傍晚，但是我们还得继续我们的征途。

就在我们准备离开虎跳峡的时候，听当地的向导说，就在离中虎跳景区几分钟车程的核桃园村，凶险奇秀的虎跳峡还成就了一段美丽的跨国爱情故事。于是我们决定去造访一下。

都说虎跳峡的风景特别美，可以吸引很多的中外游客，这一点都不假。现在面前的这家客栈非常特别，它是由一位日本朋友开的，而这个日本朋友当时来到这儿，就被这儿的美景所吸引，并嫁给了当地人。走进这家客栈的时候，客栈的女主人中原直子正忙活着给客人做饭。她便是那段美丽的跨国爱情故事的女主角了。攀谈中我们了解到，2005 年，来自日本广岛的中原直子当时还在云南师范大学学习中文，趁“五一”长假的时候她到虎跳峡旅游，当晚就住在了在当地开客栈的彭明家。两个人见面后聊了很多，也许是一见钟情，中原直子和彭明两个人好像有一种相见恨晚的感觉。于是相爱、结婚，如今已经有了爱情结晶的两个人谈起这段往事时依旧很羞涩。

彭明说自打第一次见面后，两个人就经常写信、通电话，一来二去感情日益加深。然而当时中原直子唯一的担心是自己比彭明大 6 岁，由于担心彭明会有看法，所以当时在上海工作的她并没有贸然提结婚的要求。

记者：是什么吸引你留在这儿呢？除了您的老公之外，他肯定人非常好。

中原直子：人也好，风景也好。还有这里老外多，面向老外做生意的话，能发挥我的能力。我以前学过英文，现在也会说汉语了。

后来中原直子做出了她此生最勇敢的一件事：她给彭明写了一封挂号信，说她决定放弃上海的高薪工作，想过来和彭明结婚，一起在虎跳峡边开客栈，过日出而作、日落而息的安静生活。没想到的是远在虎跳峡边的彭明也正有此意，后来经过几番周折，2006 年 2 月 26 日，这对跨国情侣终于领取了结婚证书。现在他们的孩子小尚一已经快三岁了，三口之家的生活很幸福。夕阳西下的时候彭明带着孩子玩耍，妻子忙活着生意，一家人其乐融融。他们俩的梦想是一样的，因为虎跳峡真的非常美，他们就想把这份美介绍给全国各地，甚至是全世界各地的朋友认识，让他们更深入地了解虎跳峡。

我们离开彭明家的时候，远处的虎跳峡依然激流怒吼。或许是因为虎跳峡的绝美，或许是因为这里人们的率真，吸引着世界上无数国家的姑娘小伙儿钟情于这里的山水，所以才成就了这样的爱情佳话。在边疆，有多少这样壮观秀丽的旷世奇景，有多少这样美丽多彩的爱情故事！夜色低垂，带着这份感动，我们又踏上了下一站的行程。在前一天的劳累和对下一站德钦县的期许中，我们迎来了香格里拉的黎明，这里的人们也开始了新一天的生活。而在即将和这座梦境般的地方说再见的时候，我们充满着不舍；站在香格里拉县的大龟山上，全世界最大的转经筒边，身边的人们在一圈一圈转经的时候传递着他们的祝福，也将香格里拉的美传递进了心里。这几天我们的脚步走进了艰险的虎跳峡，探访了神秘的白水台，而且还走进了如同画卷一般的普达措国家公园，它们都以不同的形式告诉我们，香格里拉的美其实是多种多样的，正如同它的含义一样，就像心中的日月那样，永远留在我的心里。再见，香格里拉！

三十六 走进高原明珠

告别梦境之地香格里拉，我们下一站将前往怒江、澜沧江、金沙江三江并流的腹地德钦县。从香格里拉县城出发，沿 214 国道一路前行，由于整个 214 国道基本上全线都在修路，路面非常颠簸，有的路段还经常堵车。沿着 214 国道走了大概 30 多公里的路程我们在路边发现了一队骑行的"驴友"。他们一共 7 个人，打算从大理骑到拉萨，因为这是著名的滇藏线。骑到这儿花了 4 天，已经骑了 400 多公里了，预计从这儿到拉萨还得骑 21 天。这几个"驴友"告诉我们，他们计划用 1 个月的时间骑车完成从大理到拉萨 1 900 多公里的行程。让我们惊讶的是这 7 个人的骑行小组领队竟然是一位叫做姚代梅的阿姨，她今年已经 58 岁了。1954 年出生的姚代梅跟我们说，每天她都要带领队伍骑行大概 100 公里左右，一天至少要骑 10 个小时，风餐露宿，为的就是挑战一下自己，给自己的人生多留些美好的回忆。58 岁的姚大姐让我们深切地感受到，其实旅途中除了那些美丽的风景，一些偶遇的人总是能在不经意间带给我们震撼和感动。

告别姚阿姨的骑行车队，我们继续前行。路途越发的颠簸起来，行车大概 5 个小时，我们终于进入了德钦县的地界。现在我们所处的位置非常特别，在右手边这条是 214 国道，它一直在维修，但是它是去往德钦县的唯一一条通路；而左手边下面就是奔流不息的金沙江，对面是四川省德荣县的瓦卡乡，而后面这块则是云南省德钦县的奔子栏镇。可以说四川省的这个乡和云南省的这个镇是隔江相望。

>>>> 路遇骑行车队

奔子栏镇是从香格里拉进入德钦的第一站，这里从古到今都是重要的交通要道，历史上奔子栏渡口是滇藏茶马古道上有名的古渡口，也是茶马古道由滇西北进入西藏或四川的咽喉之地。如今这座茶马古道的重镇已不见熙

>>>> 金沙江第一弯

熙攘攘的马帮，而是川流不息的车流。由于地理位置的特殊性，很多前往德钦旅游的游客也要在这里吃饭住宿，因此镇里的很多人做起了旅游方面的生意。酒店餐馆林立，行人游客不断，我们在这里短暂休整后，告别奔子栏镇，向德钦县城进发。

走了不到十分钟，向导告诉我们，到达了德钦县的一个标志性的地点：以雄奇险峻著称的“金沙江第一弯”，让我们不得不惊叹大自然造物的神奇。现在在我们面前的就是奔腾不息的金沙江，它在即将冲出川滇要塞之时，似乎想先舒缓一下长途奔波的疲劳，于是放慢脚步围绕着金字塔般的日锥峰潇洒地画了一个非常优美的 Ω 字形的大拐弯。眼前的奇景让我们眼前一亮，也对接下来的德钦之行充满了期待。它也是德钦县的标志之一。其实美丽的德钦除了有这个“金沙江第一弯”之外，它还有着神秘古老的雨崩村，有着在藏族人民心中最美的神山——梅里雪山。

沿着 214 国道我们继续前行，由于正在修路，路途时而平缓时而颠簸，但是风景却是一如既往的美。一路走来，蓝天相随，雪山环绕，终于我们暂时停下了前行的脚步。远处主峰海拔 5 640 米的著名的白茫雪山依稀可见，它非常的高大巍峨，连绵不断。在雪山脚下这海拔将近 4 000 米的地方我们还发现了很多帐篷。现在室外温度很低，只有摄氏两三度，不知道这儿的人在里面干些什么？原来是在挖虫草。

记者：您是这儿的主人吗？

农布定珠：是的，搭的小帐篷在这儿住。

记者：在这儿住不会冷吗？

农布定珠：不会冷。

>>>>　在书松村挖虫草

记者：在这儿做什么？

农布定珠：在这儿挖虫草。

记者：这个是您挖虫草的工具吧？

农布定珠：对。

记者：这是在哪儿挖的呢？

农布定珠：在高山，还要再上去。

这位藏族朋友农布定珠告诉我们，他家住在离这里25公里外的书松村，每年从4月份开始都会到雪山这里来搭帐篷挖虫草，一直要待到7月份。听农布定珠介绍，虫草很不好挖，所以现在虫草市场价格也是水涨船高，便宜的50到60元一对，大一点好一些的要卖到上百元一只。看到我们对挖虫草很好奇，农布定珠决定带我们到山上去试试运气。由于虫草生长在海拔3 500米到5 000米的高海拔地区，所以我们跟着农布定珠走了没多久就有了明显的高原反应。而且我们还注意到，挖虫草的姿势也很特别。这个动作让人想到了一个词叫做：匍匐前进。

记者：你们都不靠走路，而是靠爬上这个山的？

农布定珠：对。就得这样，不然虫草找不着。

记者：就是这样一直匍匐爬上去的？

农布定珠：对。

记者：哇，真的是太厉害了

农布定珠告诉我们，采挖虫草是当地人的一个主要收入来源。每年4月到7月采挖虫草的季节，几乎家家出动，人人上山挖虫草，讲究眼神好手脚快。农布定珠虽然已经干

>>>> 书松村村民农布定珠

了五六年了，但是每天的收获却并不多。和农布定珠一起爬了大概半个小时，让我们切身体会到了挖虫草的不容易。忙活了半天，我们终于有了收获。农布定珠告诉我们，挖的时候也要注意，最好用小铁铲或小木棒等工具，在虫草周围挖太近或太远，都容易把虫草挖断，更不能直接用手拔。农布定珠说，每年挖虫草的收入从几千到几万不等，除了靠经验之外，也靠运气。

告别农布定珠，走了没多远，我们到达了海拔 4 200 多米的垭口。当地的向导告诉我们，这里离德钦县城已经很近了，这是我们通往德钦的最后一个垭口。只要我们翻过这个垭口，德钦就在眼前了。翻过垭口，我们一行人在颠簸的 214 国道上又行驶了将近一个小时，车队驶进了德钦县城所在地升平镇。地处青藏高原南缘滇川藏三省区结合部的德钦县城，海拔 3 400 米。这座藏在山坳里的高原小城没有大都市的高楼林立，也没有大都市的热闹喧嚣，有的只是自然和宁静。走在德钦的大街小巷，提起梅里雪山，几乎无人不知无人不晓。这座位于德钦县城东北约 10 公里的雪山是当地藏族同胞心目中的“神山”，

>>>> 德钦美景

平均海拔在 6 000 米以上的就有 13 座山峰，称为“太子十三峰”，被誉为“雪山之神”的卡瓦格博峰作为藏族地区“八大神山”之首，海拔更是高达 6 740 米，是云南省的第一高峰。听当地人说，要想欣赏梅里雪山主峰卡瓦格博的巍峨壮丽，清晨是最好的时候。因为如果运气好的话，可以欣赏到初升的太阳慢慢照耀神山的过程，这就是德钦人常说的“日照金山”。我们决定在德钦县城里住下，第二天早晨去拍摄这一奇景。

听我们的向导说，要看“日照金山”的奇景，距县城十多公里外的飞来寺是最佳的位置，现在是凌晨的 5 点半，但是我们已经全部整装待发，马上将前往飞来寺。我们出发的时候天还没有完全亮，梅里雪山的“日照金山”即使是当地人也不是随便就能看到的。我们这次也没有把握。到达飞来寺景区的时候，在远处月光的照耀下，梅里雪山刚刚露出轮廓，天并没有完全地放亮，太阳还没有出来，但是可以看到远处的山尖，已经带着一点点的亮光了。今天天空是万里无云，听当地人说，这种天气在冬天的时候会比较多，今天我们非常幸运。

远处一轮明月挂在天边，雪山轮廓清晰可见，这时候太阳慢慢出来了，金色的太阳光穿过云雾，洒在雪山顶上逐渐扩大，而此时月亮还没有下山，我们不仅看到了绝美的“日照金山”奇观，而且还有幸见到了极其罕见的“日月同辉”。整个梅里雪山沿线，神女峰、五指峰、将军峰还有卡瓦格博峰，已经完全沐浴在了阳光之下，其实从朝阳的第一缕光束打在卡瓦格博峰那个尖尖的角上起，就很难用更加华丽的辞藻去表述它。炙热的阳光就这样一点一点地唤醒了尚在沉睡之中的梅里雪山，远处的梅里雪山主峰卡瓦格博雄壮高

>>>> 梅里雪山

>>>> 世外桃源茨中

耸，在金色阳光的照耀下更显壮丽。而它左边的神女峰、将军峰等也都沐浴在清晨的阳光下，闪耀着迷人的金光。听当地的向导说，不管对于前来神山转经朝拜的人们还是游客，看到绵延数百里巍峨壮丽的梅里雪山已经足够幸运了，能亲眼看到“日照金山”则是比较罕见，而像今天我们居然能看到“日月同辉”就别提多幸运了。要知道很多来到德钦看雪山的人都会因为无法一睹神山真容，不得不抱憾而归，甚至有人在这儿住很多天也无法等到主峰卡瓦格博揭开面纱。

此时天已经亮了，金色的光线也渐渐淡去，群山又恢复成一片洁白。神山庇护下的人们开始煨桑、念经、祈福，新的一天开始了。带着这份好心情，我们踏上了德钦下一站的行程，接下来要去探访的是距离德钦县城约80公里外的燕门乡茨中村。听向导介绍，美丽的茨中村是一个世外桃源般的小山村，只不过路途比较遥远，交通也不太方便。听说这个地处梅里雪山神山脚下的茨中村里，至今仍矗立着一座天主教教堂。而且小山村里面还有用传统法国酿酒工艺酿制的美味葡萄酒。一百多年前藏传佛教和天主教就在这个小村庄不期而遇了，拥有不同信仰的村民们将会如何共享这片美丽的家园？号称“世外桃源”的茨中村里又有着怎样的美景？

带着这些疑问，我们踏上了前往茨中村的旅程。路上下着小雨，周边是悬崖峭壁。沿着澜沧江边的德维公路一路行驶，窗外的风景美不胜收。由于一路上时阴时晴，山中起了雾气，彩虹若隐若现，我们的车队好像行驶在仙境中一般。而车窗外的另一侧，深深的峡谷底下流淌的就是澜沧江。沿着澜沧江边一路走来，我们的车队驶过云岭乡的时候，路况变得越来越差，上面的峭石垂直得跟刀切过一样，离澜沧江江面垂直距离差不多有五六十米，能听到江水咆哮的声音。但是这条路是通往茨中教堂唯一一条路，我们必须得继续往前走。

抵达茨中村的时候已经是第二天的凌晨了，在清脆的鸟叫声中，我们迎来了茨中村的清晨。虽然经历了前一天晚上的艰险，但是眼前的景色让我们觉得路途上所有的艰辛都是值得的。这个澜沧江边的小村落依山傍水，美丽幽静，一大早村民们有的忙着插秧，有的忙着收割，绿树掩映宁静祥和，村子里最显眼的建筑就是离茨中村村委会大概五六百米距离的茨中教堂了。在被藏传佛教奉为“神山”的梅里雪山脚下，竟然矗立着这样一座天主教堂，这让我们有些好奇。接下来我们就一块儿进去看一下。

走进茨中教堂，教堂主体建筑坐西朝东，正面为高大的钟楼，钟楼的上面虽然是中式的楼阁，中式的飞檐瓦顶，但是两头顶端的十字架标记还是彰显了它西式的身份。

姚飞神父 2008 年 2 月底来到这儿，至今已经四年多了。走进教堂内部，中西合璧的风格就更加明显了。听神父说，18 世纪末的时候，法国的传教士沿着澜沧江大峡谷里古老的茶马古道顺江而下，从西藏来到了云南，来到了这条古道上的茨中村，在迪庆这块藏传佛教隆盛之地建造了这座天主教堂。为了能让当地村民接受，所以当初建造时融入了很多当地文化元素。比如壁画上的龙凤图案，体现的就是中国的文化。如今这座中西合璧的教堂已经被列为全国重点文物保护单位，听这里的神父说，虽然历经风雨，但是这座教堂至今还在使用。村子里的天主教徒每周一三五的晚上还有周日，都会到这座教堂里

>>>> 茨中教堂

>>>> 兼容了各种元素的茨中教堂

来做礼拜。有趣的是茨中村生活着藏族、傈僳族、纳西族、汉族等多个民族,有1 000多人,其中有的人信天主教,有的人信藏传佛教,不同信仰的人相互尊重,互通婚姻,在茨中是很常见的。在村子里你可以看到一边是教堂一边是玛尼堆,不同信仰的人们在这里和谐共处,其乐融融。

更有意思的是,随着天主教传入茨中村的,并不仅仅是宗教本身,历史上这里从未有过的葡萄,如今遍布茨中村的各个角落。现在家家户户都会种植大片的葡萄园,看着眼前翠绿的田地,可以幻想一下,到了葡萄丰收的季节,葡萄一定是颗大饱满非常好吃,酿成的葡萄酒也一定是非常的甘甜。据当地人介绍,茨中的葡萄品种叫华夫人,又叫玫瑰蜜,是法国波尔多的品种,已有500多年的培育历史。它在法国已经退化变异,却在东方一个遥远的小村落里保存了下来。如今种植葡萄已经成了当地村民的主要收入来源。在村子里我们见到了村民刘小弟和他的妈妈,他们正在打理自家地里的葡萄。

记者:小弟,一般这些葡萄什么时候结果?

刘小弟:八九月份。

记者:现在是在开花吗?

刘小弟:正在开花,还没有成果。

记者:这就是它那个小花是吧,以后果是不是就结在这上面?

刘小弟:对。

小弟跟我们说,从2001年开始,他家就种葡萄了。现在家里有两亩多地的葡萄园,种的全是玫瑰蜜品种。除了自己吃和卖掉的一部分外,更多的葡萄他们会自己留下来酿酒。自家酿制的葡萄酒主要是卖给来茨中村旅游的游客,还有各地的客商。

刘小弟:我们家已经酿了好几年了,第一家是我们家。

记者:你们家是第一家开始做这个的?

刘小弟:一九九几年就开始在酿了。

记者:你这个葡萄酒,和以前教堂里酿出来的那种一样吗?

刘小弟:现在家家户户也在酿,那些老一辈传下来的酿法都一样的。

而酿酒的工艺是祖辈世代传下来的,两百多年前法国传教士带来的葡萄酒酿制工艺,现在茨中村几乎家家都会,每到八九月份葡萄丰收的季节,家家户户都会用土法酿制葡萄酒。聊了一会儿，他说现在要带我们去品尝一下他们自己酿制、储存了七年的葡萄酒。

走进小弟家的厢房里，里面放着四大桶他们自己酿制的葡萄酒，整个厢房里面都是葡萄酒的香味。小弟跟我们说，这葡萄酒里没有任何添加剂，完全是靠自然发酵酿制的，一股沁人心脾的酸甜味更加纯正。因为时间长了的缘故，葡萄酒的颜色比我们市面上买到的颜色更加的紫红。这种甘香醇厚的葡萄酒、历经风雨的老教堂、绿意葱葱的葡萄园，让无数游客不辞万里来到这个澜沧江边的小村落，前来聆听教堂的钟声，品尝历史馈赠的红酒。随着游人的增多，村里的小客栈正雨后春笋般地出现。旅游成为村民除了种植葡萄之外的又一项重要收入。听小弟说，现在村子里开客栈的人，每年的收入也有四五千元钱了，而且还在逐年增加。我们告别小弟家的时候，他邀请我们在八九月份葡萄成熟的时候一定要来品尝新鲜下架的玫瑰蜜。带着这份约定，我们离开了美丽的茨中村，继续我们在德钦的旅程。

离开茨中村，我们沿德维公路原路返回，在离燕门乡政府七八公里一个叫做谷扎村的地方，我们暂时停下了前行的脚步。没想到这个旅途中的偶遇却给我们留下了终生难忘的回忆。我们看见一条长长的铁索，它从澜沧江的这一面一直通到那一面，那边住着很多的村民，他们每天唯一的交通工具就是钢索，这是他们每天必须走的路。村民次仁拉姆告诉我们，这个澜沧江对面的村子叫做谷扎村委会拉金神谷小组，她就生活在那里。这个小村子分为上村和下村，一共有 190 多人。村子里与外界没有公路相通，离村子最近的一座桥也要走上七八公里的山路，而澜沧江上的这条滑索就成了每天村民和外界来往唯一的交通工具。

村里人买东西时，哪怕是买一袋盐一瓶醋，都要滑过汹涌的澜沧江，到江这边来买。

>>>> 德钦溜索

>>>> 谷扎村的孩子

村里收获的青稞、玉米、葡萄等经济作物也要靠滑索运出大山。次仁拉姆说，从她小时候就一直听说这里要建一座桥，村民们一直都盼望着，但是不知道为什么，桥一直没有建成。溜索的保护措施很简单，就是一根粗绳子分两道，分别缠在臀部和腰部，扣在滑轮上，滑轮再套上溜索。听村民们说，他们可以丢钱丢别的东西，但是绳索和滑轮是绝对不能丢的。每一个村民只要出门就必须随身携带。为了安全起见，他们决定让一个村民带我们过去。让我们没有想到的是，快到江对面的时候发生了一点小意外，村民也对我们说过，如果东西多，很有可能就停在江中间，只有靠臂力一点一点地撑过去。费尽周折，用了大概半个小时的时间，我们一行人终于都安全到了澜沧江对岸。

在这里我们见到了 6 岁的斯那拉姆和次仁卓玛。斯那拉姆说她从出生到现在都没有离开过她生活的这个村子，她说不想到江对面去，原因很简单，她不敢溜索过江。每次妈妈说要带她去江对面的燕门乡去玩的时候，小姑娘穿戴整齐后走到江边都会被吓得哭起来。所以很多时候她只能在澜沧江的这一边呼喊着江对面的妈妈。斯那拉姆告诉我们，她和她的小伙伴们马上就要上学了，而燕门乡中心完小在澜沧江对面，到时候他们如果还不敢溜索的话，就只能走山里的小路去七八公里外的谷扎桥过江上学，而那样来回要花上七八个小时的时间。告别两个孩子，我们带着复杂的心情又从江对面滑了回来。这儿的村民们每天都得走这样的路，但是他们还是没有任何抱怨，带着一颗非常热情、觉得生活特别美好的坚定的心，继续生活下去。

不过欣慰的是，我们后来和当地政府部门取得了联系，当地政府部门介绍说，这座桥已经列入了“十二五规划”，马上这里的村民就将告别溜索的日子。我们想，那个时候 6 岁的小拉姆和她的小伙伴们就可以走上新桥，看看澜沧江对面的世界了。带着这份憧憬和期待，我们又踏上了在德钦下一站的行程。

三十七 >> 人杰地灵之地

我们这一站将继续在德钦县的行程。告别茨中村后，我们沿着德维公路原路返回，用了差不多四个小时的时间。就在马上要到德钦县城的时候，我们发现了车前方路中间有一位阿妈，她拿着簸箕在不断地铲土，然后往路上覆盖。她到底是在干什么呢？

攀谈中我们了解到，这位藏族阿妈叫做鲁玛，今年 67 岁，家就住在山下的日尼卡村，每天阿妈都会来这里修路，扫扫路面，出现坑洼的地方她就努力用旁边的沙石填补。上面有碎石，她负责清扫；上面有坑，她负责填平。因为患有风湿病，每天从山下走上来都需要两个多小时的时间。而问起她之所以这样做的原因，阿妈朴实的回答让我们既惊讶又感动。阿妈跟我们说，主要是因为她想，这条路不仅是我们中国人，还有全世界所有的人都要来走，她认为路就像我们的心灵与外人心灵沟通的一个桥梁，一个基础。

阿妈的手上都是老茧，指甲里面都是厚厚的泥土灰尘。鲁玛阿妈和我们说，她这样做

>>>> 鲁玛阿妈

>>>> 雨崩村

只是不希望开车经过这儿的陌生人因为路况不好而发生事故。阿妈说得很简单，她说很多过往的司机并不都是有钱人，很多人的车可能是借钱买的，所以她不希望大家在这段路上发生事故。听说这位阿妈在这儿修路已经有 11 年了，每天风吹日晒，只要路中间有坏的地方，阿妈都会修修补补、填土垫平，就这样日复一日年复一年，阿妈说只要她还能坚持，她就会一直干下去。带着对鲁玛阿妈的那份感动，我们下一站将前往梅里雪山脚下，一个至今都没有通公路的村落：雨崩村。虽然交通不便，但是雨崩村是来德钦的游客几乎必去的一个地方。到底人们在这个几乎与世隔绝的地方过着怎样的生活？那里又有着怎样的美景？这都让我们充满期待，

我们从德钦县城出发，沿着 214 国道一路向雨崩村进发，车行约半个小时后，我们进入了梅里雪山景区。车队跨过澜沧江后就全是沙石路了，但是没想到在大山里，还有几个绿树掩映下的藏族村落，就好像沙漠里的绿洲一样。又行进了大约半个小时，我们车队抵达了西当村。

西当村是去雨崩村的必经之路，我们到达西当村的时候，事先雇好的马帮已经在等我们了。其实说是马帮，队伍里大多都是骡子，因为骡子的耐力要强一些。我们一路走来尝试了很多交通方式，但是跟着马帮骑马行进还是头一回。现在我们开始攀爬雨崩村的路了，骑在骡子身上有点儿害怕，因为它走的时候一直走在悬崖峭壁边上，左手边就是峭壁，右手边才是路，可是它就不爱走中间。虽然大家骑在马背上都有些担心，但是路上的风景却常常让我们沉醉其中。远处巍峨的雪山，高大茂密的森林，再加上马帮走起来悦耳的铜铃声，让我们有恍如隔世的感觉。当年茶马古道上的马帮或许也是如此吧。

向导多杰说人们把去雨崩村的感受形容为“身体下地狱、眼睛上天堂、灵魂归四方”。

>>>>　跟随马帮进入雨崩村

>>>>　西当村马帮队员多杰（左）

多杰告诉我们，游客多的时候，他们每天都要走上一次，虽说去雨崩这单程就有 18 公里，而且海拔还在 3 000 多米，但是多杰说他们已经习惯了。

走了大概一个小时，我们随马帮到达了途中的第一个休息驿站。听当地的马帮说，像这样的驿站，在西当到雨崩 18 公里的山路上，一共有 3 个。马帮和游客可以在这里歇歇脚，吃点儿东西，喝碗酥油茶。在驿站休息了大概 10 分钟，我们随马帮继续前行。为了能让骡马休息一下，我们决定徒步走一段。多杰告诉我们，借助他们村的西当温泉和雨崩的名声，现在多杰村子里的年轻人大部分都在从事马帮生意，虽然辛苦，但是赚钱相对容易。一个月能轮上 20 趟，差不多挣 3 000 元左右。平时不陪游客上去的时候，就在家里面干点农活。边走边聊，又走了大约一个小时，到达垭口的时候天开始下起雨来。为了赶路，我们没有在垭口过多地停留。

翻过垭口就是下坡路了，多杰他们唱起歌来为大家解闷，多杰说，每次送游客到雨崩的时候，他们都会唱歌来打发路途中的无聊。下山的时候，由于有的地方坡度太大，骑在马上如果重心不稳，很容易摔下来。更多的时候我们只能下马徒步行走，又走了大约2个小时，天快黑了，我们终于能隐约地看见山脚下的雨崩村了。虽然说现在四周光线还比较亮，但其实已经是晚上的8点整了，我们在路上差不多已经有四五个小时了。远处就是巍峨的缅茨姆峰，也就是卡瓦格博的夫人神女峰。山下隐约可见的那些小白房子，就是今天我们所要到达的目的地：雨崩村。其实从这个角度看上去，雨崩村真的是一个非常宁静、不愧为"世外桃源"的地方。我们在雨崩村的村支书阿那珠家住下，他家的"徒步者之家"也是雨崩村的第一个客栈。哈达、青稞酒、热气腾腾的饭菜，让我们体会到了藏族同胞的热情。到底这神秘的小村落会有着怎样的美丽和神秘？我们只好把这份期待留到第二天了。

我们到达雨崩村的第一个清晨是在彩虹的迎接中到来的。清晨太阳还没有完全照耀，刚下过雨，一道彩虹挂在半山腰，远处云雾缭绕间雪山若隐若现；山脚下青稞一片碧绿，农户炊烟袅袅。早起的人们正开始新一天的生活。村支书阿那珠对我们说，雨崩村是梅里雪山海拔最高的村子。整个雨崩村分为上雨崩和下雨崩。海拔3 150米的上雨崩和海拔3 050米的下雨崩一共生活着34户人家180多人。阿那珠说，1993年的时候他建起了村里的第一个客栈，当时游客还很少，尤其那时候中日登山队出了意外，一年当中来的人最多十多个。阿那珠和我们说，村里当时开客栈的只有两三家，游客也不多，村里人的

>>>> 雨崩村美景

收入主要靠养牦牛、种青稞、挖虫草。但是现在村子里开客栈的村民差不多已经占了三分之一，游客一年比一年多，现在可能一天都不止十来个。游客越来越多，村民们的收入也在成倍地增加。靠着旅游，雨崩村的村民们富裕了起来。

阿那珠说这里的村民也会到北京、上海这些大城市去旅游，但是回来的村民都感叹村里人虽然富裕，但是交通太不方便了。因为村里所有的物资都要靠马帮来运，平均一年买一匹骡子，一匹骡子现在市价不低于 5 000 元，就用来驮东西，天天驮，驮一段时间它就累死了。聊天中阿那珠还说，马帮运输虽然灵活，但是很不方便。他们现在其实很矛盾，交通是有点儿困难，但如果路通到这里，又怕以后游客太多了，影响到环境。阿那珠说他们现在就想，能不能让政府给修一条单行道公路，只让雨崩村的村民使用，这样既可以把村里的垃圾运出去，村民们出去买东西、看病也方便一些，同时也不会因为游客的大量进入而污染了这里的环境。雨崩村虽然几乎与世隔绝，但是每年仍然有几万游客，或者徒步或者骑马来到雨崩，来看的就是这里淳朴的民风和绝美的风景。虽然美景很多，但是阿那珠推荐我们去离下雨崩七八公里的雨崩“神瀑”，因为沿途不仅有原始森林，而且还可以到“神瀑”下沐浴倾泻而下的瀑布。当地的藏族同胞以到雨崩“神瀑”下沐浴作为一种洁净心灵的修炼。

告别阿那珠，我们开始了前往雨崩“神瀑”的旅程。从上雨崩村到“神瀑”，全程得

>>>> 彩虹横挂雨崩村

四五个小时。通往“神瀑”的路比起进雨崩村的路要好走许多,因为每年这里都会有很多来“神瀑”的朝圣者,所以很多地方都修了台阶。一路走来到处都是原始森林,空气中散发着空灵清新的气息。我们在路过泉水边的时候,看到地上有很多游客、转经的人用石头垒成的玛尼堆。虽然我们没有转经朝圣人的那份虔诚,但是我们还是决定在这个美丽的地方留下我们的印记。告别河滩边上的玛尼堆,我们继续前行。走了差不多两个小时,我们在这里发现了雪崩留下的痕迹。听马帮的师傅说,这里经常会发生雪崩,比较严重的一次是1991年。由于梅里雪山的美丽壮观,吸引了无数的中外旅游者和登山者。1991年中日联合登山队对海拔6 740米的主峰发起了冲击,然而却遭遇大规模雪崩,17名队员全部遇难。而且从20世纪初至今的9次大规模登山活动无不是以失败告终。自1996年后,国家已明令禁止攀登梅里雪山,因此梅里雪山至今仍是处女峰。我们又往前走了大约半个小时,到达了前往雨崩“神瀑”途中唯一的一个休息驿站。“时有雪崩,极其危险,禁止入内,3至5月。”这小木板上的提示写得还挺押韵。

听从“神瀑”下来的驴友跟咱们说,前面还有昨天雪崩之后留下来的一些积雪,最终我们决定放弃马匹,直接步行上“神瀑”。告别驿站后的这段路要艰难很多,海拔越来越高,大家都开始喘不过气来。沿途又经过了几处雪崩的遗迹,听向导说越往前走,遭遇雪崩的可能性越大,所以我们途中没有过多地停留。走了大概一个小时,我们终于看到了美丽的雨崩“神瀑”。抬头看去,“神瀑”的流量并不大,水流从近百米的山上倾泻而下,水帘在头顶轻轻飘洒,山风过处,有时凌空掷地,有时贴壁泻下,变幻万千。

虽然说非常的辛苦,但到这儿之后,我们觉得相当值得。你看头顶上奔流而下的瀑布,虽然可能没有“飞流直下三千尺”,但是它也像万斛珍珠一样,从这圣洁的山顶一直流落人间;可能你觉得它没有黄果树瀑布那么壮大,但是你别忘记,它来自于“神山”梅里雪山,它来自于“神山”卡瓦格博,它是藏族同胞心中的“神瀑”。接下来我们就要跟着藏族同胞一起去沐浴一下“神瀑”的圣水了。听当地的藏族向导说,在他们眼中“神瀑”是卡瓦格博从天上取回的圣水,能占卜人的命运,消灭灾难,恩赐众生,因此朝圣者们来朝拜神山,必定会沐浴“神瀑”。我们也入乡随俗,按照当地的规矩,在“神瀑”下虔诚地沐浴。

据说来这里的朝圣者视瀑布为“圣水”,争相沐浴、饮用。很多人还会把这里的水盛入瓶中带回家中供奉。一路看到的原始森林美景,一路感受到的藏族人民的虔诚,让我们印象颇深。虔诚的人们在这里与自然和谐共处、祥和安宁。带着这份感动,我们踏上了在美丽雨崩村下一站的行程。在和村支书阿那珠的聊天中,我们了解到在这个美丽的小山村里,除了让人惊叹的美景,还有一位让所有村民们都无比尊敬的名叫刘一村的老师。她已经在这里待了五年了。

来到雨崩小学的时候,刘老师正带领着孩子们练习舞蹈。我们没有打扰孩子们上课,而是先仔细打量起这所小学来。听说这所坐落在雪山脚下的雨崩小学是由村民和外界捐助建立起来的学校,是典型的藏式风格建筑。虽然不大,但是教室、图书室齐全,学校进门

>>>>　雨崩村小学生

正对的一面墙上贴满了刘老师和孩子们的照片，中间的一张照片尤为显眼。下课的间隙，我们和刘老师攀谈了起来。

刘老师告诉我们她来自河北保定，5 年前 21 岁的她还是湖南民政学院的一名学生，一个偶然的机会她看到网上有一篇帖子说，雨崩小学需要支教老师。刘老师说她当时没有多想，尽管没有工资，在家里人和同学的不理解中，她毅然决然地来到了雨崩小学，而且这一待就是 5 年，一分钱没有。生活靠学生带粮食，或去村民家吃百家饭。

刘老师说雨崩虽然是旅游风景名胜区，但是第一次来到雨崩村时，她还是有些惊讶，这里的环境和条件实在有些困难。从这里出去到西当村买东西，有 18 公里的山路，步行或者骑马是唯一的出行方式。手机信号时有时无，和外面打电话要靠这里为数不多的几部天灵通，一分钟要 5 元钱。由于没有经济来源，刘一村平时用的柴米油盐都是村里人送的，有些时候她就吃在当地村民家里，而且这里是典型的一师一校。来到这里后她不仅是这里的老师，也是这所学校的校长，因为这里只有她一位老师，她自己要承担起三个年级的教学任务。我们在这里也记录了刘老师上课时的情景。当刘老师给一年级上课的时候，二年级的同学因为没有老师，只能自己先上自习，而刘老师还要抽空跑过来给孩子们布置自习课的内容。而此时学前班的一个小朋友因为刚来上学不太适应，经常哭闹，没办法她只能哄。因为在这里，她不仅仅是老师，更像妈妈。刘老师说虽然有苦有泪，但是正是这里的 15 个孩子淳朴无华的笑容和那一双双渴望知识的眼睛，让她选择了坚持。

刘一村：我觉得欲望太大了就不会留下来，而且因为这期间发生了很多事情，我觉得这些小孩子对我的支持挺大的。

记者：你觉得在这儿能体现出人生价值吗？

刘一村：对呀，人就这么短短几十年，为什么一定要在大城市，为什么要有这有那的，放弃一些东西反而得到的东西更多。对吧，扎西？

记者：你叫什么？

扎西：我叫扎西。

记者：今年几岁了？

扎西：四岁。

记者：你是谁的宝宝？

扎西：老师的宝宝。

刘一村：亲老师一下，行吗？

扎西：不行。

刘一村：哎哟，今天老师很累很累，你亲老师一下？

扎西：好吧。

老师的辛苦，学生们看在眼里。在雨崩小学的学生们中间，刘老师是有很多绰号的。

刘一村：2008年的时候，这帮孩子们在上学前班，看图书时看到七个小矮人和公主，他们正好是七个，然后就说，"我们老师叫公主老师"，当时我听了以后挺高兴的，这称呼就一直延续下去了。

除了"公主老师"，学生们还亲切地称她为"刘妈妈"、"刘医生"。由于雨崩村分为上雨崩和下雨崩，学校在上雨崩村，为了孩子们的安全和提高学校教学质量，刘一村要求下雨崩村学生平常住宿在学校，孩子们有一些简单的头疼脑热，她也要负责拿药。所以她每天不仅要上好三个班所有的课程，还要安排好住宿生的饮食起居。

采访进行了近一个小时的时间，午饭的时间快到了，刘老师要在中午放学前做好孩子们的午饭。

刘一村：其实我家也是农村的，但来到这里才慢慢地适应。有的时候给他们做饭，会扎到手，我也会哭。

刘老师说来到雨崩小学的这5年，她学会了种菜、劈柴、生火、

>>>> 雨崩村支教老师刘一村

做饭，还学会了自己打酥油茶，一天三顿饭她都要给孩子们准备，甚至很多时候她还要为尿床的孩子洗衣服、洗被褥。当我们问起刘老师以后的打算时，她说她肯定会坚持下去，更重要的是她不想给自己的人生加上太多的条条框框。午饭做好了，学生们放学的时间也到了。午饭很简单：蛋炒饭。但是每个孩子吃得都特别香，其实简单而又朴实的刘老师做的所有这一切，她的学生都记在心里。在即将告别雨崩小学的时候，每个孩子对我们说出了他们的心声。

记者：为什么喜欢“公主老师”？

雨崩小学学生：因为老师是我们的“妈妈”。

记者：你们为什么叫她“妈妈”呢？

雨崩小学学生：因为她对我们太好了，迟到不打，给我们吃糖；不用买本子，还给我们发衣服；衣服老师给洗；还给我们做饭吃呢。

在雨崩小学教室的墙壁上，我们看到刘一村老师自己写的一句话，“我毫无保留把自己交给这片陌生的土地”。其实人很多时候，都是在迷惘中前进，没有信念，也找不到人生的意义。而刘老师却在这片陌生的异乡土地上选择了坚持和奉献。在这个非常简单的雨崩卡瓦格博小学里，我们看到了一本留言簿，在这本留言簿的第一页，是刘一村老师留下的话。中间有几句真的很触动我们的心：“我们只是平凡的人，我并不伟大，这里确实有些艰苦，但这些都不算什么，人有爱心就可以改变一切。”而这个后面可以看到很多中外

>>>> 雨崩村支教老师为学生做饭

>>>> 雨崩村支教老师刘一村

游客留下的一些想法和感触，还有很多热心的游客甚至留下了自己的手机号码，希望能够给这个学校尽一些自己的微薄之力。

其实从踏入这个学校起到现在，我们觉得刘老师真的非常伟大。因为她所付出的这一切是一个女人一生中最宝贵的五年，但是她奉献给了雨崩村，奉献给了这儿的孩子。游客中有句话写得非常好，叫做“不识雨崩真面目，只缘身在雨崩中”。我们真心地祝愿刘老师和她的孩子一切都好。五年了，刘一村老师每天和这里的孩子们一起迎来朝阳，又一起送走晚霞，用淳朴和简单编织着雨崩村孩子们七彩的梦想，点燃了雨崩村明天的希望。我们在想，在边疆又有着多少像刘一村这样的老师，在默默无闻地奉献着，“零落成泥碾作尘，唯有香如故”？他们在用自己的坚守诠释着人生的意义。

带着这份感动，我们离开了雨崩村。在山路上骑行了五个小时后，我们回到了德钦县城。此时远处的梅里雪山云雾缭绕、风云变幻，群山若隐若现，好似仙境一般。真正到了和德钦说再见的时候，其实我们的内心都充满着不舍。这几天我们的行程非常丰富，也非常的艰险，但是那些美丽的地方都留下了我们的脚步：茨中村、雨崩村，还有茶马古道。现在，身后的卡瓦格博在夕阳的映衬下散发着耀眼的光芒，它曾经也给我们展现了它最美丽的一面，我们在这儿感受到了藏族同胞的热情，感受到了他们的虔诚。卡瓦格博就以这样的形式告诉我们，其实并不是世界上所有的美都可以用我们的双手去触及，它就是那么的有尊严，那么的让人敬仰。再见，卡瓦格博！再见，德钦！

三十八 >> 森林秘境

结束云南段的行程，我们从云南德钦进入西藏境内的察隅县。它位于西藏自治区的东南部，隶属林芝地区管辖，东边与云南省相邻，北邻昌都左贡县，西面与墨脱县接壤，南与印度、缅甸交界，有500多公里长的国境线。这里平均海拔只有2 800米，相对青藏高原内陆地区要低了许多，它的气候受印度洋暖湿气流影响，降水充沛、四季如春，被称为“西藏小江南”，与人们心中严寒缺氧、气候恶劣的青藏高原有着截然不同的反差。在这里开始西藏段的行程，也让我们所有人对高原环境有了一个良好的适应。

进入县城，短短不足百米的几条商业街就是察隅县城所在地竹瓦根镇中心区域。奔腾的察隅河穿城而过，把本来就不大的县城分成两半，这样大小的县城在内地也许只是一个集镇的规模，但是正是因为这特殊的地理位置，让这个山沟里的边境小县多了几分神秘的色彩。在这儿，你只要抬头四顾就会发现，这是一个群山环抱中的小城，但是在县城里，我们看到很多的贸易招待所、酒店、饭店，从中可以感受到，这个小城和外部世界有

>>>> 森林环抱的竹瓦根

>>>> 竹瓦根县城

着非常丰富的联系，而且它也有很浓郁的当地文化。这一次我们来到这里，就是为了专门拜访一个神秘的部落。

>>>> 察隅县宣传部副部长朱家斌（右）

因为地处边境，所以相比西藏其他的地区，这里人口构成要复杂了许多。全县总共近 30 000 的人口，涵盖了藏、汉、纳西、独龙、怒族等 10 个民族，还有一个未识定的民族：生活在大森林中的僜人，因为人数稀少，全国只有 1 400 人左右。僜人并没有在 56 个民族之列，但他们却同样有着丰富的民族文化和风俗习惯，所以探寻神秘的僜人部落也是我们此行察隅县最主要的目的。

为了更好地配合我们节目的拍摄，察隅县政府特意安排了专门研究当地历史文化的宣传部副部长朱家斌来作为我们此行的向导。有了他的带领，想必我们这一趟行程也会丰富许多。察隅县因为海拔落差达到 3 600 米，所以境内山高谷深的地理环境也制约了当地的交通发展，到现在，这个边境小城除了中心区域，别的都是颠簸的土路。因为海拔不断地降低，所以一转眼察隅河就变了模样。就几步之遥，刚刚在前面水还是非常平缓的，看着让人觉得心情很平静，但是到这儿以后，就一下子激潮澎湃。为什么这条河会有这么大的反差呢？

在这条河里面，有特别大的石头，不太像是千百年间在河里形成的，因为它的棱角都非常的尖锐。

记者：为什么河中会有这么大的反差呢？

朱家斌：因为1950年大地震把山体震裂了，1956年山体滑坡，把大石头全部冲到水中来了，把水都阻断了，三个月以后自然溃堤，把小的泥沙冲走了，大的留了下来，在这边就形成了一个天然的堰塞湖。

记者：您这样一说我就理解了。在这条河里面有特别大的石头，而且体积就跟小山一样。它是从山上滚下来的，是吧？

朱家斌：是从山上滚下来的，两座山之间本来就有地势落差，再加上这个大石头的拦阻，所以才会让水花溅得这么大。

记者：就是，这条河的流势好像是平缓地向下，我们这一路是不是也是往海拔越来越低的地方走？

朱家斌：这边海拔大概在2 100米左右，到了下察隅才1 700米。

本来就有地势落差，再加上大石头的拦阻，所以才会让水花溅得这么大。大地震后，察隅的山体发生了巨大的变化，一度让下游的几个乡镇与世隔绝，而我们要前往的下察隅镇就是其中之一。那么，这么多年过去了，它又会以怎样的面貌展现在我们的面前呢？

临近下察隅，我们迎来了西藏段的第一次边防检查。因为下察隅地处边境线，很多地方都属于军事禁区，所以进出这里的车子必须要接受严格的检查，而外国人更是被严禁进入察隅。边境近在咫尺，过了199个弯道之后，终于从察隅到了下察隅。对于容易晕车的人来说，这一路还真的挺受考验。但是我们经过了2个小时路程之后，还是觉得很值得，因为路上的风光非常的好。下察隅实在是太小了，目力所及就短短的一条街。据说还有一个上察隅，但是我们要去造访的僜人部落就在下察隅这一边。我们要在这儿稍微做一下休整。

下察隅镇位于西藏的东南角，处于察隅县的南部，距离县城61公里，是察隅县最为偏远的边境镇之一。如今，这原先封闭的边境小镇经过几十年的内地援建，各种设施应有尽有，旅馆、超市、饭店、菜场等等，街上忙碌着的是许多不远万里来这里讨生活的外乡人。他们或开店摆摊，或开车载货，潜移默化地改变着这里的生活，也让这个边境小镇保持了几乎与外面世界一样的步伐。从下察隅镇前往僜人部落，还有三公里的山路要走，虽然路途更加崎岖，但是神秘的僜人部落究竟会是怎样？他们又有怎样与众不同的民族风情？这些都让我们对马上就要到达的小村子充满了好奇。

这一路太让人惊讶了，因为根本就不觉得是在西藏，觉得好像在云南。这里气候属于亚热带，和云南处在同一个纬度上。一路上云雾缭绕，好漂亮，而且花很鲜艳，居然还能看

>>>> 下察隅

到芭蕉树。我们首先来到的这个村子叫沙琼村，是察隅县境内最有代表性的僜人聚居村之一。远远望去，蓝色瓦板覆盖的木楼和石块垒筑的院落悠然散布在山落之间。由于受到印度洋湿热季风的影响，这里虽然纬度较高，但仍然显现出热带气候的强烈特征。眼下正是农忙的季节，村寨里少有人影，让这个有着三百多人的村子显得非常宁静。虽然沙琼村仍旧处于深山老林之中，但很显然，这里已经不是那个靠刀耕火种为生的原始部落了。那么，他们的生活有了怎样的改变呢？

眼前这个热情的老人就是沙琼村的村主任阿鲁松，除了身上穿着的僜人服饰，我们很难把他和任何一个内陆普通老人区别开来。主任家的环境真的是太好了，山美水美环境美，远处可以看到雪峰，山顶的云特别的漂亮，还映衬着芭蕉树。走进阿鲁松的家，院落里种满了各种珍稀的花卉，像一座美丽的植物园。前后两套木板房非常宽敞，院子的中间还有一个大大的观景台，可以鸟瞰整个村庄，而这样的房子在这个僜人村子并不少见。阿鲁松告诉我们，为了让这些久居山林的僜人改善住房条件，从几年前开始，政府就给他们每家每户提供10万元用来盖新房子。不久，在边境一带的僜人都能住上由政府提供资金建成的新房子了。

记者：主任，我发现你们的房子外面挺特别的，从里面看是木板，外面看是小木桩，是吗？

阿鲁松：嗯。

记者：这个是什么木头的木桩？

阿鲁松：是小松树的。

记者：好像它这个形状还有特别的讲究，一定要这样拼，是吗？

阿鲁松：这个是山的代表。

记者：哦，山就用三角形代表，那这一条横杠代表什么？

阿鲁松：这代表水或者河。

记者：那竖的是不是也有代表意义？

阿鲁松：这是悬崖峭壁。

记者：僜人是大山的主人，也是水的主人，看着这面墙好像就可以想象，他们的生活环境非常的美，有山有水的。这是客厅吧？

阿鲁松：这是我们僜人的客厅。

记者：好宽敞。

阿鲁松：远方来的客人坐这里。

记者：谢谢。这个房子都是木结构的吗？

阿鲁松：木质的，这是僜人几千年的传统。木板装法必须立起装的，不能横起装。我们尊重自己几千年的民族文化传统。

阿鲁松的房子在保留僜人特色的同时，又根据生活需要添置了许多现代的家具。这些家具摆设融合进了汉、藏等民族元素，让这个僜家客厅显得更有特色。阿鲁松告诉我们，僜人早先都住在高山丛林之中，刀耕火种，以结绳记事，以月圆月缺记月日，月缺月圆为一月，以包谷成熟一季为一年，过着与现代文明相差很远的生活。西藏民主改革后，僜人被当地政府请下山来，才开始学习种地、养牲畜。现在的沙琼村通水、通电、通路、通邮，家家户户都能收到广播电视。

>>>>　沙琼村村主任阿鲁松

记者：天哪，这个是牛头吧？

阿鲁松：有牦牛，有犏牠，也有黄牛。这里面有三种牛。

记者：您这个是刷了漆的，是吧？

阿鲁松：那个不准刷漆的，是刷血，用血密封好，放半年以后刷上去。

记者：它们又亮又黑的，我觉得又震惊又敬畏，但是很好奇僜人为什么要在家里面挂这么多牛头啊？

阿鲁松：在僜人几千年的民族文化历史中，挂牛头的意义是很深的，哪家牛头挂得越多，就是哪家请客请得多了。

僜人会在家里面挂很多牛头，牛头在僜人部落中不仅是财富的象征，更是权力的象征。这些挂满一面墙的牛头是阿鲁松获得头人权力的见证，作为下察隅沙琼僜人村的村委会主任，阿鲁松的另一重身份就是僜人杜希布林部落最后的首领。只是当地人不称他为首领或者头人，而是按照当地习俗称他为“嘎背亚梅”。以往每年头人选举，村寨都要举行一次宰杀牦牛的比富活动，以此竞选头人。现在阿鲁松家里悬挂的牛头就是 1991 年的竞选中一个上午砍下来的，这些牛头也成为他一生的荣耀。

记者：这个水缸是用什么做的？

阿鲁松：红铜。

记者：这全部成古董了，最久的有多长时间了？

阿鲁松：一百多年了。

记者：我看那个形状也是僜人特有的吧？

阿鲁松：水缸是僜人历史中最宝贵的东西。家里没有水缸陪嫁是不行的。过去僜人在深山老林里面生活，哪有现在水源那么丰富，都是从很远很远的地方接过来的水。所以我们是离不开水缸的。

记者：因为全家都离不开水，所以嫁女儿的时候，首先是把蓄水的缸给准备好？

阿鲁松：杀猪、杀牛、杀鸡，没水什么都吃不成。不光送缸，还要送一些锅。

记者：难怪，我看您这儿这么多水缸，都是准备以后嫁女儿用的，是吧？

阿鲁松：对的。

嫁女儿需要上好的水缸、厨具陪嫁，这是僜人历来的传统。以前这些水缸不仅实用性高，而且每个都价值不菲。

记者：这么一个水缸现在值多少钱？

阿鲁松：现在最低也得一万多。

记者：买的时候呢？

阿鲁松：买的(时候)是七八千元钱。

记者：还有升值的空间，怎么会这么贵呀？

阿鲁松：因为它成了古董。而且这些缸的铜本来就特别厚。

记者：这个水缸是僜人自己做的吗？

阿鲁松：不是，是从印度那边买好背过来，需要两个人轮流地背，经过悬崖、大坝，要走一个多礼拜。

记者：难怪这是全家的传家宝，太来之不易了。

阿鲁松：不过这些都是新中国成立前的事了，现在过不去了，中印边境口岸没开。

阿鲁松告诉我们，察隅境内的僜人都是从印度那边迁徙过来的。在印度有将近十万的僜人。在下山以前，他们的生活用具基本从印度那边购买。现在随着时代的变迁，他们渐渐融入了当地的生活，再也不需要为日常的生活用品付出这么大的艰辛。

跟我们的记者介绍完僜人基本的历史文化，热情的阿鲁松又拿出了僜人的特色美食来招待我们。僜家的手抓饭是僜人每逢节庆或者招待客人的传统美食，它用僜人自产的谷米和上切碎的鸡肉或者其他肉类内脏，辅以姜葱等作料，焖熟，再配上几块香喷喷的土乌鸡块，就做成了风味独特的僜人手抓饭。

阿鲁松：这是乌鸡。

记者：嗯，好吃。

阿鲁松：好吃就多吃一点，要有比较高贵的客人来，才能有手抓饭上桌的。平时我们也吃得简单。

记者：谢谢，这个手抓饭真的很特别。

其实这个手抓饭，对于我们第一次吃的人来说，还真是挺难吃进嘴的，但是味道很好。而且我发现它与印度菜有一些不一样。印度一般会在菜里放咖喱，咱们这边是用特产的辣椒，而且饭里面也有很多香料。我就吃出了香茅草的味道。

阿鲁松：是放了香茅草。一般饭里面都没有香茅草，煮肉必须要有香茅草去腥味。饭里面有一种我们从山上专门采的最好的香料。

记者：这个叫什么？

阿鲁松：麻赞(音)。

记者：所以吃起来就很有你们僜人部落的味道。

僜人做的手抓饭不仅味道独特，而且他们请客的方式也很有特色，僜人请客光叫客人吃喝，他们自己只陪着客人旁边坐，不跟客人一起吃，而摆放在你面前的肉能吃就吃，吃不了的，他们包起来叫客人拿走。所以为了避免"吃不了兜着走"的尴尬，在僜人家吃饭就不要那么客气了。吃完美味的手抓饭，阿鲁松身上的传统僜人服饰也引起了我们记者的注意。

记者：这个包是专门装烟斗的，我一直在想这个包里面装了什么，因为今天主任一天陪着我们，都一直背着这个包。

阿鲁松：过去我们僜人用这种包装烟，自己炒出来的草烟，还有烟斗装里面，现在都不同了。

记者：现在装的什么，我看一下，可不可以？

阿鲁松：可以。

记者：存折啊！

阿鲁松：我们全村六十二户人家的存折都在这里。

记者：他们是统一交给您保管？

阿鲁松：不是，今天发钱，国家的公益林补偿。

记者：这是全村人的财富放在你一个小包里。

阿鲁松这个看起来普通的僜人小背包里不仅装着全村六十二户人家的存折，而背包本身也有着非常昂贵的价值。

阿鲁松：这个包本身就值五百元钱。

记者：这个是什么？

阿鲁松：英镑。

记者：看一下这个上面，的确是写了"India1943"，就是说这个小钱币是来自印度的，1943年的，难怪那么值钱呢。印度那个时候是英国的殖民地，这就是那个时期的货币。

除了背包，长期生活在森林中以打猎为生的僜人通常也是刀不离身的。左边背包右边挎刀，这是僜人男子最常见的装扮。

阿鲁松：以前不带刀不行啊，我们是深山老林、刀耕火种的民族，没有刀子开什么荒？必须要刀不离身的。走几步路也必须用刀来开路，要砍一些荆棘开路。

传统的僜人男装只有男上衣，是一件长及膝部的对襟无领无扣的长坎肩，没有裤子，里面也不穿衣服。虽然只有一件坎肩，但也能从衣服的花纹上看出主人在部落中的地位。

阿鲁松：这个服装还代表一种地位，花纹不一样。比较尊贵的僜人衣服和其他人的是完全不一样的，像花纹、像部队的领章帽徽一样的一个标志性的头巾，这些都是有身份有地位的象征。头巾的围法包法都不一样，缠得越多地位越高。我缠六缠，就是最高的。

僜人管这个头巾叫格崩（音），它不仅象征着身份，也有着许多的实用功能。

阿鲁松：头巾一是用来过溜索，就把这个挂上溜索或捆在身上过河；二是我们在深山老林打猎，打了猎以后把这头巾取出来捆猎物，把猎物背回来。

僜人的祖先根据生活的需要，在服饰中加入了许多的实用性，所以这普普通通的一块头巾也有着这么复杂的功能。比起男装，佤人的女装就要复杂和华贵了许多。佤人历来把银饰视为高贵、富有和华丽的装饰品，一个盛装的佤人妇女一身珠光宝气，走起路来环佩叮当，别具风采。佤人女子胸前常佩戴三种形状不同的饰物，一种像核桃般大小，形似灯笼状，代表吉祥；一种叫阿仍(音)，是多根环绕在一起直径约四十厘米的银圈；另一种是将银元凿洞穿连在胸前。前额上方佩戴一种叫格崩(音)的椭圆形、形似柳叶状的银片，上雕有细密的太阳月亮图案的花纹。这些装饰品全部用纯白银制作。

女子的上衣短而瘦小，以黑色为主，加彩色条纹几何图案。无领无袖，长及胸，遮不住腰，小臂和肚脐裸露在外，大多数女子很少只穿这种衣服出门，通常还要在里面衬上一件别的衣服。佤人女子的筒裙看上去好特别，它长长的，还有一层短短的罩在外面，分两层，用布带扎紧，显得腰身纤巧细小，下摆宽大，有各种条纹图案。阿鲁松告诉我们，以前佤人女子个个都会织布，这门手艺是从小就要练就的，织出布后，手工绣，自己做。现在年老的佤人妇女依旧保持着自己织布做衣的传统。

佤人织布时基本都用树皮做染料，把麻线染成红黑两色。近些年随着生产生活水平的提高，佤人衣服也大多都用腈纶制品代替了麻制品，纺线也从市场上买现成的，但是这织布的传统工艺可是一直没有变过。线都是自己搭配的，所以每一块布都不太一样，有各种各种的颜色。织这么一整块布，要两天时间；做完一套衣服包括裙子和上衣，要一个星期左右。

这位年老的婆婆名字叫做阿娘，是沙琼村织布织得最好的，也是佤人服饰非物质文化遗产的继承人。她学习织布已经将近七十年，现在她每天大部分时间除了给村里需要

>>>> 佤人传统服饰

>>>> 沙琼村僜人织布

的人织布，还负责教村里的年轻人织布，她培养的徒弟年纪最小的才十多岁。

>>>> 在僜人家庭做客

僜人的服饰中耳鼓最有特色。僜人不论男女，幼年时就由长辈用松油针或竹针将耳垂穿透，再将芭蕉叶卷成细卷穿进耳洞，当耳洞扩张到一定程度，再用新鲜的竹细管替换芭蕉叶。竹管干后慢慢扩张，如此反复使用，耳洞渐渐扩张，直到能放进硕大的耳环。

从察隅这一路过来，看到了好多以前没有见过的风景，也感受到了很多独特的风情。像这次在僜人部落，就很有感触。因为这个地方跟我们原来想象的不一样，他们的村落非常的整洁干净，而且小村子也非常的规划有致，有漂亮的鲜花，有整洁的小路，让你根本就无法想象，这是一个从刀耕火种进入现代文明的村落，非常独特。而且这里人很朴实，他们虽然不会说什么大话，但是从他们不断的"谢谢"声当中，可以感受到他们对生活的感恩。而现在，我们也要带着这份感恩的心情继续上路了。前面的海拔会越来越高，我们

>>>>　德姆拉山口

的期望也会越来越高，不知道还会有什么样的美景等着我们。

告别僜人部落，我们继续出发，前往下一个目的地，有着“高原屏障”之称的德姆拉山口。我们沿着颠簸的土路继续前行。窗外植被开始变得稀少，温度也变得越来越低，连续爬了几座山后，我们终于迎来此行最高点：海拔将近 5 000 米的德姆拉山口。虽然空气稀薄，天气寒冷，但对于我们来说，这也是第一次在西藏领略到如此瑰丽的高原景致。我们从察隅出发，这一路上的路况时好时坏，有的时候很颠簸，有的时候很平缓，但幸福的是，好风景从来都没有间断过。到了这儿，之所以要停下来，是因为它的整个地貌有了一个很大的改变：好一派水草丰美的景色，一些牦牛在吃草，好悠闲呢。但是其实站在这儿并不轻松，说起话来偶尔还要喘。因为不知不觉，我们已经攀爬到了海拔 5 000 米的地方，所以才会离冰川那么近。

德姆拉山口是察隅县通往外界的必经之路，它也是作为青藏高原主体的西藏高原东部的一座屏障。高耸的山体挡住了从印度洋出来的湿暖气流，同时也阻止了西藏高原寒流南下，使得山南面的察隅有了亚热带气候，成为“西藏江南”、“鱼米之乡”。站在山口放眼望去，冰川像银色缎子闪着寒光，十分壮观。山顶云层变幻，仿佛触手可及，呈现出一派神秘的雪域高原风光。德姆拉山的那一边，亘古绵延的冰川和田园风光交相辉映，那里就是我们即将走进的西藏第二站：八宿县。

三十九 >>> 壮美八宿

结束察隅段的行程，我们一路往西进入昌都地区的八宿县。如果要问什么是最真切的感受，就是第一次有了高原反应，因为在这一边海拔有 3 000 多米，所以明显地会感觉到身体有一些疲倦，容易犯困，同时太阳的紫外线非常的强，每个人都晒得黑黑的。

八宿县位于西藏东部，昌都地区东南部，东邻左贡察雅县，南与察隅县接壤，西靠波密县，北连昌都县城所在地白马镇。海拔 3 260 米，境内最高海拔 5 971 米，比起我们的第一站，平均海拔只有 2 000 多米的察隅，这里的高原气息明显增加了很多。植被稀少、气候干燥、氧气也变得很稀缺，所以到了八宿对于我们来说，适应高原成了第一件重要的事情。

八宿是我们的一个补给点，可能因为高海拔以及它特殊的气候，觉得非常的干燥。山上没什么植被，所以总觉得身体非常的缺水分和养分，要多喝水、多吃水果。一进县城，我们就直奔街边的水果摊，希望通过补充水分和维生素来缓解高原反应带来的不适。这里水果挺丰富的，有圣女果、李子，这些都不是当地产的，是从云南带过来的，所以贵得很。从云南拉到八宿，大概要一个星期。这些远道而来的水果都是通过 318 国道运送进来的。

>>>> 高原胜境

>>>> 高原胜境

八宿县是川藏线上重要的一站，318 公路穿城而过，给这个小城带来了交通上的便利。许多外来的瓜果蔬菜和生活物资就是通过这一条公路源源不断地送到这里的。318 国道起点为上海，终点为西藏友谊桥，全长 5 476 公里，是中国最长的国道。因为这条公路基本沿着北纬三十度前行，所以沿线有着极其丰富的自然人文景观。八宿就是这条景观大道上的闪亮一点。1996 年 318 公路通车以后，给这个偏远的小城带来了巨大的变化。这条公路连通着八宿和外面的世界，让这个偏僻的小城有了更为丰富的商贸活动，同时也让更多的游客来到这里，领略八宿的瑰丽景致。我们这一次来，是因为这个地方有非常多的神秘宝藏。八宿在藏语里的意思就是"勇士脚下的村庄"，想一想，是什么样的东西会把勇士吸引到这里来？那也就是吸引我们的原因。

八宿县属三江流域、高山峡谷地带，这里高山环绕，峡谷相间，地形复杂，江河交错，正是因为这样特殊的地形特点，才造就了八宿境内雪山冰川与田园风光交相辉映的独特景致。为了更好地领略八宿的自然人文风情，我们请来了当地的向导贡布，在他的带领下前往八宿的第一站——来古冰川。

沿着 318 国道，然后转往小路，风景都非常的让人震撼。站在山顶眺望眼前的风景，像一幅壮美的油画，又像一幅中国画的长卷。远处雪山映衬着蓝天，近处是色彩斑斓的田园风光。欣赏完这片美丽的景致，我们沿着然乌湖边颠簸的沙石路继续前行。所有的语言都是多余的，在

这儿你就只要张开眼睛，用心灵去走进这幅画就可以了。

沿途遍布着美丽的湖泊与宏伟的雪峰，越往里走，念青唐古拉山脉东部下游的地貌也逐渐清晰起来，实在是太漂亮了。这边是绿草如茵的村庄，对面就是白雪皑皑的来古冰川。前面的那条路就像天路一样，一直通向尽头。来古村是紧邻来古冰川的一个藏族小村落，来古在藏语里的意思就是“隐藏着的世外桃源般的村落”。70多户人家的来古村至今还保持着最为原汁原味的半农半牧型的藏族村庄风采。村子四周雪山耸峙，四峰环绕来古村，在冰川和雪山之间散落而坐。这里田园阡陌、佛塔桑烟，一派世外桃源的美景。为了更好地欣赏来古冰川的美景，贡布带着我们来到了当地的村民巴扎的家里，据说他家楼顶的平台是整个来古村观赏冰川最好的角度。站在巴扎家的屋顶平台，我们很容易就可以看到美西冰川、雅隆冰川、若骄冰川、东嘎冰川、雄加冰川和牛马冰川，因为这六条冰川都围绕着来古村，所以它们被人们统称为来古冰川。来古冰川是典型的中低纬度海洋性冰川，其壮观美丽及运动变化的多样性和可观性都要超过大陆性冰川。

记者：你刚刚说这个湖叫什么？

>>>> 探寻来谷冰川的沿途美景

巴扎：双色湖。

记者：为什么是双色？

巴扎：它的颜色不一样，一个是蓝的，一个是红的，蓝的代表男人，红的可以说是女的，他们生下来的小孩就是我们的然乌湖。

记者：太美的传说了，因为他们的爸爸妈妈是来自冰川最纯洁的雪水化成的。

这里，家家户户都有这样的一个屋顶，其实，每家每户的屋顶都是一个最佳观看冰川的地点。来古冰川为世界三大冰川之一，是帕隆藏布的源头，冰雪融水流进然乌湖，冰川的末端与冰湖之间断裂的冰川，露出十多米高、蓝幽幽的冰层。其中生成于岗日嘎布山东端长达 12 公里的雅隆冰川最为雄壮，它从海拔 6 000 多米的主峰一直延伸到海拔 4 000 米左右的来古村边，黑白相间的中碛又为它在宏伟之中再添上几分美丽。刚刚在这个村子里面听到了一些关于冰川的传说，特别的美丽，在远处那一条土线里外的两个湖，据说就是然乌湖的父亲和母亲，它们汇聚了来自这个冰川最纯洁的雪水。而关于这个冰川，有人说是当地的一个猎人，他的猎狗打下了天狗，所以天神为了惩罚他，用整个冰川覆盖了这个村庄。其实从这些传说当中就可以感受到，当地人既把这些冰川来的雪水当做他们自己文化的一个源头，同时也对冰山充满了敬畏之情。

面对这冰川，觉得它既远又近，也许我们走不过去，也许水涨起来了以后会把我们的

>>>> 八宿县城

>>>> 来谷冰川

道路阻拦，但是我们这个团队很想亲自过去看一看，尽我们最大努力，看能不能亲近来古冰川。前往雅隆冰川并没有路，我们需要徒步翻越一片乱石堆成的河滩。

记者：像现在这个水流这么大，只是因为季节的原因吗？

巴扎：第一个肯定是季节的原因，每年这个时候下雨或者天气变暖，河水就涨高了，涨高的话我们根本就过不去。

记者：看来全球变暖对这个冰川也有很大的影响吧？

巴扎：有，以前只要爬上这个冰川，基本上不用过去，直接从这里就可以看到风景。

记者：现在就已经走不过去了。可是好想去亲近一下那冰川，还有其他地方可以过去吗？

巴扎：那边。

记者：我们从那边过去可以摸到冰川？

巴扎：还可以摸到那个冰啊。

巴扎又给了我们一个希望。但要到达湖边，需要在这片怪石嶙峋的河滩上走一个小时，这对我们来说是一个非常大的考验。虽然有脑袋充血的感觉，但是很值得，在看到冰川的这一刻，我们不禁感叹这一路的艰辛没有白费。虽然由于夏季冰川消融强烈，湖水已变成了乳白色，但冰碛湖上一块块浮冰宛如一座座美丽的冰山，高低错落地横亘在湖面之上。晶莹的冰舌延伸到湖里，冰川在太阳的照射下折射出各种色彩的迷人光芒。这样的景致让我们有种置身于南极大陆的错觉。我们终于亲手摸到了冰川，很冰，晶莹剔透。

>>>> 记者体验冰川溶冰

站在岸边细看，很多的冰川上都呈现出了深邃的蓝色，科学研究表明，只有上万年的冰川才会有这样的色彩。巴扎告诉我们，以前来古冰川的冰舌延伸到湖中，形成白蓝相间的冰崖，有将近50米高、300米左右宽，非常的壮观。当我们今天站在冰碛湖边时，景观与巴扎描述的相比已经发生了很大的变化。一路上都特别激动特别兴奋，但是真的坐在这儿的时候，面对远处的冰山，反倒觉得心情特别平静。不管我们生活在北京、上海、广州或者任何一个大城市，不管你平时在电视荧幕上看到的那些环保的广告画面多么的震撼，只有这么近距离地面对这些冰川的时候，才真正感觉，好像看到了大自然的残垣断壁一样。过去，它们可以离我们很近，但是随着自然环境的恶劣，随着全球变暖的趋势，冰川一点一点地离我们远去，一点一点地变小，这些残块可能会越来越多，漂在水面上，而成不了整体。

很难说这是什么样的心情，可能不是我们每一个人一点点一下子能做到的，但是也许每一个人付出一点力量，就可以让它慢慢地靠我们更近一些。只希望下一次再来来古冰川的时候，它起码不会远去，还可以离我们更近。

告别来古村，我们沿着冰川融水前行，前往另一个村子然乌村，去探寻有着“西天瑶池”之称的然乌湖的神奇魅力。位于318国道沿线八宿县西南部的然乌湖，距离县城白马镇约90公里，它是雅鲁藏布江支流帕隆藏布江主要源头，湖面海拔3 850多米，长约22公里。然乌湖的湖面形状随着季节的变化宽窄收放有致，依据山势地势的不同任意随形，最宽的地方烟波浩渺，最窄的地方不超过10米，看起来更像是河流。对于没有来过西藏的人，也许并没有听说过然乌湖，就像我们之前一样。可是当我们真的站在海拔4 000米的地方，看到这湖水的时候，可以真切地感受到它的神奇。

我们从八宿一路过来，两边都是黄秃秃的山，等到这儿以后，植被的情况有了明显的改变，眼前绿汪汪的一片，你可以感觉到这湖水把它们滋养得多么的丰美。其实站在这个地方，风挺大的，空气很稀薄，有的时候风刮得猛，人会受不住。但是看这面湖水，它永远只是平静地荡起一点点微微的涟漪。平静的湖面映衬着四围的雪峰和翠林，景色异常迷人，再加上湖畔绿茵般的草滩上成群的牛羊，以及一块块生长着青稞、豌豆、油菜等作物的农田点缀其间，构成了一幅田园牧歌般风韵的风情画卷。

关于这面湖水的神奇传说有很多，虽然我们现在是站在下然乌湖，但其实整面湖水是从千年的来古冰川慢慢流下来聚集到这里的。这片湖水非常的丰美,但让我们不理解的是,当地的老百姓一直都不去用它,既不喝这里的水,也不吃里面的鱼。他们宁愿大老远地到山上去打山泉水,宁愿吃自己放牧养的牛羊,也不愿意去触碰它。也许正是因为这面湖水在他们心目中的地位非常的圣洁,所以他们不去用,不去破坏它,只是来到这里,把他们心目中的祝福带到这里,让这些波浪声、让湖边的风声把他们心里的祝福一遍一遍地吹到心中向往的神圣之地。

看到然乌湖这么美,真的让人由衷地羡慕生活在这里的人。尽管他们是住在大山中,但是离那片湖水那么近,每天都可以享受到上天赐给他们的特殊宝藏。看完湖,我们来到然乌村,它就坐落于然乌湖畔,村子里错落有致的藏式民居和大片绿草如茵的牧场,再加上远处的雪山湖泊,构出了一幅非常漂亮的高原山居图。置身于这样的环境,真是让人心旷神怡。

这座能将雪山、森林、湖泊尽收眼底的房子是群培大哥三年前建成的,是典型的新式藏族民居。砖瓦结构的外墙加上藏族特色的装饰,让这个两层的小楼既有了现代建筑的坚固,又保持了原汁原味的藏家风情。一进门,只觉金碧辉煌。不管是什么季节,都能感觉到春天一样百花齐放的热闹。墙上色彩艳丽的壁画、屋子里的家具摆设,都让我们感受到了浓浓的藏家风情。客厅里放了很多水缸,还有瓢,据说藏族人家把各种红铜制造的水缸和水瓢都看做是财富的象征,水缸越多瓢越多,就说明他们家里面比较有钱。所以主人都会把它们摆在客厅显眼的地方,以此来彰显财富。现在老百姓生活越来越好了,只要是条件好一点的家庭,都要把客厅设计得很漂亮。

客厅里还能见到扎实的鹿角,我们闻闻没有什么味道,拿在手里面,很像那种枯干的

>>>> 然乌村

木头，又有骨头的感觉，从缝隙里可以看到里边好多的骨髓，有一点点像珊瑚，沉甸甸的。据说可以做药材，不过这里的鹿角不是他们打猎的时候打回来的，而是每年三四月份的时候它自动从鹿身上掉下来的。

贡布：5 月份我们去挖虫草的时候，山上可以捡到鹿角。这就是鹿的自然规律，三四月份的时候脱落，脱落了以后会再长新的，每年脱落一次。

贡布告诉我们，这样的鹿角不仅能做成藏药，而且还能做成漂亮的工艺品，摆在家里做装饰。看来然乌湖周边不仅风景秀美，还有着许多的宝藏蕴藏其中，难怪周边的百姓都把它称为“圣湖”。

现在要打酥油茶了。其实如今家家户户都已经用一些电动的打酥油茶的专门器具来打，不过因为这里临时停电，反倒让我们可以看到这种传统的打酥油茶的方法，还挺有意思的。酥油茶是用熬成后的砖茶、水、盐巴和用牛奶提炼出来的酥油制成，打酥油茶是在一个特制的酥油桶内，用一种活塞式的棍轴在桶内上下冲击搅打，使水油交融而成。打完后，酥油茶呈乳白色，散发出浓浓的奶香味。在高原上还要从事打酥油茶这种体力活，真的是挺累的。藏族人在家喝酥油茶，一般都将打好的酥油茶倒入茶壶以后，放置文火上，这样可以全天饮用，不会变凉，咸咸的，很香。在海拔那么高的地方，又冷，喝这么一碗热腾腾的酥油茶，感觉特别的好。

>>>>　在然乌村村民家

>>>>　在然乌村村民家体验打酥油菜

糌粑是炒面的藏语译音，它是以青稞磨成粉为原料，经炒熟后以酥油为黏合剂制作而成的。其做法是先将酥油溶化在热奶茶中，然后加上适量的青稞粉搅拌成团状，用手捏成形状后直接吃。除了酥油茶、糌粑，热情的群培大哥又拿出了新鲜的藏家美食风干牛肉来招待我们。风干牛羊肉是一种非常有特色的西藏食品，用藏刀切下薄薄的一片，肥的雪白，瘦的通红透亮，上面还看得到原来的血迹，听他切牛肉的感觉，就像撕书一样。嚼在嘴巴里面像嚼

>>>> 然乌湖风光

叶子，但是是有牛肉味的叶子，很可爱。

群培：每年 9 月份开始宰牛，宰完了以后就割，一块一块的割完了以后挂在梁子上，就这样放上两三个月就可以了。

在西藏，气候干燥，肉风干的速度很快，所以肉质松脆，在这点上生肉干比熟肉干的味道要醇正得多。

群培大哥他们祖祖辈辈都在这里，如今因为交通的便利，前来然乌湖观光的游客不断增多，这个临湖的小村子也发生了巨大的变化。原来以从事牧业为主的村民渐渐做起了旅游接待的生意，很多村民都因为这个生意致了富，盖起了大房子，做起了藏家乐。美丽的然乌湖不仅给了他们绝佳的人居环境，也让他们过上了更好的日子。

说到旅游带来的变化，在离然乌村一公里外的然乌镇，我们有着更多的体会。我们这一路上看到了很多的小镇，但它们都更像一条路，沿着路两边有房子，所有的居民聚集在这儿，就变成了一个小小的镇。这个然乌更是如此，而且因为然乌有了 318 国道的整个贯通，让这个小镇也发生了一些改变。那边有青年旅舍，而在一面墙上我们看到许许多多来自五湖四海的人留下的足迹，看见他们这些字迹，就可以感受到他们当时在这里的心情。这个小镇因为他们发生了改变，而他们也因为这个小镇，在自己旅行的记忆中留下了非常美好的一站。

然乌镇离八宿县城 90 公里，318 国道是小镇唯一的一条街道，两边几乎全是为游客开设的旅馆和饭店，然乌镇地方不大，却有着秀丽的山川湖泊，旁边草场青青，一座如意白塔与远处雪山遥相呼应，这样的景致也吸引着过往的游客在此停留。在然乌湖边我们就遇到了一群自驾旅行的游客，来自北京的秦大哥是一名资深的旅行者，每年夏天他都

>>>> 驿站然乌镇

会约上三五好友一起自驾出行。这次他们就是从青藏线绕到川藏线前往拉萨，和我们一样，他们也选择在这个风景秀美的小镇作短暂停留。

在 318 国道沿线，这样长途旅行的人不在少数，但他们的旅行方式却不尽相同。比如这一位，他就有着自己的方式。这位六十岁的摩托车骑士精神状态很好，他让我们叫他老王。老王来自陕西，骑行出来已经十几天，说起自己的旅行体验，他显得很兴奋。

王先生：我前天一天跑了 390 公里，跑了 12 个小时，身上都淋得跟落汤鸡似的，这是刺激，我找的就是这感觉，还是一种享受。

老王告诉我们，虽然从陕西出发的时候他是独自一人，但是在路上十几天，他就交下了好多同行的朋友，还有四川的。正在老王兴致高昂地讲述旅途故事时，他的队友们也陆续到达。

王先生：我们比较团结，都是到拉萨。我们都是来自各地的，都不认识，网上约的。

这些年龄差异巨大的骑士们，或许在生活中都有着截然不同的经历，也许他们是公司的老总，是严厉的父亲，是负责任的丈夫，是让父母担心的孩子，但是在路上，他们的人生因为这一段奇异的旅程而有了交集。旅途中他们彼此等待、互相照顾，只是以兄弟的身份共同去完成一次风雨兼程的骑行。这些人敢于选择自己的生活，真的是让我们看到了一群真正的男子汉。当这个世界有很多人在埋怨自己生活的时候，有一些人，真的就为自己的梦想走出来了。其实生活的选择权永远都在我们自己的手上，生活本来就很美好，只要你愿意睁开眼睛来看。在美丽的然乌湖边，我们结束了八宿段的行程，而旅程中瑰丽的景致和那些风尘仆仆的旅行者带给我们的感动却将永驻心间。

四十 >>> 绿海明珠波密

告别上一站八宿，我们沿着318国道继续西行，进入林芝地区的波密县。波密位于西藏东南部的林芝地区，它东邻八宿，西靠林芝县，南与察隅墨脱县接壤。车子一进入波密，天空就开始飘起了绵绵细雨。薄雾从帕隆藏布江上升腾而起，笼罩着路两边的山野植物，在雨水的冲刷后色彩更加艳丽。而我们到访的波密第一站嘎朗村就在这样一幅世外桃源的美景之中。

在高原遇见雨水实在是件非常惬意的事情，就在这样一阵非常幸运的小雨当中，我们来到了美丽的波密。波密在藏语当中是“祖先的宝藏”的意思，因为在这里有美丽的冰川，美丽的大山河流，还有大自然当中孕育的灿烂的文明。波密地处念青唐古拉山与喜马拉雅山交界的地方，由于受印度洋西南季风影响，形成了独特的亚热带半湿润气候带。这里气候温和、雨量充沛、植被丰茂，享有“西藏的瑞士”、“绿海中的明珠”的美誉。统治藏

>>>> 波密县城

东南地区长达600多年的嘎朗王朝就曾经在这片美景中建立了自己第四座王宫。

当地的专家、学者索朗老师对本土文化非常了解，在嘎朗湖边我们见到了在此等候的他。今天他来到这里，就是要带着我们去周边的山林之中寻找嘎朗王朝王宫的遗址。进入波密以后，天气就变得阴晴不定，说风就是雨，好像故意要为这个地方增添几分神秘感。索朗告诉我们，这座位于嘎朗湖畔的山叫色阿宗山，公元1240年，第25代嘎朗王将自己的执政中心修筑在了这里，是嘎朗王朝历史上第四座王宫。天空放晴后，我们一行在索朗的带领下进山寻找王宫的遗址。

这个遗址的路径非常的神秘，要是没有索朗老师给带路的话，真的会走错地方。这边都是人家筑的院舍，栅栏里面是他们种的青稞，但是外面这么窄的地方居然就是通往遗址的路，而且可能是唯一的一条路。进入王宫遗址区域的两边的树上挂满了经幡，让这片安静的森林多了几分神秘感。据说这一片废墟曾是嘎朗王家丁的住所，而它旁边这片土地的出产物是专门提供给嘎朗王的。很多达官贵人、皇室，都会把自己的一些宫殿建在平坦之地，为什么嘎朗王朝会选择这样一个非常险峻的山顶来建自己的王宫呢？

记者：索朗老师，大多数的达官贵人、皇室，都会把自己的居所建在平坦之地，为什么在嘎朗王朝会选择这样一个非常险峻的山顶，来建自己的王宫呢？

索郎：这是嘎朗王的第四个王宫，前面还有三个王宫，这三个王宫有些不顺利不吉祥，所以他们算命了以后，发现从这里往上看的话有一个孔雀展翅的形状，往前面看的话

>>>> 嘎郎王朝遗址

有一个红颜色的湖。

第25代嘎朗王当初选择这座小山作为王宫所在地，据说是因为此山形似俯卧的雄狮，隔湖相对的高山则如孔雀开屏，十分吉祥。自他把王宫修建于此后，嘎朗王朝开始了延续十余代的兴盛。管辖的区域也扩大了，军事、经济各方面都红火起来。除了波密之外，还有察隅、墨脱、鲁朗，都受这个嘎朗王朝的管辖。1818年的时候，蒙古军因为教派上的原因打仗至此，嘎朗王的遗址全被烧毁，现在这座王宫遗址已经被废弃了数百年。生命力蓬勃的松林早已用自己的身躯将王宫遗址掩映起来，我们也只能刨开厚厚的松针与数百年来堆积的腐殖质，依稀寻找王宫的残垣断壁。

现在还可以很明显地看到夯土打的城墙，经过一番跋涉，我们终于找到了索朗所说的王宫正殿的遗址。这个宫殿就是第24代嘎朗王一直到43代，整整19代王朝的历史。这19代跨度将近500多年。他们都是居住在这样的地方，现在虽然是残垣断壁，看上去好像一个土坡，完全看不出它原来的面貌，但可以想象到它被烧毁之前一定是一座非常恢弘的宫殿。

波密王也好，嘎朗王也好，我们能借鉴的历史实物及史实资料都少之又少，而这个王朝千年历史能呈现给我们的，就是眼前这个山坡上的废墟。300年的时间不是太长，其实有很多300年前人类文明的历史，到现在还在，但是面对这一面墙壁的时候，真的很难想象，它其实就在300年前还辉煌地存在过。只是随着一场大火，随着一个王朝的消失，现在这些房屋这些宫殿也渐渐隐秘地消融在整个大自然的生态当中。

跟随着索朗在深山密林中感受完一段厚重的历史后，我们告别风景如画的嘎朗村，进入波密县城扎木镇。波密县城扎木镇是一座有一千多年历史的古镇，这里地处典型的林区，站在城中任何一个地方，我们面对的是高高的巍峨冰川，茂密的原始森林和山脚下滚滚的帕隆藏布江。虽然所在地区的平均海拔在四公里之上，可县城所在的河谷海拔却只有两千多米，所以一般游客来到这里，基本不会有高原反应。县城是由一条单独的街道构成的，长度一公里左右，一个位于城正中的中心广场是县城最有人气的地方。开往东西两面的各种车辆都集中在这里，进出车辆的往返使这个不大的河谷小城热闹了许多。因为来访的游客众多，这个小城开满了各地风味的餐馆，还有各种档次的供游人歇脚的旅店。和我们经过的八宿县一样，旅游同样改变着这个318国道沿线的小城的生活。

在波密县城扎木镇稍作休整后，我们继续出发，一路往西去寻访藏在云雾之中的高原第一茶场易贡。离开波密县城，我们前往130公里外的易贡茶场，一路上我们经历了川藏线上最富有诗情画意的路段，也在著名的波密大滑坡区经历了大水和抛锚，终于在夜幕降临前到达了离易贡茶场还有三十多公里的通麦小镇。

通麦位于波密县城以西90公里处，这里海拔只有1 800多米，属峡谷地段，气候宜人。同时它正好处于波密和林芝的中间地带，所以许多过往的游客都把这里当做休整的驿站。其实在这短短的一条小街上有好多的旅社，什么青年旅社，还有“驴友背包客之家”，

>>>>　通麦镇

我们选的这家也是一个“驴友驿站”，五湖四海的旅行者风尘仆仆地赶到这里，增加了客栈的人气，也带来了他们的旅行故事。每个人旅游的目的都不一样，在路上遇到的事情也不一样，也许有些人是为了一生的梦想走这一趟，有些人可能只是为了消极地逃避现实生活，还有一些人可能是因为好奇心。因为种种的原因，大家在路上都变成了诗人，变成了哲学家。每个人都会有所感悟，有些句子就很有意思，像“爱人我要陪你慢慢变老”这样的句子，可能在生活中不好意思说出来，但是在这儿就可以把它写下来表达一下心意；还有这一句，“川藏并不难，难的是你不愿意咬咬牙。”好有感悟，不知道他们是因为什么原因出来的，但是肯定的是，走了这一趟以后，每个人的人生肯定都会有一些变化。这些写在墙上的只言片语有的是发自内心的旅行感悟，有的是玩笑般的自我调侃，不管他们写的是什么，在我们看来，这满墙的留言都给这个小小的客栈增添了几分温馨。

虽然房子很简陋，但是外面的风景真的非常的漂亮。外面正在下雨，在这边经常会遇见这种阴晴不定的天气，可能上一秒钟还是大太阳，但是下一秒钟一阵云飘过来就会带来一阵非常细密的小雨。视野所尽全部都是绿色，下面有一条滚滚流过的江水，晚上可以枕着波涛入睡。眼前的这家四合院式的客栈是专门为川藏线上的自助旅行者开设的，不仅房间干净整洁，而且停车场、淋浴间、自助厨房一应俱全，这些设施都为长途旅行的人带来了很大的方便。所以在这里，我们的成员也有机会一洗旅途的疲劳。随着夜晚的来临，越来越多的旅行者来到这里，让这个小小的客栈一下子热闹了不少。

>>>> 通麦镇旅行驿站的留言墙

来自四川的向大姐来西藏开客栈已经很多年，她热情好客，不管是来自哪里的客人，她都热情招呼。客栈有太阳能，可以洗澡，房间里还可以免费上网，价钱也非常的便宜，这儿真的是一个旅行中的驿站。向大姐说，不管未来的生活怎样改变，只要她还在通麦，还开着这间客栈，这里就永远是旅行者在远方的一个温馨的家。如今向大姐的这间客栈依旧每天接待着不同的过客，他们把这里当做自己旅行中的驿站，在这里结识新朋友，留下自己的旅途故事。他们的故事和向大姐的客栈一起，让这个美丽的通麦小镇多了几分让人停驻的理由。

第二天一早我们离开通麦，前往有着“高原第一茶场”之称的易贡茶场。过了通麦大桥后，我们离开 318 国道，拐到一条湿滑的小路上，沿路随处可见塌方的路段，走在颠簸的山路上，一边是遮天蔽日的原始森林，另一边是悬崖峭壁滔滔江河。而易贡茶场就

>>>> 通麦镇旅行驿站里的小四合院

在这样的山林河谷之间。

知道我们要来茶场，黄伟平书记和同事们早早地在广场边等候，并按照当地的习俗给我们献上了哈达。这里是真正的“西藏江南”，山形也特别的奇特，云雾都缭绕在半空中，非常滋润人，可想而知，它对茶叶的滋润一定也是非常好。

易贡茶场海拔高度为 2 250 米左右，是颇具盛名的易贡茶叶生产基地，坐落于易贡湖畔半山坡上。茶场始建于 1966 年 9 月，是西藏自治区唯一的一座茶场。

黄伟平：1963 年左右，周总理指示当地的官兵说，西藏老百姓每天都要喝茶，但是以前都是在四川和云南那边引茶进来的，是否可以在当地种茶来解决老百姓喝茶的问题？所以当时部队的官兵就来试种，试种以后发现这个地方比较适合茶叶的生长。

黄书记告诉我们，易贡茶场刚建成时，隶属于农垦部队，后来为了改善经营状况，也曾经交给企业改制，但都没能摆脱困境。直到两年前移交林芝地区管辖后情况才相对好转。

现在的易贡茶场有 1 337 人，其中百分之九十九是藏族，在这里的汉族基本都是像他这样的援藏干部。这个高山茶场的早晨就是不一样，空气特别的清新，云层非常的厚，很湿润。一大片绿油油的茶园看上去特别的美，散步的时候心情也很好。

黄伟平：我是 2010 年来到易贡茶场的，那之前我是在西藏察隅农场，参加第五批援

>>>> 易贡茶场

藏。第六批继续留任，就到易贡茶场来了。但这边的生活条件环境跟广东那边真的是差别很大。

黄伟平书记是广东佛山人，来西藏已经第四个年头，之前在西藏察隅农场。三年援藏期满后，因为当地藏族群众的挽留，他又留在了高原。他告诉我们，只要不下雨，他每天清晨都要到各个茶园走走，一方面是熟悉熟悉茶场的职工，另一方面也可以呼吸一下山间的新鲜空气。

>>>> 易贡茶场的茶厂厂长安青

记者：你们这么早就在采茶了？

黄伟平：对，我们一般要控制时间，越早越好，一个是增加收入，早一点采茶，可能量多一点。我们这个茶是西藏唯一的一个茶场，没有任何污染，几千公里以外是没有任何污染的。我们是有机茶，没有施任何化学农药。

>>>> 易贡茶场援藏干部黄伟平

站在茶园放眼望去，周围是茫茫原始森林，终年云雾缭绕，空气清新洁净，雪水长年浇灌茶树。

黄伟平：今天我们采的叫林芝春绿，我们还生产雪域银峰和易贡云雾。

黄书记告诉我们，像这样的茶园，易贡茶场一共有 2 200 亩，每年产量 2 000 多斤。这儿的工人一天能采 10~20 斤，一斤卖 20 元钱，一天就可以收入 200 元钱。

援藏干部的到来给这个原本落后的山区茶场带来了生机，随之而来的就是茶场工人生活的改善。如今机械化的制茶设备代替了人工炒茶，这样的改进不仅提高了茶叶的产量，也大大提升了茶叶的品质。

原来来西藏之前，是做好了把酥油茶喝饱的打算的，但是这次来，真的没想到除了香浓的酥油茶之外，还可以品尝到这么丰富口感的绿茶、红茶，就像这一次的西藏风景给我的印象一样。除了看到雪山高原，还可以看到这么美的像江南一样的美景。可能我们很

>>>> 援藏技术员黄嘉辉

>>>> 援藏技术员黄宽博（右）

>>>> 援藏技术员罗杰强

>>>> 援藏技术员杨茗

多时候对西藏的印象本身就太单一化了，事实上西藏有它非常丰富和美妙的地方，跟我们想象中的完全不一样。在雪山之下，同样可以存在这么美丽的一片“江南”。

如今易贡茶场建起了自己的供电所、卫生院，职工子弟学校的教学条件也得到了很大的改善。在这个易贡茶场待了一段时间以后，就会觉得这儿已经不仅仅是个茶场，它更像一个隔离于外界的世外桃源。大学生黄宽博、杨茗和罗杰强 2010 年 9 月来到易贡茶场做援藏志愿者，是援藏队伍中最年轻的几个人，他们每个月只拿几百元钱的生活津贴。来自广东的工程师黄嘉辉是一名援藏的技术人员，与志愿者不同，他是受单位委派来到这里的。从发达的沿海城市来到这个偏远的高原山区，一开始他们中的大多数人都无法适应。这里生活单调，手机经常没有信号，还经常停电，寄个邮件，最快也要半个月才到，报纸都不敢订，全部都过期，变成了月刊。

在西藏工作、生活的日子艰苦单调，他们也会聚在一起唱歌娱乐，或者跟当地的藏族职工打成一片。只要有机会，他们都尽量把单调的日子过得丰富而又充实，对他们而言，援藏已经成为一种生活方式。这些年轻的援藏人员来到这里，不仅带来了新的技术和资讯，也带来了内地新潮的生活方式。这些都潜移默化地改变着茶场里更年轻的职工子弟。

结束易贡茶场的采访，我们回到 318 国道，沿着湍急的江水前行，我们来到了雅鲁藏布大峡谷的入口。经过一路的天险，我们现在到达了著名的雅鲁藏布大峡谷的入口处，下面哗哗的江水拐成了一个非常漂亮的大弯形。这条挂满了经幡的吊桥通往的是一个非常神秘的地方：墨脱。